江西文化艺术基金资助项目

无岸

刘伟林 著

中国青年出版社

图书在版编目（CIP）数据

无岸 / 刘伟林著. -- 北京：中国青年出版社，
2025. 5. -- ISBN 978-7-5153-7794-0

Ⅰ. I247.7

中国国家版本馆 CIP 数据核字第 20251P27G4 号

无岸

刘伟林　著

责任编辑：岳　虹
封面设计：鸿儒文轩
出版发行：中国青年出版社
社　　址：北京市东城区东四十二条 21 号
网　　址：www.cyp.com.cn
编辑中心：010-57350401
营销中心：010-57350370
经　　销：新华书店
印　　刷：三河市华东印刷有限公司
规　　格：880mm×1230mm　1/32
印　　张：10
字　　数：216 千字
版　　次：2025 年 5 月第 1 版
印　　次：2025 年 5 月第 1 次印刷
定　　价：68.00 元

本图书如有印装质量问题，请凭购书发票与质检部联系调换。联系电话：010-85707689

序

作为一个在纸上摸索了大半辈子的人，对小说这门技艺越来越惶恐，越来越不知道该怎么写。年轻时，凭着即时的冲动，总是轻易下笔。我这样说，并非喟叹，而是一种真切而实在的感受。除开写作，作为一名阅读者，面对那些巨象般纹丝不动的名著，对照自己的写作，又总心生绝望。因此，不时在追问自己，还有写下去的必要吗？写作还有意义吗？是我选择了这样的生活，还是生活选择了我？这不是矫情，是灵魂中的悲怆。毫不夸张地说，活到这个年纪，阅读让我快乐，也让我厌倦，我不知道这是好事还是坏事，因为我知道绝大多数作家都在制造垃圾，这造成了我阅读的厌倦。当然，我也写得不那么好。

陀思妥耶夫斯基在给他哥哥的信中写道："对我来说，千篇一律就意味着死亡。"换言之，小说需要多种可能性。一段时间，我也喜欢惯性的写作方式，顺着惯性往下走，重复自己。于是，警惕了起来，觉得自己沦为了一个"匠人"，不是在创作。

随着阅读的深入与经验的积累，没想到个人的趣味也发生了变化，对小说的理解也"现世"起来。从前，我喜欢技术至上的小说，喜欢"聪明"的小说；现在，越来越钟情于一步步往深处走，写得"笨拙"的小说。个人认为，它考验的是作家的体力与智慧，需要巨大的艺术功力，否则会半途而废。你越往深处走，越往高处走，它的力道越大，越能触及人的灵魂。

其实，无论小说家怎么编故事，也是编不过现实生活的，因为现实生活远比你想象的更荒诞，更梦魇，更超现实，更非理性。外部世界是强大的，而我们的内心十分脆弱。当我们用自己的脆弱去与外部世界的强大对抗时，写作的意义就产生了。我给了自己这样一个答案。

事实上，在这些小说"超验"的背后，是人物灵魂的挣扎与投影。所以，我想象着他们的内心，体验着他们内心的痛苦。也不只是他们的痛苦，在现实生活中，我们每个人的内心何尝不痛苦，但我们隐藏在与"人格分裂"的对接上。

每至深夜，我都在想一个问题，自己是否可以从六十岁"重新"开始写作。为了生活，我在城里挣扎了二十多年，在日复一日地重复着既定的"秩序"。这种自我开脱，显然可笑。也许留给我的时间真的不多，如果我像父亲一样能活到八十多岁，还能写二十多年。这同样可笑，说不定早已写不动了。不过，也好，总算把写作这件事放下了。碌碌无为过了一生，往深处说，因为写作，对得起自己，如梦如幻；往浅处说，不过如此，如风过耳。

借用一句古诗："盈盈一水间，脉脉不得语。"

在内心深处，我一直想回到自己写作出发的地方——乡村，夜深人静之时，只有我的书房孤灯一盏，亮得晚也熄得晚。村里人不知道我在干什么，我也不需要村里人知道。这种心灵深处巨大的宁静，就如置身于浩瀚宇宙的孤独，无法与人言说。想一想，这种日子还真不错。

这本集子所收录的中篇小说，几乎都是写乡镇生活，是我熟悉的生活，其中，也有不熟悉的生活，但我喜欢把自己的小说背景放在乡镇。尽管我在城里生活了二十多年，却从没写过城里的生活。归究起来，是实在不知道如何去写、去展开，中间像隔着一堵墙。我来自乡村，之前近三十年，差不多都生活在乡村与城镇之间，毫不夸张地说，我没坐在书房里虚构乡镇生活。现在，我每年数次往返于乡村与城市之间，被时代的洪流裹挟其间，深陷其中，茫然失措，只是尽量使自己站得更稳一些而已。

就说这些。

2023 年 11 月 22 日

目 录
Contents

无 岸

吴 敏

吃罢年夜饭，吴敏决定去西山寺找陈放。

陈放已不叫陈放，法号觉根。因此，可以说吴敏是去找觉根和尚。西山寺就在镇街的后山上，说远不远，说近不近。一直等到外面不再热闹，吴敏才叹了口气，清冷地吃完一个人的年夜饭。看来，陈放真的如他所言，命中注定要做和尚，他叫陈放，就是要放下，放下执着，放下局限，放下往生，放下世间的一切烦恼，庄严净土，成熟众生。

走在去西山寺的途中，高一脚低一脚，吴敏拢了拢外衣，夜间的风寒冷如刃，吹得她虚晃晃的。从漆黑夜空的四个方向，不时有烟火绽放，把夜空点缀得一片锦绣。她伫立在那里，抬头望了望夜空，不知道自己去西山寺干什么。按说陈放跟她没任何关系了，他们维持了八年的婚姻已分崩离析。还有去找陈放的必要吗？大年三十晚上，她以为陈放会回到家中看看，会舍不下亲情，没想到陈放做得决绝，彻底与尘世斩断了宿缘。吴敏不甘心，与陈放离婚才两个月，她不相信陈放真的到了彼岸，得到了解脱。要知这不是一般人所能做到的，只要是俗人，就做不到只问佛理，不问心图。在吴敏眼里，陈放就是一个俗人，甚至称得上俗不可耐，但正是这样一个人，偏偏出家做了和尚。

西山寺的住持年岁已高，看来都老糊涂了，有点饥不择食，也不管念佛者是谁，居然让陈放继承他的衣钵。日常生活中，吴敏从没看出陈放还有那悟性，即便法名觉根，也没那慧根的。吴敏几次去寺中找住持，想与住持谈谈陈放，但住持每次都施以托词，从不多说，装聋作哑。又一日，她去寺中找住持，住持正在念经，低沉的声音从禅堂传了出来。她停在外面等了些时间，还不见念完，便不耐烦起来，推门而入。住持也不恼，依然闭目诵经。住持的确老了，声音打颤，脸皮皱得像晾干的拖把，下巴上的胡须稀疏，头皮也萎缩了，上面布满黑斑，她不敢造次，只好一直候着。住持诵完经文，抬头朝她笑了笑，大概是她去的次数多了，住持不好意思，终于静坐下来，听了她一番话。听完她的话，住持很长时间没作声，似老僧入定般在那里。她以为自己的话感动了住持，没想到住持说，施主还是随缘吧，得也随缘，失也随缘。

吴敏说，住持，你以为陈放有那份缘？真不知他是如何鬼迷心窍了，要跑到你这里来做和尚，你说他是做和尚的材料吗？

住持说，人人皆可成佛，你要透过现象看本质，透过表面看内心，一定要避免俗情俗见，不要以寻常眼光看陈放。可以说，他是我遇到的在佛学上最有修为的人，日后必成大师。如果这样的人不做和尚，岂不可惜了。与陈放相比，我倒有些自叹弗如，差不多白做了这么多年的住持。

吴敏不客气地说，佛理我不懂，但我懂得念经的人都有一颗慈善之心，宁拆十座庙，不毁一桩婚。再说你是住持，陈放来这里做什么？

住持没恼，依然笑了笑，风趣地说，陈放来了，他就是住持，我就下岗了。

吴敏还想说什么，住持突然站起，摆了摆手，止住她的话说，施主不必挂碍，百千法门，同归方寸；河沙妙德，总在心源。

吴敏愣在那里，不明白是什么意思，住持的话费解，又不好继续问，只能眼睁睁地看着住持去了后面的寮房。

果真，等陈放去了西山寺，剃度之后，住持放心地把西山寺交给了陈放，云游在外，一直不见回来，也许是去了别的寺院做了方丈。

离西山寺还有一段距离时，吴敏就听到从里面传来嘈杂的声音，显然都是来撞钟的。新年撞钟，近年才兴起，模仿电视娱乐节目，有东施效颦之意。来撞钟的人除了镇政府的要员，还有几名老板，统称为镇街上的政界与商界巨头。吃完年夜饭，这些人就急匆匆地赶来，一直守着，临近午夜零时，忙烧头炷香，然后倒数十二个数，撞响新年的钟声。不多不少，整整十二下，正好来到午夜零时。接着燃放烟花，听说身家过亿的老板王强，已找人拖来一卡车烟花，堆放在寺院的四周，时刻准备对天空发号施令。陈放曾经说过，心清净故世界清净，心杂秽故世界杂秽。修行最容易出现的错误，就是只为求功德，不求明心见性。在吴敏看来，这是陈放走火入魔时说的话，现在想起倒有几分道理。问题是陈放不见得是个明心见性之人，否则肯定不允许把烟花堆在寺院的四周，搞得乌烟瘴气的，这还谈得上什么清净。从前的住持就不允许在寺院的周围燃放烟花，保持着寺院的庄严肃穆。如果住持知道陈放这样干，还不要气得半死。

走进寺院，王强已大步迎了上来。王强与吴敏一点也不陌生，若干年前，王强是镇中学一名教员，但经常不务正业，沉迷牌桌，校长找他谈过几次话，警告他别误人子弟。王强嘻嘻哈哈，一点也不在乎，几次敷衍了过去。谁知有次，竟与校长发生争吵，俩人脸红脖子粗地吵着，差不多大打出手。愤怒之后的王强，选择离开学校去外省寻求发展。临行前，王强找到陈放，问他面对这种现实生活有何感受。王强是真的觉悟人生了，才几年的工夫就成了身家过亿的老板。那时，吴敏与陈放刚结婚不久，看到王强离去，作为昔日的同事，他们只能叹息，认为王强会后悔的。没想到，她与陈放的叹息是多余的，事实证明他们错了。也正是从那时开始，因为王强的事情，陈放受了刺激，潜心钻研起佛学来，用他的话说，就是想弄清楚人生的目的问题、价值问题、信仰问题、归宿问题。这些问题都很大，不是一时三刻就能弄清楚的，陈放愿意怎么研究就怎么研究吧，至少不像学校里那些混日子的老师俗不可耐。尽管陈放也是一个俗人，但又比俗人高尚那么一点点。仅这么一点点就够了，让她有了骄傲的资本。谁知随着陈放研究的深入，事情急转直下，变得不可逆转。一天，陈放对她说，他要跟她离婚，去西山寺出家。当时正在饭桌上，她手中的筷子一下子掉到地面。陈放又说，他心意已决，他没了任何出路，出家才是他唯一的出路。她不相信地看着陈放，半天也没弄明白。看上去，陈放已经疯了，心智全无，用走火入魔来形容一点也不为过。接下来，是她与陈放长达一年多的马拉松式的离婚战争。最后，他们耗得精疲力竭，战争结束时，双方就都得到了解脱。离婚时，陈放自觉净身出户，把所有的财产都给了她，差不多是赤条条来去无牵挂。

吴敏踏进寺院，就像刚喝了几杯热酒一样，双脚与脑子有点不着实的感觉。她的脑子还沉浸在往事中，被扰得心神不定，王强就已迎了上来。她冷冷地瞥了眼王强，没怎么搭理。王强毫不在乎，脸上堆笑地说，吴敏，你也是来凑热闹撞钟的吗？

吴敏说，我来找陈放。

王强说，我们都叫他觉根，他现在是法师。

你把陈放叫出来，我找他有事情。吴敏毫不理会。

法师正在做功课，这时候不方便打扰吧。再过几个时辰就要撞钟了，大家都想讨个好彩头。王强说得毕恭毕敬，格外虔诚，对陈放保持着十二分的尊敬。

吴敏有些诧异，想不到佛法竟有如此大的力量，轻易就能改变一个人。王强也要对陈放低下脑袋，放下架子，"方寸之间，舍妄归真"。吴敏有些不习惯王强的做作，准备抄小径去后院找陈放。王强却跨出一步，拦在她的前面，说小道已封，过不去的。他们最怕的就是这时打扰觉根的功课，觉根正在里面给大家祈福、许愿。

吴敏说，王强，你算什么东西，竟敢挡我的道。

王强局促不安起来，侧身而立说，即便我不挡着，你也是过不去的，是徐镇长派人守住小道的，这头槌钟徐镇长要亲自撞。

吴敏是存心要搅这个局，让众人见识陈放真正的嘴脸。陈放以为自己是得道高僧，以为自己大智慧、破执着、到彼岸、大自在，其实与众生一样，没什么了不起的。吴敏不再理睬王强，直接往大殿冲。见此，王强倒识趣，自觉地让开身体，不敢阻挡。看着气势汹汹的吴敏，里面的人都没敢怎么阻挡，束手而立一旁。大殿有个侧门，仅容一人可进。透过侧门，可以看到陈放正端坐蒲团上做功课。殿内的人都屏声静气，静观事态的发展。吴敏的目光一拖，就看到殿内两侧立着很多人，其中有徐镇长、李书记、张老板、何老板等众。吴敏顾不了那么多，站在侧门口喊：陈放，你给我滚出来。

听到吴敏的声音，陈放的脸色一凛，止住功课，从蒲团上起身，踱着方步出来，双手合十说，佛门净地，不许高声喧哗，施主这么晚来找我，有什么事情吗？

吴敏有些好笑，陈放就像一个戏子，演得有模有样了。吴敏说，你跟我去外面说事情。

什么地方说事情都一样，这难道有区别吗？我都不忌讳，你忌讳什么？

我只想要回孩子。吴敏说。

我已远离尘世，不问世事，一心事佛，你问我这个有什么用？陈放边说边摇了摇脑袋。

吴敏知道，陈放这是推脱。自从她与陈放离婚后，孩子就被陈放乡下的父母接走，再也没送回来。她去乡下找过陈放的父母，老人不但不交出孩子，还让她连孩子的面也没见着。陈放的父亲说，陈放的脑袋进了水，放着好好的日子不过，偏去做什么和尚。早知道这样，陈放一出生，就应该把他掐死。他没有陈放这个儿子，他的脸面尽失，村子里的人都在看他的笑话，他都抬不起头来了。老人这样说，自有他的道理。陈放的事情闹得附近十里八村的人都知道，算是轰动性新闻。于是有好事者报料给报社，报社派两名记者前来采访陈放，问是什么原因促使他遁入佛门。要知道这事情发生在他身上非同寻常，堂堂一名人民教师，竟把一切都抛下，做了和尚，专心习佛，这里面涉及人生价值观的问题。媒体想挖出陈放的思想动机。陈放说，有些事你们不能问，一问便俗，我也从不回答你们这些俗人的世俗问题。媒体不甘心，于是找到吴敏，问她对此持何种看法，企图从她这里打探出什么。吴敏气不打一处来，吼叫着让记者赶快滚蛋。现在，既然陈放的父母不放弃孩子，她只能来找陈放。

你都做了和尚，还要孩子干什么？吴敏嘲讽地说。

施主，我们的事情明天谈，好吗？我的功课还没做完呢！陈放的话表明他与吴敏已彻底撇清了。

陈放，你的功课关我什么事？你若不交出孩子，我就不离开这里半步。

你冷静点，年三十晚上，我怎么交出孩子？如果你愿意待在这里，我也不反对。

那你什么时候交出孩子？吴敏觉得自己都快失去理智了，于是舒缓了一下语气。

你今晚就是为孩子的事情来的吗？佛陀说，要善用其心，善待一切。孩子肯定会归还你的。施主，还是请你叫我觉根吧。有些事情过去了，就不必强求，要知道那样是毫无意义的。

我不跟你胡扯，你就告诉我，孩子什么时候可以回到我的身边？吴敏最不能忍受的是陈放用另一套言辞跟她讲事情。

我也不知道。

那你别怪我无情，我们法庭上见。吴敏终于说出了自己的底线。

你愿意怎样就怎样吧，一切不是我可以左右的。我现在专心修佛，至于其他事情，我都放下了。我种下了什么样的因，就会得到什么样的果，这就是因果报应。陈放无奈地说。

王 强

正月初七，天气晴朗。一大早，王强就来到了西山寺，候在院里那棵桂花树下，等陈放打开寺门。隔着寺门，能听到陈放念诵经文的声音，低沉如洪钟。桂花树葳蕤一片，叶片亮绿。看着眼前的桂树，王强立定在那里，似乎桂树也受了经文的感染，派生出一片慈善之气。王强之所以一大早赶来，是想请陈放去帮他看看风水。作为一名房地产商人，王强决定离开大城市，回镇上发展。眼下，镇上的经济发展迅速，已有开发商建起了第一批商品房，楼层全都售罄。年前，徐镇长与李书记三次前往东莞，诚邀他回乡投资，造福乡梓。王强知道，镇上为了招商引资，动了不少脑筋。徐镇长他们就像古代的说客，在沿海各城市奔走，想凭三寸不烂之舌说动众老板回乡投资。昔日的穷小子王强，如今俨然成了镇长的座上宾。有一年，王强与同乡会老板们回家过年，组成了一个庞大的回乡团。车队刚进县城，县长与各路官员早已列队迎候，跟迎财神爷似的。王强并非被徐镇长说动了心，而是在外累了，倦了，想趁此回乡歇歇身体。钱赚多了，也同样有烦恼，半夜从梦中醒来，身体常常被钱压得喘不过气来。年前，王强考虑再三，做出决定，把身外之物全处理停当，重新回到镇街，准备为家乡尽点绵薄之力。

等了些时候，陈放终于出来了，王强赶紧上前，说小车正在寺外等着呢。

陈放点了点头，说让你久等了，但功课必须要做，就像我们做和尚的，钟还是要敲的，当一天和尚敲一天钟！

王强说，大师说的是，做一天和尚就得敲一天的钟。

陈放说，什么大师，你我知根知底，不要因为我皈依了佛门，就把我与凡夫区别开来，你敬我没理由嘛，要敬也得敬佛陀。我每天只把修行局限在念经、打坐、拜佛、焚香等形式上，离大师还远着呢。

尽管王强心里最烦陈放说这些，脸上却不表现出来。这么多年的商场历练，他深知人心叵测，世事如棋，大家不过是在互相利用罢了。正如他现在要利用陈放，让陈放给他勘测风水。他从前是一名教师，有知识有能力，从不相信别人，只相信自己，正是凭着自己的一番打拼，成就了今天的事业。谁知随着年岁的增长，阅历的增多，他逐渐变得迷信了，越来越相信唯心的东西。王强清楚，这是心理上的暗示，跟知识、跟智慧无关，是任何人也解决不了的。这么多年，做房地产生意，他几次请风水师勘测地势，定位定向，避凶化吉，楼盘都卖得顺风顺水，从未死盘。他心里暗暗诧异，却又不得不信。在王强眼里，陈放与凡夫是没区别的，从前，他曾瞧不起陈放，甚至鄙视陈放。然而世事难料，谁知才几年工夫，陈放居然顿悟开窍，成了觉根法师，成了西山寺的住持。陈放是否真的成了得道高僧，王强不清楚。记得陈放从前在中学教的是数学，逻辑思维能力强，也许陈放从中找到了一条变通之道。但事情还是显得很荒唐，陈放非理性地与吴敏离婚，放弃工作，固执地半路出家，不知到底是怎么想的。问题是每个人都有自己的内心世界，是他人无法穷尽的。既然西山寺原来的住持都愿意挂褰而去，看来陈放不可小觑。

王强说，是的是的，还请大师移步。

陈放笑了笑，抬手推了王强一下，说你少跟我来这套。

小镇开发区有点远，毗邻新修的高速公路。约莫十几分钟，一行人就来到了王强相中的地皮上，这里东面背靠山体，山脉蜿蜒，大开大合；南面一派空旷，与北面的湖泊相对，可看到一片白亮的湖水。山体打了一条长长的隧道，高速公路从中穿过，去了小镇的另一头。可以说，这里闹中取静，适合建别墅群，称得上地旺脉旺。

王强站在属于自己的地皮上，颇有指点江山、挥斥方遒的意思。他指着远处的湖面对陈放说，准备从脚下这片土地开始，把别墅一直建到湖边，在不久的将来，他推土机式的造房会让这里大变模样，把这里建成湖畔别墅群，他已想好了楼盘的名字，就叫"鼎湖中泱"，相信会吸引市内的成功人士慕名而来，争相购房。要知道从市内走高速来小镇才半个小时，十分便利，就像沿海城市一样，小镇也完全可以成为江洲市实质意义上的后花园，谁不愿意住到后花园中来呢！

陈放双手合十说，王老板，你高瞻远瞩，果然是大手笔。

王强听出了陈放的言外之意，也听出了其中的不屑，忙自觉收敛了一下，说，哪里哪里，在大师面前不敢谈什么大手笔，我是商人，在商言商，钱还是要赚的嘛。

陈放呵呵一笑，说，王老板，我们今天说好了不谈钱。说完，他命人从车上拿下罗盘，蹲下身体，对准方位，勘测起来。

王强显得诚惶诚恐，跟随在陈放的身后，不时询问风水的吉凶，方位的定向等情况。陈放头也不回地说，有些事情你不能问，天机不可泄漏，等会我自然会告诉你结果。

王强附和说，大师说得是，对于我们这些俗人，有些事还真的不能讲。

陈放说，我只是跟你讲一个道理，万法不离方寸，若你能参透方寸之间的事，就能做到运筹帷幄，决胜于千里之外，所以方寸之间决定成败。比如你当初执意离开镇街，正是动了方寸之念，才有了后面的成功。又比如我皈依佛门，同样是出于方寸之念。

王强有些诧异，真的不能小看这个昔日的同事，与从前简直判若两人。事物总是在变化中前行的，自己不也是判若两人吗。陈放真的不是陈放了，是得道的高僧，心法无形，这不是一般人所能做到的。

陈放从东西南北四个方位勘测了一阵后，站起身，抬手擦了擦额头上的汗，指着脚下的地皮说，此处方位最好，宜选吉日举行奠基仪式。

方向如何定？王强问。

坐西朝东，紫气亦东来。陈放边收起罗盘边说。

好，我听你的。王强说着从怀里掏出一个红包，恭敬地递到陈放的面前，薄礼一份，不成敬意，还请你笑纳。

陈放挡了一下，说，你也太见外了吧。

王强说，这是规矩，我不能坏了规矩，想必你也不愿坏规矩吧。

互相推搡之间，陈放还是收下了红包。

陈　放

过了些时日，陈放果然收到了法院的传票，传票上写着具体的开庭时间，掐指算了算，离开庭还不到一个星期。为了争夺儿子的抚养权，吴敏真的把他告到了法院，让法院作出判决。儿子叫陈聪，却并不聪明伶俐，反而有些木讷拙言。打心底而言，他还是愿意儿子跟随吴敏，现在这情形，可能就是跟随在父母身边的结果。但儿子的抚养权一旦归吴敏，自己恐怕连儿子的面也见不着。事不宜迟，当下最紧急的是赶紧请律师，想办法把抚养权争夺过来。考虑再三，陈放决定找王强帮忙。

打王强电话时，王强说他正在包厢里 K 歌。不用仔细辨听，手机里就传来嘈杂的歌声。王强问，找我有什么事情吗？如果事情紧急，我争取晚上赶回去，现在来回很方便的。陈放问，你在什么地方？王强说，今天到市里办事，陪同一起的还有徐镇长，吃完饭后，大家娱乐一下。陈放说，那就等你回来再说。王强说，你现在就说，你的事情就是我的事情，我去外面接电话。

很快，王强就到了外面，说有什么事情，你尽管吩咐。

陈放于是把事情简要地说了一下，然后问王强是否能找个法律界的朋友帮忙，他想跟吴敏打官司。

王强听后，嘿嘿地笑了起来，说，吴敏说得对，你都做和尚了，还争夺孩子的抚养权干吗？

陈放说，有些事情你不懂的，比如你知道我为什么执意要皈依佛门吗？

不知道。王强答得干脆。

佛说，一念迷即众生，一念悟即解脱。人来到这个世界上，要面对和解决的问题很多，佛陀又教导我们，生命是一个非常漫长、无穷无尽、因果流转的过程，这就是"十二因缘"，它就是生命流转的全过程。当然，跟你说这些，有点对牛弹琴的意思，但说到孤独感，你应该就明白了。这些年来，我觉得自己生活得非常孤独，内心也时刻充满孤独感，哪怕我有老婆与孩子，也同样感到孤独，我的孤独感与日俱增，是一种对生命万念俱灰的感觉，我时刻问自己，人生的价值何在？人生的际遇是多种多样的，有的人做事一帆风顺，有的人会遇到种种障碍，像我就是一个遇到内心障碍的人，怎么也越不过这道屏障，其实这都不是偶然的，是因果规律在起作用。我害怕自己的孤独牵连妻子与孩子，于是"一念悟即解脱"，干脆出家做了和尚。倘若一个女人跟一个内心孤独的男人生活一辈子，这肯定不是一件幸福的事情吧。

一口气说了这么多，陈放停了下来，尽管他觉得自己已经说得很清楚了，恐怕王强还是没听明白，如入雾中。

不知王强是真明白，还是假明白，只听他说，大师，你又给我上了一课，简直就是听君一席话，胜读十年书啊！看来，我要经常去你那里坐坐才对。

我就是一个俗人，你不用叫我大师。陈放声音很大地说。

这样吧，我晚上赶回去，明天就带你去见律师。王强说。

也不急的，我只是想咨询一下律师，看看有什么办法能让我要回孩子的抚养权。

电话那头的王强又嘿嘿地笑了起来，大概是觉得事情很滑稽。

第二天，王强开上小车，拉陈放去县城找律师，说是昨晚已经联系好了，今天直接去律师事务所就行。临出门前，王强让陈放无论如何都不要穿那件灰色无袖对襟罗汉褂。陈放心里明白，也不多说，就依了王强的意思。事情肯定很麻烦，陈放清楚这点，但还是想找个律师问问。

律师事务所在司法局的旁边，门牌很大，里面却只有小小的一间房子。进了门，陈放的心里一阵嘀咕，里面没开窗，白日也要开灯。听王强说，这位叫袁如海的律师是通过自学弄到法律专业文凭的，越是这样的人越不能小看，他们大多有真本事。刚进门，袁如海就从座位上直起身体，疾步走了过来，握住王强的手。办公室里就两个人，除了袁如海，还有一个年轻的女子，也不知跟袁如海什么关系。袁如海很热情，忙着倒水招待他们。等到他们坐定后，女孩自觉去了外面，陈放搞不清楚她回避什么。

王强把陈放作了一个简单的介绍，言下之意是，聘请袁如海做被告人的辩护律师。

既然王老板有此意，我一定全力以赴。袁如海边翻看陈放带来的资料边说。资料仅薄薄的两页，袁如海却翻看了很长时间。陈放一直注视着袁如海的表情，期待他能说点什么。袁如海久久没表态，眉头却越皱越紧，抬头看了看陈放，又低头看了看材料，然后又抬头看陈放。

袁如海说，事情有些麻烦。

陈放问，什么地方麻烦？

关键是你已出家做了和尚，还有什么资格要孩子的抚养权？法官是不可能站在你的立场的，我也找不出任何的辩护词。再说你的事情比较特殊，缺少相关的法律条文作支撑。袁如海说。

你是说我不可能要回孩子的抚养权？

基本上是这样。

是否还有其他办法？

唯一的办法是你马上还俗，不再做和尚。

和尚就不可以抚养孩子？

我只是从法律的角度帮你分析问题，判断问题，至于其他事情我管不了，也解决不了。就像你每日事佛，定对佛理了然于心。我是律师，自然对法理了然于心。如果你一心向佛，就不应拘泥于这类事情，佛经上讲"无门为法门"，想必应该是这意思，"无"是什么？无就是无，它没有任何的对立面，是一个整体，所以千万不要用思维的固有的模式来卜度它的意思，它应该是佛法的最高境界，也是一切哲学的最高境界，更是生活的最高境界。在日常生活中，我喜欢下围棋，而围棋同样讲究"无门为法门"，在我看来，佛理与棋道如出一辙，世间万事万物也都是融会贯通的，所以你不妨换个角度思考一下问题。袁如海缓慢地说。

陈放吓了一跳，没想到一个律师居然说出这样一番话来，真让他开了眼，王强说得没错，越是这样的人越是不能小看。

没想到你对佛学也研究得如此之深，真让我自愧。陈放笑着说。

不，你错了，我从不研究佛学，只不过在棋道中悟出了一些道理罢了。袁如海也笑着说。

如果我还俗，你就有把握帮我要回孩子？陈放认真地问。

坐着的王强被陈放的话吓了一跳，手中捏着的水杯狠狠地烫了他一下。

见袁如海半天没回答，陈放朗声笑道，我只是跟你开个玩笑，不必当真的。既然你说到了佛理，我不妨也多说几句，佛经上讲，"烦恼是道场，知如实故；众生是道场，知无我故；一切法是道场，如空寂故。"所以我更多是自寻烦恼，任何事情都有其本来的面目，不是人所能操控的，还是让事情去呈现该有的事实吧。

袁如海说，法师果然是高僧，你的话对我多有启发。说实在的，这世界上像我这样能听懂你的话的律师恐怕不多，我算是例外。只是我不明白，既然你心中早已拿定了主意，又为什么要跑到我这儿来呢？

你还不了解我，有些事情说出来就没意思了。陈放茫然地说。

法师，对不起，这官司我没法帮你打，还请另请高明吧。

袁如海把手中的资料递给了王强。

趁陈放与袁如海说话的时候，王强早已喝完杯中的水，并且重续了一次。对陈放的事情，王强基本抱着不掺和不参与的姿态，自始至终一句话也没说。

出了门，外面在下雨，雨水清亮，裹着这季节的寒冷。袁如海立在门口与陈放、王强一一握手，说，我就不送了，有空我定去拜访法师。记得在广东开律师事务所的时候，我也见过一些高僧，但都没法师这么有学问。

陈放说，我从前是一名中学老师，并没什么学问，所以你不必高看，欢迎你随时到我那里做客。

王老板跟我是兄弟，当年我在广东混时，他对我有知遇之恩，法师也可以把我当兄弟。袁如海说。

徐观复

徐观复就是徐镇长，个头不高，肚子微凸，声音洪亮，尤其习得一手书法，逢年过节什么的，喜欢露一手，镇街上多数商家的门牌题字都出自他之手。

近年来，县政府对镇政府的政绩考核专注于 GDP 的增长。为此，徐观复可谓是伤透了脑筋，如何让小镇 GDP 迅速膨胀起来，成了工作中的头等大事。在他的牵头指导下，镇政府成立了招商办，他自任招商办主任，带领镇政府的一班精兵强将奔波在沿海各大城市，竭力鼓动各路老板回家乡投资。令徐观复骄傲的是，经过他锲而不舍的努力，终于把王强这个最大的老板鼓动回来了。

在徐观复的心里，镇街上有两个特殊人物，一个是王强，一个是陈放。若把这两个人放在一起，根本就没有可比性，但偏偏就是这两个人，成了镇街上引人注目的焦点。

王强其貌不扬，戴着一副眼镜，面容清癯，走在人群中，很容易被忽视而过。对王强的成功史，徐观复略闻一二，说是王强早年去深圳打工，起初在一家公司跑营销，不好不坏，没见赚到什么钱。谁知王强工于心计，等到手头积攒了一批客户资源后，立即从公司跳了出来，自己做老板。正像每个成功人士的血泪史一样，在那过程中，王强也非一帆风顺，途中也遇到各种挫折，但总的来说，他都一一挺过来了，并且把生意越做越大。等大得无法收手后，王强又进军房地产，仅用三五年时间，就赚了个盆满钵满。徐观复当然知道，王强的成功史绝非如此简单，否则岂不是人人都可以成为老板。现在，他终于把王强鼓动回来了，只要王强的楼盘一开工，拉动内需，镇街上的 GDP 不增长都难。王强已把"鼎湖中泱"的规划设计图交到了他手中，楼盘的规模之大，令人咋舌，称得上大手笔，是他不敢想象的。除此之外，王强还谈到了下一步的计划，准备把离镇街约七里之距的白沙水库做成旅游景区。水库蓄水面积庞大，适宜搞水上乐园什么的，加上周围山清水秀，定能让游客的身心与大自然融为一体。现在很多地方的景区由于过度开发，成了污染之地，游客寥寥。相信我们只要稍加开发，修好路，游客便会趋之若鹜。王强脑子活泛，甚至把化成寺也纳入镇街一日游的景点，说游客们游累了，晚上可以住到寺中，品尝一下素食；然后趁着月色，叫陈放领着去湖边放生，诵放生仪轨；回来后，陈放可带他们一起做做功课，或者说说禅什么的，事毕入住僧寮，还可静听微风拂过钟面之声。什么叫世外桃源？这就是世外桃源。既然游客流连世外桃源的生活，次日便可领他们去"鼎湖中泱"参观楼盘，去楼顶观光，最后便是让他们签下购房合同。更何况这里是江洲市的后花园，空气清新，景色宜人，早已成了"负氧离子"的同义语，"城市之肺"的代名词。

对王强的话，徐观复暗暗感到吃惊，脸上却不表露，心里说怪不得王强能成为王老板。徐观复不清楚王强到底有多少钱，这些都是大项目，至少得上亿的投资吧。在王强的面前，徐观复感到自己的腰伸得没那么直，脖子也难受，心里有种自卑感，变得不自信起来，但他有一事不明，为什么身家过亿的王强偏偏对陈放纡尊降贵，陈放不就是一个半路出家的和尚吗？

在徐观复看来，陈放实在没什么了不起的，相反还闹出了不少笑话，对佛法的研究也大多流于形式。记得有次，冬天的一个夜晚，月上东墙，风过纸响，他与陈放坐在禅房，静听寺外的风声。喝茶的间隙，他问了陈放几个问题。陈放也一一作了解答，按陈放的意思，这些问题都是不值得追问的，是凡夫俗子都避免不了的，所以回答起来甚觉无趣。陈放建议他不妨多谈谈养生方面的事情，对身心倒是大有裨益。同时，陈放建议他素食，并列举了素食的若干好处，整日混迹在官场中，吃多了荤腥对身体不好。最后，陈放说，恐怕要让你失望了，对于佛学，他没什么微言大义，有的也只是道听途说，他的习佛也仅止于道听途说，所以请不要把他的话当真，每个人都是按自己的心图行事的，就像你喜欢往寺里跑，恐怕也是听从了心图的指示。陈放像是看透了他，知道他迷恋仕途，喜欢到寺中烧炷香，拜上几拜，祈求冥冥中的神灵保佑其官运亨通。在陈放看来，他与所有的俗人是一样的，从来都是把求神拜佛当作目的，而不是用以祈求灵魂的安稳。

陈放对他从来都是直呼其名，一点也不尊敬，开口闭口都是徐观复，这让他大为恼火。对此，陈放倒是解释了一下，说众生都是一样的，不分贫富贵贱、俊美丑陋。要知道在僧人眼里，徐观复这个称呼比徐镇长更能扫除一切知见。

徐观复认为陈放小看了他，他是一镇之长，至少与芸芸众生区别开了吧。全县人口上百万，二十几个乡镇，能做上镇长的有几人？他算得上万里挑一吧。这些话他当然不好跟陈放说，只能放在心底。

近日，听闻吴敏为了争夺孩子的抚养权，将陈放告到了法院。他想看看陈放将如何处理这件事情。真应了那句佛家俗语："口开神气散，舌动是非生。"

陈 放

坐在蒲团上，陈放神思恍惚，脑门疼痛，近来发生的事情令他焦头烂额。吴敏三番五次地来寺里打闹，质问他法院的判决书都下来了，她为什么还是不能见到儿子，不能要回儿子的抚养权。本来法院都已给他下达了开庭传票，结果却不知为何突然取消了，而是送来了一纸判决书，把儿子的抚养权判给了吴敏。自那天去县城咨询律师后，陈放就清楚自己不可能得到儿子的抚养权，内心也基本放弃了这一愿望。对于抚养儿子，他倒不怎么上心，关键是自己的父母，两个老人已没了他这个儿子，现在竟然连孙子也没有了。用乡下的话说，两个老人现在真的成了孤老。陈放想象得出父母悲怆而凄凉的心境，清楚他们至死对孩子撒手不放的理由。因此，可以说到目前为止，吴敏并没在真正意义上要回儿子的抚养权。吴敏知道无论如何与老人都是说不清道不明的，她没有任何办法，只能一次次前来找他兴师问罪。问题是他又有何办法呢？尽管他多次对吴敏进行过解释，说是父母早已不接他的电话，他一开口，那头立马就挂了。吴敏说，既然打电话不起作用，那就请他回去一趟。他问吴敏，我回去干什么？你说我还有脸去见父母吗？吴敏说，有没有脸是你的事情，我只想把儿子要到身边。他只好说，抚养权都已归你了，你还来找我干吗？吴敏反问，那你说我应该找谁？他不解地说，儿子又不在我这里，如果在的话，我立马就给你。吴敏说，陈放，别以为我不知道，你的父母就是听了你的教唆才这样做的。见吴敏失去理智，变得不可理喻，他只好沉默了起来。吴敏说，陈放，我只有向法院申请强制执行了。他叹了口气，说你有这个权利，事情该怎么弄就怎么弄吧，我还能说什么呢？

吴敏的表情悲痛欲绝，笼罩着一片哀伤的气息。吴敏显然没料到他会这样说，像是不认识他一样，木然地注视着他。在吴敏的注视下，陈放局促不安起来，从吴敏的眼中，他看到了不屑与失望。

晚静天凉，外面又在下雨，寺檐滴落的雨声如手中的念珠，似永远也没个尽头。做完必要的功课，陈放坐在蒲团上，久久没起身。吴敏这头的事情还没完，听说王强那头又出事了，并且出的事情很大。那天，王强从市里请来建筑队，剪彩奠基后，"鼎湖中泱"的庞大工程随即动工。起初，一切都很顺利，谁知后面打桩时，打桩机朝地下打了近十米，土层却越打越松软。桩打不下去了，王强只好从省里请来地质专家，经专家实地勘察，得出地底有一条古河道的结论。也就是说，如果继续往下打，楼盘每平方米的价格无疑要飙升几倍。王强拿不定主意，不敢继续打下去，只好暂时停工。若价格贵了，楼盘很可能成为死盘。到目前为止，王强还没来找他，说明王强正在想办法解决。陈放也从没想到地底会有什么古河道，那天是他给王强的楼盘定位、定向的，还画了一个方位图。按说事情跟他没什么关系，他又不是地质专家，只是一个看风水的和尚，但他觉得自己多少还是要承担一些责任的，不能因为出了事，就把责任推得一干二净。

这是个月圆的雨夜，虽然看不到月亮，但可以看到檐外清亮一片的雨水，隔门如隔世，雨水砸在寺院里，声音清越。在蒲团上坐久了，陈放的心终于慢慢回复了平静，檐外的雨水也真的成了念珠，或者说手中的念珠成了雨水，寸寸温凉，熨着皮肤。这季节，气温忽高忽低，高时多半是阳光从云层中钻了出来，低时又常伴雨水。陈放嗅到一股香气，混着湿气飘来。镇外的田野上油菜花早已金黄一片，开得霏霏拂拂，纯粹而热烈，刺得眼睛酸痛，但显得俗气，呆滞。这么想着，陈放又觉得不对，生活中的俗事都让他应付不过来，怎么还有心思去参悟天道？不管做什么和尚，都离不开这人间的烟火，都是俗世缠身的。

陈放有些走神，手指自觉停了拨着的念珠，愣神间，有一人影趔趄跌撞进了寺中。陈放惊慌得差点叫出声来，定睛一看，原来是王强，就像雨夜中正被凶徒追杀一样，狼狈至极。他没想到王强会在雨夜奔赴而至，为何偏偏这时跑来呢？王强的工地出了事情，迟早是要来找他的，这点陈放心里很清楚。陈放抚了抚胸口，从蒲团上起身，不紧不慢地坐到竹榻上。

王强一身水意地站在他的面前，努力地咳了几声，声音很大。

王强说，大师，我这些日子失眠，下雨的晚上更是睡不着，你不介意我突然跑过来吧？

陈放说，王强，我早已说过我不是什么大师，还是叫我陈放嘛。你这么一叫，你我之间就隔远了，就像我叫你王老板一样。你我都知根知底，又是多年的同事加兄弟，你再这样叫，我迟早要跟你翻脸的。

我可以坐下吗？王强抖动着身体问。

我给你拿一身干爽的衣服换吧。陈放说完，径直去了衣钵寮，拿来一套僧衣。

等王强换上僧衣，也坐到竹榻上后，陈放去沏了一杯热茶递上。王强用嘴吹了吹热茶上的叶片，轻啜了一口，这才问陈放，你说我现在该怎么办？

你的事情我都听说了，关键看你用什么样的心态面对，什么样的方法处理。若处理得好，用佛理来说，即烦恼就是菩提，处理得不好，烦恼就成了生死。当然，我这样说严重了，你还不至于到什么生死的地步。

王强显然没听懂，说，你干脆给我一个主意吧。

主意还得你自己拿，我只是提个建议，继续往下打桩，看看古河道到底有多深，总得把一个桩打到底。哪怕是损失一些钱，对你而言还不是九牛一毛。那地方山脉线与水脉线都长，收得住旺气。

有你这句话我就放心了，哎！如果不是实在没了主意，我不会这么晚冒雨跑来问你。

不要总想着赚钱，也要想着如何赔一些钱嘛。陈放诙谐地说。

陈放，我明白了，你的悟性就是不一样，从前我还对你不服气，现在算是心服口服了。王强说。

从前我对你也同样是不服气的，凭什么你能挣那么多的钱，我就不能？现在时过境迁，人都是在什么样的情境下说什么样的话，你挣了那么多的钱也不过是身外之物嘛。生不带来死不带夫的，如果钱多了，就散些出来，心里就会平静许多。

王强连忙点头说，是的是的，你说得有道理，我一定按照你的指点去做。

你要舍得，有舍才有得，才能在镇街上获得好的口碑。

其实我一直就想把西山寺重新扩建、修缮，建成一座大寺。王强以为陈放是暗示他重建古寺，因为碍于情面，只好绕着说。

王强，你错了，寺不在大小，就像你每天睡的不过是三尺之榻，我要那么大的寺干什么？再说若重建了，这寺还是原来的寺吗？陈放转身重新点燃一根沉香，说，看来你还是理解错了我的意思，只能说你的心思全用在了钱上。

既然你执意不让建，我也不勉强。王强落寞地说。

如果你有这样的想法，倒不如给镇中学多建几栋学生公寓，几间教室。

公益的事总是要做的，这些年我也捐过不少钱，只是我现在对自己感到很迷惑。王强喝了一口茶。

你迷惑什么？

我也不知道。

你心里想的就是你的迷惑之处。

王强一惊，抬头看了看陈放，说，我的老婆孩子还在广东那边，说什么也不回来，反而每天催着我过去，骂我神经病。你说我是不是疯了，放着好好的日子不过，偏偏跑回来开发什么楼盘。

肯定有什么事情触动了你，否则不可能回来的。徐观复是个什么样的人，我太清楚了，就凭他能说服你？陈放说。

还真让你说对了，古人说叶落归根，在广东那边，我一直生活得不踏实，心里有种恐慌感，只想早点回来。有次在那边的高速路上，我目睹了一起车祸，一家三口当场身亡，现场十分惨烈。也就是在那一刻，我问自己，如果我像他们一样遭遇车祸而去，那么我的灵魂将安放在什么地方？也要像他们一样做孤魂野鬼，无依无靠。在那边的城市里，我们大多是无根之人。我的根在这边，睡在坟墓中的亲人也都在这边，他们都在看着我。我常常半夜醒来，睁大眼睛望着迷茫的空间，怎么也无法入睡，脑袋一个劲地想啊想，想长了时间，身体不属于自己了，思想也早已脱离意识，一个劲地朝一个方向飘荡，有些恍惚迷离，也有些神不守舍。我的确在广东拼下了身家过亿的财产，但拼得身心疲惫，但这一切有意义吗？正像我当年抛弃做教师一样，不过是认为自己那样活着不值。问题是我现在这样活着还有意义吗？也许做一名教师比这样活着更有意义。我就在这样的悖论中反复问自己，折磨自己。我决绝地抛弃了曾经的一切，以为与那一切割裂得越远越好，但当每次回来又离开时，我发现自己就像离岸的船，越飘越远，越来越找不到回家的路。还有比这更可怕的吗？更可悲的是，我娶了个外省女人为妻，她对我思考的问题没任何兴趣，相反认为我的脑袋进了水。她热爱我们生活的那座城市，热爱物质生活带来的舒适享受。她才不在乎什么根不根的，甚至大言不惭地说，她已在那座城市扎下了根，将来我们的孩子也同样要在那里扎下根。她不知道什么是真正的根？根其实就是自己心里最柔软的地方，是自己经常梦到的地方。现在，我却被连根拔起，找不到落脚处。人活一世，其实是可怜的，凄凉的，被这个无序的世界裹挟着前进，就像一粒种子落不到一块坚实的土地之上，它就无法生根发芽，就在真正的意义上死了。经过反复考虑后，我还是决定回家乡投资。你也许认为我在作秀、表演，但这是我真实的想法、真实的感受。我不是个认死理的人，却偏偏被这件事绊住了，怎么也出不来。王强语无伦次地说。

听完王强的话，陈放久久没有言语。

外面的雨更大了，凉风阵阵吹进，陈放不由打了个哆嗦。过了半晌，陈放才问王强，那你说我是做一名和尚好呢，还是做一名老师更好？

我不知道。王强答。

其实我也不知道，这大概就是你说的悖论吧。人活在世上，都喜欢折腾，以为越是折腾就越有意义，就越能得到所谓的安全感。也许你的无根之念就像我的虚无之感，它们在本质上是一样的，在外人看来，我们的脑袋都进水了，只是谁能知道我们内心的荒凉与悲悯。生命就像一块沾满尘垢的布，这种尘垢叫什么？用佛学上的话说，就是烦恼障。障就是墙壁，就是挡住我们道路的障碍。烦恼的这一道墙壁将人的生命分成两个部分——一是污染的部分，一是清净的部分。

我每日在寺院的晚课，都要念《蒙山施食》仪轨，开头的四句话是"若人欲了知，三世一切佛，应观法界性，一切唯心造"。这句话的意思是，我们要把握好当下的这一念，一切按心图出发。既然心图让我们各自去选择生活，我们又怎能违背呢？在我看来，你的无根之念与佛学上的"如是安心"如出一辙，你说我们还有别的选择吗？

吴　敏

近段时间，吴敏没再去找陈放，既然找陈放没什么实际的作用，就没去找的必要了。设身处地，换位思考一下，陈放说的话多多少少还是有道理的，不管他在整个事件中是否做手脚，但老人无疑不想再失去孙子，因为那毕竟是陈家的血脉。她到乡下去过几次，每次陈放的父母都毫不讲理，只要说到孩子，脸色就变得阴沉，看来陈家人是无论如何也不会放弃孩子的。去法院申请了强制执行又怎样，法院的人有那么多的事，不可能天天为她的事情奔跑吧。在这场官司上，名义上是她赢了，事实上却是她输了。吴敏简直已无计可施，只能面对这些，然后被动地接受这些。看来，事情是急不得的，得慢慢去呈现真相，你越是想得到，就越是不容易得到，你的手抓得越紧，就越是什么也抓不住。吴敏相信孩子迟早会回到自己的身边，只不过是时间的问题罢了。

在很多个寂静的夜晚，吴敏除了想到孩子，还要想到陈放。陈放彻底地把她抛弃，让她孤零零地一个人站在人生的舞台上续演着人生的悲剧。有些夜晚，她睡不着，就要想到与陈放的夫妻生活。每次，陈放总喜欢开灯，认真地研究她的身体，她顿时就有了快感，身体怎么也控制不住，大声叫了起来。陈放就赶紧去捂她的嘴，她咬着陈放的手指，不管不顾地叫得更欢。她痛恨自己，简直就是恬不知耻。她都怀疑自己是不是有什么病，想去医院看看。陈放就说有什么病，如果有病，他帮她治就好。陈放就是如此低俗不堪，如此一个恶俗之人，谁能料到竟然出家做了和尚。这些无法向他人启齿之事，她又不能说，倘若说出去，还不是自取其辱。她知道自己骨子里是个耐不住寂寞的女人，一方面是生理的需要，一方面是内心的自责。它们互相绞杀着，来回冲撞着她的内心。她不知道自己还能怎么办？从前，陈放在身边的时候，她还能与他发生争吵，发生打斗，互相伤害着，就像一个游戏，他们乐此不疲地玩着，彼此还有某种荒诞的充实感。而当他们真的离婚后，她一个人静了下来，这才觉出了寂寞。

现在，每天除了上课，吴敏无所事事，下课后，也不想回到家中。她不敢面对自己的内心，不敢面对空荡荡的房间。房间里到处流淌着一股哀伤的气息，盈盈地挥之不去。即便回到家中，她也是长久地坐着不动，脑袋里什么都在想，又什么也不想，只任时间如流水般漫过身体。她的心中依然有愤怒与凄凉，凭什么让她摊上这样一个男人，镇街上那么多的女人都过着光鲜体面的生活，唯独她一次次闹出笑话来。陈放，你这个天杀的。

夜间温暖的空气一小股一小股地从窗口吹进，春天已深入到了季节的腹部。房间的某个角落似乎还盘桓着陈放的气息，被单上也留有他们从前的气息。万般无奈下，吴敏只好换了新的床单，努力地把陈放的气息清除干净。

吴敏迷迷糊糊地躺在床上，从黑暗中升起的又是陈放从前的气息，她看到陈放光着圆圆的脑袋朝她笑着。她愣了一下，光着脑袋的陈放还是蛮可爱的，她也笑了起来。瞬间，她又感到恐慌，不由得问自己，难道永远也走不出陈放的阴影？陈放已与她没有任何关系，她必须从中走出来，走得越远越好。黑暗的外面不时响起一些声音，她静心倾听着，那些声音犹如时间奔走在沙漏中，令她的心逐渐变得宁静。

风耳语般的声音，房间里的钟摆声，流水的淙淙声，一只猫的叫春声……它们流动在夜的深处，把夜衬托得愈是静默。

自与陈放离婚后，有不少的同事或朋友给她重新牵线搭桥，意思是她还得重新组织家庭生活，不要永远陷在陈放的事情里出不来。牵来牵去的，还真碰上了一个。对方在镇医院工作，是刚从另一个镇调过来的主任医生。第一次见面，一个是医生，一个是老师，本没多少共同语言，没承想倒也聊得开心，吴敏不想隐瞒什么，就一五一十地把自己的事情告诉了对方。叫张立民的主任医生笑了笑，说你的事情我早知道了，为此还特去了西山寺一趟，想看看陈放到底长得什么模样。吴敏心底有点吃惊，却不露声色地问，你的印象如何？张立民说，从面相上看，陈放是适合做和尚的人，面相慈善，亦端正觉行。听张立民这么说，吴敏的心里顿时阵阵发凉，然后头也不回地走了。

但张立民还是给吴敏留下了印象：长胳膊长腿，身材修长，戴着一副眼镜，镜片后的光怎么也看不清，似深藏不露。走起路来风风火火的，相貌说不上轮廓分明，却也不难看。吴敏想不明白，她怎么又碰到了一个与和尚沾边的男人，听张立民的话，似也是个不打诳语的佛徒。吴敏想不明白，这世界上怎么净是这样的人，是这个世界出了问题，还是自己出了问题。

没想到她的拂袖而去，不但没让张立民知难而退，反而更是激起了他的勇气。其后张立民三番几次地给她打电话，约她一起到外面吃个饭，喝杯茶什么的。她拒绝了几次，怕自己又掉进陷阱里出不来。到时不只害了自己，也害了他人。张立民似乎与她较上了劲，非得要把她约出不可，变得锲而不舍起来。吴敏没想到张立民会如此固执，简直跟陈放出家的固执一样。如果不是张立民说出那句对陈放的评价，吴敏觉得自己会答应的。一方面，她想做给陈放看，天底下不是除了陈放这样的男人，就没有男人要她；另一方面，她不可能因为陈放耽搁下来，她还得有自己的新生活。对吴敏来说，这是她的世故，也是她的无奈，女人到了这时候，年华渐老，况且又离过婚，她已没了挑三拣四的权力。

对张立民，吴敏从侧面了解了一下，也是结过婚的人，但没有孩子，听说问题出在他老婆身上。还有一些事情，她没能打听到，比如张立民后来为什么离婚了，离婚到底是谁提出的，他还爱他的前妻吗，他家中还有什么人，他的前妻现在何处，等等。既然打听不到，就没必要再去打听了，别人的伤痛也是自己的伤痛，何必还要去揭开呢！最重要的是，吴敏不知道张立民为什么喜欢自己。再说陈放在镇街的寺中做和尚，张立民难道一点也不忌讳？看来医生的脑袋也有不清醒的时候，否则事情该怎么解释呢？

吴敏叹了口气，问自己还有别的选择吗？对她来说，张立民应该是个不错的选择。用陈放的话说，此岸就是彼岸，此岸世界与彼岸世界并不是两个世界，都在同一个点上。

下一次，张立民再次打来电话，吴敏毫不犹豫地接了，答应了邀约。听得出那头的张立民很是兴奋，说他想立刻就来学校。吴敏说，还是我去你那里吧。

等到俩人约好见面的时间，吴敏觉得有意思，张立民像是想图谋不轨，竟把见面的时间安排在了晚上。张立民解释了一下，白天大家都忙，都没时间嘛，特别是他们做医生的，白天更是忙得要命。

夜来气清，吴敏的心里像是安稳了不少。此刻，一轮圆月正挂东山，夜空深邃无边，远处庞大的山影在月光下显得柔和而无声。走着，吴敏不禁想起年三十晚上去西山寺找陈放的情形，同样的路途，但不同的是心境。

吴敏没想到，张立民居然早已等候在医院的大门口，她的心脏急剧地颤动了一下。张立民说，我还以为你不会来，只是随口答应而已呢！

我这不来了吗？让你久等了。吴敏客气地说。

我几次三番地打你电话，没让你烦吧？你一次次地拒绝我，本以为没了希望，心里却鼓励自己坚持下去，坚持不放弃，没想到事情还真的峰回路转了。张立民兴奋地说着。

是你的坚持让我无法拒绝。吴敏说。

从第一眼见到你，我就身不由己了。

没那么严重吧。

我说的是真心话。

你不会让我一直站在大门口跟你这样说吧。吴敏皱了皱眉头，朝四下张望了一眼。

你看，我都昏了头。张立民说着，闪过身体，弯腰做了一个请的手势。

晚上医院里很安静，廊道上亮着几盏灯，与月光交相辉映。在张立民的带领下，七拐八拐的，吴敏还是没能记清去他房间的道路。张立民走得慢，不时对吴敏介绍着经过的一些科室。不一会儿，俩人就来到了一幢建筑物前，张立民说这是医院职工的宿舍，他住在三楼。因为夜晚的原因，吴敏并没看出这幢建筑物与其他的建筑物有什么不同，基本上都是那种四五层的楼房。张立民的房间很干净，似乎为了迎接她的到来特意布置了一番。透过敞开的窗口，可以看到夜空的月亮，又圆又亮。吴敏在沙发上坐下，张立民赶紧倒了一杯水递上，半天不说一句话。没想到一路上喋喋不休的张立民回到房间后，反而沉默了起来。为了打破沉默，不让彼此都感到尴尬，吴敏只好说，我能问你一个问题吗？

张立民说，你随便问吧。

吴敏便不遮掩，直截了当地问，能告诉我理由吗？

张立民没明白，说，什么理由？

吴敏说，你为什么喜欢我？

张立民说，我喜欢你的气质。

吴敏问，我有什么气质？

张立民说，你有股沉静的气质。

吴敏说，你错了，我没什么气质，只是一个很普通的女人。

张立民说，因为每个人的阅历、经验、学识不同，所以对人与对事的感受与看法也就不同，气质也是因人而异，有的人感受不到，有的人却独有心得。

张立民这样说，吴敏就不好再说什么。

张立民说，我是不是又说错了什么？上次你突然离去，我就揣度肯定是自己说错了什么？

吴敏说，不，你没说错什么，你说得很对，陈放就是一个适合做和尚的人。

张立民说，吴敏，你真的应该从陈放的阴影中走出来，总不可能永远生活在他的阴影之中吧。

吴敏说，我已经走出了，要不干吗来你这里。

张立民说，你这样说我很高兴。

吴敏的心里有些别扭，张立民高兴什么呢？是高兴她走出了陈放的阴影，还是高兴她来到了这里？

你看，外面的月色这么美，我们是不是该喝点酒。张立民指着窗外的月亮感叹地说。

吴敏愣了一下，根本就没想到喝酒这件事上，不知张立民为何突然提到喝酒。与陈放生活的时候，陈放从来不无缘无故喝酒，即便喝，也是因为逢年过节。看来，她得慢慢适应张立民了，在这世界上，每个人的个性不同，生活方式也不尽相同，她不能用陈放的那一套来要求张立民。

张立民说，随便喝点吧，我这里珍藏了很多红酒。

吴敏点了点头，像是不喝就对不住张立民似的，又想不出那对不起的地方在哪里。

很快，张立民给她倒了一杯酒，说，你随意，我先干了。

喝着酒，吴敏感到身体热了，脸色也变得红润起来。灯光的映照下，张立民的脸色也同样变得红润。借着酒力，张立民坐到了她身边，不时说着什么，声音很低，她一句也没听清。这也未免太快了吧，至少得有个过渡，有个心理准备。张立民以为她是那种随便的女人，以为她急于把自己重新嫁出去？张立民太直接了，一点也不掩饰，不在乎她的感受。

吴敏心里忐忑，往旁让了一下身体，张立民随即进了一步。她干脆不再让了，想看看张立民接下来会干什么。她心里说，如果张立民干出什么事来，她得制止，采取恰当的措施，或者直起身离开。

还没等吴敏想明白，张立民的一只手就环绕过来，猛地搂住了她的肩。吴敏的肩不由得抖动了一下，想不出是否要继续拒绝，身体却控制不住，她听到了身体里汩汩水流声。吴敏的脑袋急速地转动着，她想找出一个拒绝的理由。还没等她找出那个理由，张立民就有了进一步的动作，一只手猝不及防地伸进她的胸衣里。她的身体一阵颤抖，脑袋嗡的一声，倒在了张立民的怀里。她听到张立民另一只手中的酒杯掉在地面，发出碎裂的声响。

转瞬，张立民的嘴唇压了上来，把她扑倒在沙发上。从张立民的嘴里散发出一股酒精的味道，格外的好闻。吴敏有种窒息的感觉，眼睛自觉地闭上，眼泪不自觉地流了下来，双手抱住张立民的脑袋。

王　强

看着摊放在桌面上的设计图纸，王强的脑袋晕沉沉的，怎么办？打桩机今天又打了几米，土层却依然松软，古河道仍深不见底。王强害怕继续打下去，越往下打，他的心里就越是恐慌，就像松软的土层一样落不到实处。省地质专家并没对古河道的深度给出明确的数据，只是说此地不宜建房，劝他还是趁早收手。现在看来，陈放的话也当不得真，再打下去将是毫无意义的行为。

其实，这些天来，不只是他急得睡不着，徐观复也急得睡不着，每天都要跑来视察一番，也几次劝说他停工，说是明知不可为的事情，为什么要强迫自己。镇政府经开会研究，决定重新划一块地给他，在那块地上他同样可以开发自己的楼盘。

王强没想到一回来就碰上这样的怪事，心里很是泄气。看得出徐观复害怕他一转身走了，回广东那边。这几天，徐观复不厌其烦地来找他喝酒，边喝酒边做他的工作。喝酒的地方在"平湖秋月"，是镇街上最好的酒楼。

一入座，徐观复就解释说，王老板，我也没想到会发生这样的事情，当初我们用推土机平整这块地的时候，可是花了不少钱，假如知道这情况，岂不是得不偿失。

王强直接说，徐镇长，我知道你的意思，你不用担心我回广东。我之所以回家乡投资，是有自己想法的，不管怎样，我这样一个漂在外面的游子，老了也要叶落归根嘛！

徐观复说，王老板果然不同于常人，有你这句话，我就放心了。

王强说，尽管损失了一些钱，对我来说算不了什么，所以你们不必过于内疚。陈放曾对我说，作为一个商人，不要总想着赚钱，也要想着损失一些钱嘛。

徐观复打趣地说，陈放总是能说出一些高深的话来，他根本就是一个不好好念经的和尚。

王强没想到头一天还在酒楼与徐观复商量着重新开发楼盘等问题，第二天就出了事情。

徐观复给王强重新划的地在镇东头，属船山村的土地。去考察前，王强依照惯例，去了西山寺一趟，想把陈放也请过来，并跟他详细地谈起自己下一步的计划，意思是钱他也亏了，但那个"鼎湖中泱"的楼盘必须放弃，他既然回来投资了，不想就这么灰溜溜地又回广东那边，无论如何，他得做出第一批楼盘。

听完他的话，陈放捻着手中的佛珠说，事情当然是你自己拿主意，我的意见仅供参考。你今天请我，是想让我重新帮你看风水。

王强说，还请你移步。

陈放说，这次我就不参与了，改日我再去看看。还记前不久那个雨夜我说的话吗？你散出了一些钱，表面上看你是亏了，但其他人的心理平衡了，你的口碑同时也立起来了，说明你是个做事认真的人，为了保质保量，哪怕亏掉前期的投资，也要停工，不像其他人让猪油蒙了眼睛，什么也看不清，黑心钱也敢赚。

王强说，原来你劝我继续打桩还有这层意思，假如你不点破，我是不明白的。只是你今天不去，我心里没底。

陈放说，我只能看到眼前之物，地底下的事物看不透。

王强知道陈放有所顾虑，担心自己又一次失手。所谓智者千虑，必有一失，说的正是这个道理。镇街上已有人对陈放议论纷纷，说得邪乎，说那条古河道是镇街的龙脉，陈放居然没看出龙脉的气象，龙脉是不能动的，谁动了都没好下场。王强不好继续难为陈放，假如还发生什么异事，陈放的铁口直断就相当于放屁，到时就只能自己找个缝钻到地底下去了。

王强因为去请陈放耽搁了一些时间，等他赶到时，看见李书记与徐镇长及船山村的支书等一行人都到了。不知谁走漏了消息，一会儿，就陆续有村民赶到了现场，听说这片稻田将被征用，立即变得激动起来，问为什么要征用？怎么事先连个招呼也不打，说征用就征用？没了稻田，他们吃什么？村民们你一言我一语，纷纷指责着在场的干部。很快，村民们越聚越多。见此情形，村支书忙把村民们召集到一起，说镇领导今天也来了，有什么话好好说，不是争吵就能解决问题的。征用土地肯定是要跟大家商量的，也要给予一定经济补偿。这是镇政府的决策，目的是振兴镇经济，这里很快就会纳入镇政府的经济圈，你们守着这些稻田就能过上好日子吗？大家现在听李书记讲话好不好？

村民没有理睬村支书，依然吵闹着。很快，有人认出了王强，说他正是准备开发楼盘的大老板，以为有几个臭钱就了不起。群体顿时骚动，突然，有人喊道"揍他"，人群立即如潮水般朝王强涌了过来。王强根本来不及反应，就陷在潮水的中心，等他想明白眼前发生的事情时，感觉风暴猛地席卷而来，狠狠把他推倒在地。不知谁朝他的身上踢了一脚，接着无数只脚踢了上来，他躲避着，却怎么也躲不开，身上落满了棍棒。他只好抬手紧紧地护住脑袋，避开棍棒的击打。他不知道村民手中怎么会有棍棒，刚才是他没看清楚，还是村民们本来就拿了棍棒？他就像砧板上的一块肉，正任人宰割，毫无反抗之力。四周是各种声响，尖叫声、击打声、跑动声、咳嗽声混在一起，在风暴的中心旋转、抽动、飞奔。徐镇长、李书记在干什么？怎么没一个人来帮他？尽管王强的心中充满了各种疑问，但他只能挪动身体朝一侧爬动，竭力避开棍棒的击打。没容他再多想，脑袋就被棍棒敲了一下。他感到意识缥缈了起来，使劲地朝一个地方沉，身体的某处也嘎地发出一声脆响。他抱住脑袋的手松了开来，整个人如一团泥一样瘫软在地，意识一片模糊……

半夜时分，王强终于醒了过来。他缓缓地睁开双眼，立刻看见头顶亮着白晃晃的灯泡。他挣扎着想坐起，又力不从心，搞不清自己现在什么地方。他听到耳边有声音说，王老板醒过来了。等他缓过神后，才知道自己躺在床上。他的眼睛四下睃动着，发现周围全是人，有徐镇长、李书记、陈放及派出所的警员。这么多的人围在这里干什么，他很是吃惊，难道自己发生了什么事情。很快，有医生上前，拿着水杯给他喂水。王强才清楚自己正躺在医院里，一个画面从脑袋里清晰地展现开来，如同磁带的回放，他的神志逐渐恢复，才想起了今天上午发生的事情。

徐镇长早已走上前来，紧紧地抓住他的手说，王老板，你总算醒了，很是对不起，我对今天发生的事情感到十二分的痛心，这说明我的工作没做好，如果要怪罪，你就怪我吧，我现在代表镇政府向你道歉。

站在一旁的派出所所长也说，王老板，打人的歹徒我们已经抓住了，这些村民真是无法无天，请放心，我们派出所一定会严惩的，决不允许这样的事情再发生。

王强很想说什么话，又什么也不想说，只好做了一个手势。徐镇长看明白了王强的手势，忙说，王老板，那我们就不打扰了，你好好休息吧，事情我都安排妥了，医院方面会尽心尽力照顾好你的，如果有什么事情，吩咐一下就可以。

然后，徐镇长与李书记带领众人往外走。这时，王强沙哑着声音说，还请觉根法师止步，我有话要对你说。

徐镇长回头，无奈地看了看陈放，一句话也没说。

等到外面的脚步远去，王强居然从床上坐起身来。

陈放很是惊讶，问，你的身体无碍？

王强说，先别管我的身体，有些事情我想问你。

你有什么事就问吧。

你说我是不是注定有此一劫？

你是问今天的一劫，还是回到镇街的一劫？陈放像是没听明白。

那撇开今天的一劫，说说我回来的一劫吧。

你先回答我一个问题。

什么问题？

你为什么每次开发楼盘前，要看风水，定位定向？

在广东那边流行这些，再说只要看了风水，我开发的楼盘从未死过盘。

就这么简单？

也不只是这些，主要是看了风水后，我心里有个依靠。就像我之所以回到镇街，也是因为心灵需要个依靠。

古人云：塞翁失马，焉知非福。你遭此一劫，也许是福，若你还在外省，说不定会有更大的祸端，如果你这样想，就不会觉得此为一劫，而是往生。

你是不是预知今天会发生事情，才没跟我同去现场？王强说。

你高看了我，假如知道今天发生这样的事端，我肯定会与你同去。

其实这样的事对我来说，还是承受得了的。在广东那边，有些房地产商的遭遇更惨呢。常在河边走，哪有不湿脚，事情迟早都要发生的。早年在生意场上得意，春风杨柳，但也时刻保持警惕。现在只想找个休歇处，休歇了，心才会安静下来，不会像浮萍，无根随风而漂。

心安才是休歇处，倘若心安静不下来，身体就无法停歇。陈放由衷地说。

王强说，我回来其实是想心静的，但这世界让我一刻也静不下来。比如你人虽在寺中，吃的是素食，想必心也同样静不了吧。你以为远离了人间烟火，以为纷扰的世界与你无关，却没想到反而离俗世越来越近吧。在这个喧嚣尘上的时代，我们离心灵越来越远，远到了虚无的尽头。记得有哲人说过，一个人最初解决的是自己与物的关系，然后解决的是自己与人的关系，最后解决的是自己与心灵的关系。与物的关系我可以说是解决了，与人的关系也处理得满意，问题是永远也解决不了与心灵的关系。回到家乡，我虽然不在乎发财，亦不可否认心有贪欲。我半夜睡不着，干脆爬起床，看外面的月光，越看心里越恐慌，有时觉得丢失了自己，觉得自己什么也没有了。钱是死的，人是活的，但我却被钱捆住了。想当初，我做梦都想发财，想过别人没有的生活，结果呢？发现所有的一切与当初的设想根本就是背道而驰，我问自己，究竟想要什么？究竟想得到什么？我的话在你听来可能感到好笑，却是我真正要说的，因为我从来也没看清自己的内心。

陈放说，在这个时代，每个人的内心都深藏不露，我也同样如此。

王强说，我是不是扯得有点远？

陈放说，只要你心里痛快，扯远了又有什么关系。

过了半晌，王强说，不扯这些了，你通知徐镇长把今天抓的那几个人放掉吧。

不用通知，派出所早就把人放了。陈放笑着说。

徐观复

没想到事情的变化永远是出人意料的。假如王强这个财神爷走了，自己又得去沿海招商引资。谁能想到今天会发生这样的事情，居然就发生在自己的眼皮底下，让他这个镇长脸上无光。当时的场面很是混乱，村民们手中拿着棍棒，凭他们几个人根本无法阻挡。说实在的，自己当时也蒙了头，被突发事件弄得目瞪口呆。大概十分钟后，派出所的许所长带领警员赶了过来，才平息了事态的进一步恶化。许所长很愤怒，嘴里骂骂咧咧的，指挥警员舞着警棍把闹事的几个人撂倒在地，狠狠地铐了起来。许所长站在那里，指着闹事的几个人的鼻子，唾沫乱飞地骂道，你们简直无法无天，竟敢跟政府作对，怎么现在全怂了，刚才嚣张的气焰哪里去了呢？

回到派出所，许所长吩咐把这几个人铐在派出所的院子里，等候发落。

在派出所，与村书记、村长及许所长分析事情发生的原因。大家一致认为这是一起突发性的群体事件，村民的目的无非是想多得些征地费用，从目前给予的征地补偿来看，确实低了。针对这个问题，镇党委李书记铁青着脸说，既然事情已经发生了，补救还来得及，一定要防患于未然，千万不能让事态扩大化，以免造成恶劣的影响。

经过开会商讨后，李书记现场作了一番部署，意思是尽量满足村民的要求，加大征地费用的补偿，想尽一切办法维稳，不能再出任何纰漏，不然拿村委会主要成员问责。最后，李书记语重心长地说，今天发生的事足以说明我们的工作人员多有失职之处，工作方法不对，工作能力较差，长此下去，怎么与人民群众和谐相处？我们必须检讨自己，反省自己，以便适应新的形势新的要求。

会议结束，回到家中，时间已经很晚了。徐观复蹑足走进客厅，不发一点响声，以免惊动妻子，摸黑倒了一杯凉水，灌进肚里，坐了些时间。很快，就坐不住，又蹑足走出去。左思右想，实在没什么地方可去，决定去西山寺找陈放。经此一劫，说不定王强会打退堂鼓，眼下只有去找陈放做王强的工作了。看得出，陈放成了王强的依赖与主心骨，对陈放的话，王强是言听计从。徐观复不明白，王强为什么要听陈放的，难道陈放抓住了王强什么把柄？俩人之间似有某种微妙的关系，又似在作某种妥协。王强与陈放这种相互的依存关系，令徐观复百思不得其解，一个是身家过亿的大老板，一个是不名一文的和尚。前些日子，他想看陈放的笑话，没承想陈放真的连孩子的抚养权也放弃了，一心一意地念经、礼佛。听说陈放的前妻吴敏跟镇医院的张立民走到了一起，俩人现在是琴瑟和鸣，双宿双飞。这也怪不得人家吴敏，毕竟年纪还不大，得给后半生找个依靠吧。这些发生在镇街上的风月故事，徐观复当然没什么兴趣，关键是吴敏是陈放的前妻，所以他还是较为关注的。

走在去西山寺的途中，想着发生在陈放身上的事情，徐观复觉得饶有意趣。

进得寺来，刚踏入客堂，徐观复的脚便迈不动，整个人骇住了，他看见陈放早早就等候在那里。客堂里的光线半明半昧，陈放的脸浸在其中，十分吓人。

徐观复抖动着声音说，法师，你怎么知道我会来？这么晚了，没叨扰你吧。

我已经煮好了茶，就等着你来品，我们坐下来说吧。陈放答非所问地说，随手推过一把竹椅。

你还没回答我的问题呢？徐观复有些固执。

答与不答都不重要，施主不必过于执着。陈放朗声笑着说。

陈放的笑声惊动了寺外树巢中的鸟，传来一片扑棱棱的飞动声。空气一阵抖动，复归于平静。

法师，你怎么不叫我名字了，还有你知道我为什么来寺中找你吗？徐观复不再纠缠刚才的问题。

叫什么重要吗？知道，施主是为王强的事情来的。陈放说着，把沏好的茶递上去。

徐观复伸手去接，手臂一颤，差点没能接住，被陈放的话吓住了。你怎么知道我是为王强的事情而来？徐观复吃惊地问。

王强告诉我，你今晚会来找我。

徐观复不记得自己是否跟王强说过这话，仔细想了想，徐观复发现王强醒过来后，与自己根本就没说上几句话，看来陈放在打诳语。

我想让你做王老板的工作，让他不要急着回广东。徐观复有话直说，不再与陈放兜圈子。

你尽管放心，王强的事情好办，我来应对。剩下的事情还请政府安排好，希望不要再出什么岔子。陈放说着，喝了一口茶。

徐观复说，对今天发生的事情我深感抱歉，也不愿意看到这样的事情发生。

事情其实很小，但在王强的心里却很大。若换成其他人，可能就过去了，哪知王强偏偏认为是他人生中的一劫。

只要是生意场上的人，碰到这样的事，心里都不好受。特别是对王老板而言，更是如此，前些日子他本来就损失了不少钱，今天又莫名其妙地挨了一顿揍，换作任何人可能都受不了。

施主放心，等王强恢复过来后，他会重整河山的。

法师，有你这句话我就放心了，那我就此告辞。徐观复边说边转身朝外走，觉得该说的都说了，没必要还待在寺中。

我就不送了，还请施主走好。陈放也并不挽留，在身后喊道。

走出寺院，徐观复有点疑惑，自己来寺中干什么？这么片刻工夫，仅为了跟陈放说几句话吗？他就像一名过客，也许所有的人都是过客，王强是一名过客，陈放也是一名过客，这没有什么区别。他还本想与陈放谈些什么，谈谈佛，或者谈谈禅，却突然间兴趣全无。

走着，徐观复回转脑袋，朝西山寺的方向望了一眼。整个人顿时伫立不动，在他视野的尽头，西山寺的上空透出一股奇异之光，澄澈柔和，呈狭长的一道，就像天堂的入口。徐观复很是疑惑，揉了揉眼，没想到睁开时，看到的还是这种情形。正是半夜时分，夜空灰白，那道光却鲜亮夺目，密匝匝的光线悬挂其上，如布幔一般垂下。徐观复觉得有必要近前去看看，一阵夜风袭来，纷乱的影子在光线中凌空乱舞，他的身体猛地发紧，眼睛酸胀，眼前的景象倏地消失得无影无踪。也许是眼睛发花，才导致看到了这一奇异现象吧，徐观复不甘心地问自己。

陈 放

近段时间，王强很少跑西山寺，吴敏也不来闹了，倒是徐观复来得多。徐观复每次来，喝茶的间隙，欲言又止的。陈放看着徐观复的嘴唇，期待他说出什么。但每次都落空了。陈放不急，徐观复总有忍不住的时候，该说的迟早都会说出来。

夜晚。灯昏，茶热，在炉子上滋滋冒气，陈放重新续上水，对徐观复说，这是夏茶，一个香客送来的，蛮好喝的。

徐观复轻啜几口，说，果真是好茶，须慢慢品。

陈放说，这些日子若不是你来得勤，都不知该如何打发这些寂寞。

徐观复笑着说，法师，你也怕寂寞？做和尚的还有寂寞可言吗？

陈放说，做和尚的同样有寂寞，在外人看来，和尚过的是清心寡欲的生活，其实在这个时代，和尚也是静不下心的。

陈放与徐观复胡乱地聊着，水续了又续，茶叶换了几次。徐观复不时用手机回了几个短信，后来干脆关机。接下来，徐观复谈到了王强，说，王强的工程进展顺利，真是好事多磨。现在事情总算搞定了，听说王强正在动员他妻子回来，他已在江洲市购好了一套房产。

陈放说，王强是走不远的人，这就叫"守一不移"，他的心在故乡。

徐观复说，法师，我有个问题一直想向你请教。

请教谈不上，有什么事请讲吧。

大自然虽然桃李不言，但四季更迭，天地万物循环往复无限，这样看来，桃李也是要与春天商量颜色的。我来你这里坐，好像并不受欢迎。

施主挂碍了，众生都一样，没什么欢迎不欢迎的。施主的话令我不由高看几眼，原来施主深藏不露啊！记得前住持跟我说过，众生修的都是人间佛法。如果你来做住持，应该比我做得好。

法师，多有得罪，是我多虑了。

施主能说出这么高深的见解，倒是我要请教了。

法师，你别向我请教了，我这就走，下次再来聊天吧。与法师聊天，自不比寻常人，很有意思的。徐观复赶紧推辞。

陈放又倒了一次水，做了一个挽留的动作说，再坐一会儿吧，怎么急着要走？我们可以谈谈佛，或者其他什么的，说不定你可以给我更多的启示，我一个人守着偌大的寺，是很寂寞的。

徐观复笑着说，改日吧，以后我肯定会常来你这里坐的。白天我的心杂念丛生，怎么也无法安定，要做的事情也很多；只有晚上到了你这里，我的心才能安静下来，差不多是心如止水。我喜欢到你这里来放松放松，似乎精神与肉体都能获得重生。

有缘即住无缘去，一任清风送白云。施主若喜欢来寺中小坐，我肯定欢迎。

徐观复告辞，每次都这样匆匆而来又匆匆而去，只留下陈放一人，坐在那里，炉子上的水依然在吱吱地叫着。

节气已到夏至，天气越来越热。夜间桉风拂动，凉意阵阵。寺的四周密植桉树，因此少了蚊虫的肆虐。陈放起身熄灭炉火，给自己添了一次水。刚才徐观复来访，耽误了不少时间，功课也没做，只能现在补上。

寺外虫声唧唧，屋顶露水汤汤。陈放捻着手中的佛珠，听着桉风拂过的钟声，细碎、却很干净，干净得一尘不染。这一刻，世界都是静空的，他心里升起一种奇异之感，仿佛整个身体也静空了，灵魂正脱离躯体缓缓地浮在夜空中。

他的内心终于慢慢地平静下来。

你以为我是谁

上　部

1

　　二十六岁这年，一个春天的日子，邢敏于一个偶然的机会与姜文涛相识。

　　说起来，俩人的相识颇具戏剧性。在每年春季，学校都要组织学生打防疫针，多是注射预防甲肝、脑膜炎、流感之类的疫苗。这天阳光很好，阳春三月的日子，天气也暖和了。来学校给学生注射疫苗的正是镇医院医生姜文涛，轮到邢敏这个班时，邢敏正不停忙碌着，让学生排好队，不要挤成一团。邢敏属那种长得小巧玲珑的女孩子，头发收拾得干净利索，喜欢扎马尾辫，皮肤细腻白嫩，戴一副眼镜，眼光令人捉摸不透，像是审视，又像是漫不经心。邢敏是镇中学的老师，做毕业班的班主任，工作较忙，也认真负责。邢敏的声音很好听，珠圆玉润的，又不时跑过来跑过去，身影闪动，汗水从她的额头淌下，闪亮一片，这引起了姜文涛的注意。

姜文涛有条不紊地忙碌着，眼睛的余光却一点也不安分，不时"贼眉鼠眼"地注视着邢敏。因为无法集中精神，所以他对自己有些恼火。这一刻，姜文涛对邢敏动了心思，相信自己一定能把邢敏追到手。

邢敏不动声色地站在那儿，表情严肃，心里有些厌恶，也有些恼怒。她的脸微红，发着烫，手心里全是汗。从姜文涛的眼光中，她猜得出他的想法。虽然姜文涛的个头蛮高，五官也长得端正，但根本没什么特别的地方，不就是镇医院的一名医生吗，有什么了不起，难道姜文涛以为她像学校里女同事们一样，想在镇街上找个工作稳定而体面的男人？说到底，邢敏是心存高远的，只想在镇中学教几年书，然后远离，她实在不想一辈子待在小镇上。

邢敏是经历过爱情的，面对此情此景，不会如同那些初次历经爱情的女孩子，总是表现得心慌发抖，头晕目眩。刚从学校毕业那年，邢敏在另一所中学教书，与一个叫王新军的男孩子谈了大半年，但王新军连吻也没吻过她，最多只拉了几次手。王新军不温不火，如一杯温开水。邢敏努力着，不是因为自己喜欢，而是父母逼得紧。母亲年岁大了，有些急，逢着亲朋好友就提她的亲事，都自乱了阵脚。邢敏对母亲的行为很羞恼，又不敢表现出来，只有退而求其次，顺着母亲。有一次，母亲拉她去见一小伙子，临去前，母亲一再对她说，自己是看得上的，小伙子人不错，相貌堂堂，大学毕业，要学历有学历，要才能有才能，要前途有前途。母亲像是计算好了她的未来，正按部就班地实施着计划。她当时反问母亲，既然这么好，按说他应该结婚了，可为什么还没结婚，像是专门等着我一样？母亲让她问住了，愣站着，不知该如何回答。也许母亲意识到了什么，只好作罢。是的，母亲没理由不为女儿的婚姻感到焦虑，因为邢敏的年龄正大了起来，而与她年龄相仿的女孩子都已结婚成家。

　　邢敏没了退路，于是真心实意地与王新军相处着，顺其自然，有些认命的味道，同时也有了大胆的暗示与主动。谁知王新军竟有些瞧不起她。邢敏觉得在作践自己，是啊，如果一个女孩子变主动了，就不正常了，就意味着她的本质如此，是一个不懂得自重与自尊的女孩子，更是一个不懂得自爱的女孩子。人与人的交往就是如此地奇怪，况且她这种痛苦无法对任何人言说，甚至对母亲也不能说。

　　邢敏的父母都是个性要强的人。母亲是乡村中学老师，可以说教了一辈子的书，书教得地道，谙于世事，心胸开阔，遇事从不斤斤计较，偏偏命运多舛，从小学教到中学，又从中学教到小学，到头来还是从小学教员的位置上退了休。父亲性格随和，一直在政府部门待着，从这个科室跳到那个科室，跳得头发都白了，差不多把政府里的科室转了个遍，还是一般的科员。与父亲同时进入政府部门的人全都高升了，成了官员或者成了领导。时间长了，父亲就有些闹心，于是一遍遍地找从前的熟人与领导，熟人与领导又都表示帮忙，但事情最后还是没办成。父亲不好再厚着脸皮去找，只好安于现状，老老实实地待着，准备过两年就退休。

邢敏清楚父母最后的心愿，不由对事情认真了起来。但事情并非她想象的那样，哪怕是作践自己也不成。既然如此，也就用不着还与王新军相处下去，便故意冷落起来，拉开了距离。如此一来，王新军像是更看透了她，幸好没有把俩人的关系继续发展下去，否则事情还真的说不清楚。就这样，她与王新军不冷不热地相处了大半年。半年后，王新军通过关系调去县城中学。她与王新军那种彼此都没弄明白的关系才宣告结束。

结束后，邢敏觉得自己付出了很多，最后却什么也没得到，反而受到了一种伤害。事情变得有些不可思议，她无数次想摆脱这种莫名的感觉，但就是无法摆脱。邢敏怎么也想不明白，明明她受到了伤害，王新军为什么要说自己受到了伤害呢？

2

晚上，邢敏收到了姜文涛发来的短信，约她一起喝茶。短信的后面署着姜文涛的大名，不然她真的不知道是谁发来的。也不知姜文涛是从什么地方弄到她的手机号码的，邢敏想着，心里便涌起一层厌恶感。白天，她没给姜文涛搭话的机会，把学生安排好后，就匆匆离去。看了看短信，邢敏冷笑一声，没理睬，坚决删除。

大约十分钟，邢敏刚上床，短信又来了，还是约她见面。邢敏不想被姜文涛继续骚扰，于是回短信说，看不出有见面的必要，假如你心中有不安分的念头，劝你还是趁早打消。姜文涛的回复极快，说还真让你猜对了，我就是有不安分的念头。

邢敏犹像了一下，问你是不是对每个女孩子都这样。姜文涛回答，是对你才这样。邢敏说，别自作多情了，我还从没见过像你这样厚颜无耻的人。姜文涛答，我只对你自作多情，也只对你厚颜无耻，我明天去学校找你。邢敏不再理睬，赶紧关机，临睡前，有意回想了一下姜文涛的形象，眼前却一片模糊。

第二天，邢敏提心吊胆地，不知道姜文涛什么时候就突然出现在面前。姜文涛只在短信中说来找她，并没说具体的时间。因为时间的不确定，邢敏时刻处在紧张的状态。她完全清楚，姜文涛肯定会采取她意想不到的方式。邢敏想，可不能把精力耗费在这上面，她还要上课，再说跟姜文涛也不可能有什么结果。姜文涛无疑是搬石头砸自己的脚，自取其辱。她盼望姜文涛能早点来，来了，事情就结束了，她会让姜文涛明白她是个什么样的女人。

一直到中午，姜文涛还没出现，像在跟她玩一个游戏。邢敏想，姜文涛什么意思，不但让她一夜未眠，白天还让她悬着一颗心。中午吃饭的时候，远远地，她看见一个头高的人走进了校门，因逆着阳光，所以并没真正看清是否就是姜文涛。感觉中，她认定那就是姜文涛。中午在学校食堂吃饭的人多，她没急于去食堂，担心到时被大家看笑话。等到再不去食堂连饭也没得吃了，她才紧张地走出宿舍。走在通往食堂的道上，她低着脑袋，眼睛不敢朝四周张望。邢敏想不出自己为什么要紧张，为什么要徒然给自己增加不必要的心理压力。应该是姜文涛紧张才对，面对她手起刀落的打击，姜文涛肯定六神无主。对父母来说，姜文涛也许是个合适的人选，父母的观念陈旧，找女婿一定要门当户对。父母一辈子看清了许多东西，也看透了许多东西，虽说观念陈旧，但现实的确如此。

吃完饭，邢敏走出食堂，心里说姜文涛不一定会来，可能只是说说而已，男人都是要脸面的，姜文涛应从她的短信里知道了她的态度。邢敏一时如释重负，压在心上的力道分散开去，有种解脱的感觉，站在那里长长地吁了口气。不过，事情也存在变数，说不定姜文涛下午来学校。邢敏顿时又紧张起来，手脚随之抖动不止。

下午，上完最后一节课，姜文涛还是没出现。走出教室，邢敏不但没有如释重负，反而充满了愤怒，有种受骗上当的感觉。这感觉来得突然，邢敏想不出自己怎么会有这样的感觉。是否自己过于把事情当真了？这时，邢敏才发现自己原来一直都在盼望着姜文涛的出现。邢敏心里说，姜文涛，我可是给了你机会的，是你自己不珍惜。邢敏终于为自己找到了一个借口，心里轻松了不少。

邢敏没想到，直到快吃晚饭的时候，姜文涛才突然出现在她的面前。姜文涛的脸上洋溢着笑容，不等邢敏开口，忙解释说，上午做手术，下午开会，直到现在才脱开身，还请她多多原谅。姜文涛站在那里，像一个做了错事的学生，一副灰头土脸的模样。此刻，校园里的人很多，都站在那里看着，窃窃私语起来。邢敏很想发火，又觉不妥，当着全校师生的面，自己无论如何也不能成为一名泼妇。姜文涛保持着毕恭毕敬的站姿，脸上还那样笑着，似乎邢敏不说话，他就一直站下去。邢敏的脸黑着，身体一抖，脸顿时发烫发肿，不是那种正常的烫肿，而是像被人击打了一耳光的烫肿。她没去扇姜文涛的耳光，倒像是被姜文涛扇了一下。

邢敏很奇怪，自己都有些难以置信，是否自己今天想得太多了？而姜文涛这一虚空中击来的耳光，打得准，打得狠，打得她站立不稳。校园里已亮起了灯火，在灯火的映衬下，邢敏感到脸色发白，白如纸张。看来，姜文涛是故意来演这出戏的，把时间都算计好了，他所谓的做手术、开会，都是假话、鬼话，都是拿来骗她的。她很想大喊一声，让姜文涛立即滚蛋，从她的眼前消失。但邢敏心里明白，这时候没必要跟姜文涛讲道理，也是没什么道理可讲的。如果事情不及时解决，就会越闹越大，让人产生误解。

邢敏不想再丢人现眼地站在那里，转身往校门外走，姜文涛紧随其后。邢敏走得快，气喘吁吁，脚步有些踉跄。走着走着，她冷静下来，抬起衣袖擦了一下额头渗出的汗。邢敏想不出，如果她一直这样走下去，姜文涛是否要一直跟随下去。姜文涛一直没说话，像在等待她的答案，因为答案的未知，所以不敢轻易开口。

看到镇街不远处有一家小餐馆，邢敏决定进去，只待五分钟，然后赶紧走人。

走进后，不等姜文涛动手，邢敏就找位置坐下，说，姜文涛，我是今天才知道你的名字，请别再缠着我好吗？你这样做是违法的。姜文涛说，我给你纠正一下，你应该是昨天就知道了我的名字。邢敏的身体动了一下，心想自己真的急昏了头，于是说，难道有什么区别？姜文涛说，怎么没区别，从时间上来说，我们的相识至少提早了一天，请你给我一个机会，我不是你想象中的那种人。邢敏嘲讽地说，你难道知道我是怎么想的？姜文涛说，流氓加无赖。邢敏说，这是你自己说的，倒也十分贴切。姜文涛笑了，说，难道在你的眼里，我就这样一无是处？邢敏说，你难道没发现我很厌恶你？姜文涛又笑着说，你是指我的形象还是我的行为？邢敏站起身，说，跟你直说吧，我们之间是不可能的。姜文涛说，能给我一个理由吗？邢敏说，理由很简单，就是我第一眼对你没什么好感。姜文涛说，看得出，你喜欢一见钟情。邢敏不想再与姜文涛纠缠，沉默了起来。姜文涛像是怕她掉头而去，又说，去年底的时候，在我身上曾发生过一起事故。邢敏以为事故与姜文涛追她有关系，不自觉地问，什么事故？姜文涛说，其实也没什么，在给一个女孩子做阑尾手术时，我喝多了酒。邢敏说，喝多了酒还能做手术？姜文涛说，你不明白，不是我喝多了酒，是我的身体底下……本来我想独身，没想到身体由不了自己。邢敏愣了一下，眼睛猛地睁大，很快明白过来，说，姜文涛，这就是你勾引女孩子的手段？姜文涛说，你错了，我只是对你实话实说。

邢敏扫了姜文涛一眼，脸上露出讥讽的表情，但心底的某根弦似乎松动了。她想问问姜文涛上午是否真的做了手术，下午是否真的开了会，他是否在骗她。这个问题看上去是那样重要，像是必须得到证实一样。这时，姜文涛对餐馆的服务员打了一个手势，表示点菜。邢敏赶紧制止住，说，这时候还能吃下饭吗？她早就没什么胃口了。说完，邢敏急匆匆地往外走，把姜文涛扔在那里。

刚走不远，姜文涛的电话就追了过来，问邢敏，难道真的不给他机会吗？如果她继续拒绝，他今晚就自杀，不管是吃安定还是割静脉血管。

邢敏倒吸一口凉气，捏着手机站在那里，心想，姜文涛真是个无赖，就让他去死吧。之后，姜文涛没再打邢敏的手机，只是不停地发来短信。邢敏冷笑一声，看也不看，把短信全部删除。

3

第二天，一觉醒来，邢敏的心又提了起来。外面的天色还早，只透进一层薄薄的光，她赶紧起床洗漱，用凉水洗脸，努力让自己清醒起来。邢敏问自己，是否对姜文涛狠了点？如果姜文涛真的自杀了，人们肯定要猜测姜文涛自杀的理由，昨天还好好的一个人，怎么过了一个晚上就自杀了呢？

然而，直到正午，镇街上依然没传来姜文涛自杀的消息。邢敏心里在松了一口气的同时，隐隐有些失落。她问自己，是否有些恶毒？问题是，哪怕传来姜文涛自杀未遂的传闻，她的心情也一定不像现在这样糟糕透顶。

种种迹象表明，姜文涛从一开始就在表演，在欺骗她。她却一次次地把姜文涛的话当真。邢敏说，如果天底下还有一个傻瓜，那就是自己了，自己傻到了家，傻得让姜文涛发笑。

一直到下午，邢敏的心情才变得愉快起来。姜文涛不再有脸来学校了，他已暴露出了无耻的嘴脸，在知难而退了。想到这点，邢敏就觉得好笑。昨天下午，姜文涛总算给她留下了深刻的印象：瘦而高，脸部轮廓分明，性格似乎有点腼腆，神情举止亦得体。不得不承认，姜文涛给她讲的那个事故，在关键时刻起到了作用。因为姜文涛是医生，所以给出了对她另一种爱的理由。这个理由听上去怎么也站不住脚，却让她昨晚想了很久，越想越觉得这个理由既充分又充足，既滑稽又真实。

当邢敏回到宿舍时，吃了一惊，没想到姜文涛堵在了她的房门口。姜文涛的脸上挂着笑容，斜靠在墙壁上抽烟，笑嘻嘻地看着她。不等邢敏开口，姜文涛就说，邢敏，你是不是希望我死，昨天晚上，我一直想鼓足勇气自杀，可一想到再也见不到你，我就没了自杀的勇气。

邢敏说，姜文涛，你的脸皮真够厚的，我还从没遇到像你这么厚脸皮的人。

姜文涛说，邢敏，你想象不出我的痛苦，不瞒你说，我昨晚在地板上坐了一夜，拿着手术刀在手腕上比画来比画去，可就是鼓不起自杀的勇气，是你让我残了，废了。

听姜文涛这么说，邢敏心底的那根弦顿时断了，断得彻底，想拽也拽不住。她没想到自己就这样败下阵来，在看到姜文涛时，她还很愤怒，但现在她平息了，像什么事也没发生一样。实际上，她已让姜文涛弄得神思恍惚了，不管姜文涛对她的感情是否真实，但一个事实已摆在了她的面前，那就是她真的需要一个男人，一个可以抱她，摸她，陪她说话，与她同床共枕的男人。感情这个东西说不清楚，她一次次地抵抗着，挣扎着，把自己拖了出来，没想到头来所有的努力全白费了。事情就是这样地阴差阳错，由不了自己。这时，假如姜文涛有胆量冲上来把她抱在怀里，她也一定找不出拒绝的理由。她的身体腾起一股温暖，这温暖的感觉来得突然。邢敏心里说，看来嫁给姜文涛也不失为一个不错的选择。

几天之后，正好是姜文涛值夜班，邢敏跟他来到了医院。坐在姜文涛的办公室，闻着房间里特有的消毒水的味道，邢敏感觉很奇妙，像是爱情的味道本来就如此。姜文涛不再饶舌，变得安静了。差不多是她在打破沉默，不时与姜文涛说着什么。姜文涛却始终笑着，看着她说话。

半夜的时候，邢敏恹恹欲睡，脑袋晕乎乎的。不知什么时候，姜文涛已坐在了她的身边，一只手搂住她的肩，轻轻一拽，她的身体就倒了下去。她想，从这只手上发出的气味也是消毒水的味道。出于本能，她稍微挣了一下，却没什么力量。姜文涛的手没什么犹豫，迅速地拐到了另一个方向，从她上衣的底下伸进，很快就找着了目标。邢敏的脑袋嗡的一声，身体顿时瘫软了下来。她有些惊奇，也有些不敢相信，身体竟然不再听从她的意念，成了另一个人的。邢敏的双手不自觉地勾住姜文涛的脑袋，慢慢地往下拉，双眼也自觉地闭上，她感到身体里有一列火车正隆隆地驶过，一直朝前驶着，在寻找一个宁静的站台。

醒过来后，邢敏看见姜文涛正坐在她身边抽烟，她裸着的身体被消毒水的气味淹没了，到处是透明的温暖。

一个月后，邢敏与姜文涛的婚礼如期举行。他们闪电式的婚礼让各自单位的同事都吓了一跳。邢敏的母亲也吃了一惊，问她，怎么这么急。邢敏说，你不是一直催我吗，这次该满意了吧。母亲像是没听懂，愣怔地看着她。邢敏想不明白，母亲这次怎么不急了。结婚那天，他们摆了十几桌酒席，除了同事，还有各自的亲朋好友，气氛很热闹。

结婚后，邢敏住到了姜文涛医院的房子里。姜文涛每天下班回来，就赶紧下厨房弄饭，她连晚饭也不用做了。天刚黑，他们就爬上那张大床，连电视剧也懒得看，就积极地投入战斗。战斗完毕，俩人裸身坐着，互相拥在一起。姜文涛就开始说话，邢敏又总感疲惫，想睡觉。姜文涛又偏偏不让她睡，继续说话。姜文涛挑逗着她，用力推她，摇她。邢敏慢慢睁开眼睛，看了他一眼，又迷迷糊糊地睡了过去。她感到肉体虽然睡了，灵魂却醒着，在听姜文涛说话。邢敏想不出姜文涛的精力怎么那样好，白天要上班，晚上还要进行激烈的性爱。姜文涛反反复复问到，她先前的态度坚决，后来怎么就答应了他，他本来以为无望的，没想到事情出现了转机。邢敏，你心里到底是怎么想的？姜文涛又说，在追她的那些夜晚，他没睡好一个觉，总是失眠，一直猜测着她的态度。在他的眼里，这个世界上只有两种爱情，一种是一见钟情，互相只要碰上了，就像电流与电流的相撞，很容易擦出火花，他与邢敏应该属此类。另一种是非得经过长时间的了解，等互相知根知底了，最后才终成眷属。姜文涛再次说到，他喜欢小孩，希望邢敏能很快怀孕，给他生一个白白胖胖的小子。姜文涛的话说个不停，越说越快。对此，邢敏并没感到厌烦，而是陶醉其中。

趁着新婚的假期，邢敏逐渐熟悉了医院的环境。每次经过病房前，总能嗅到从里面散发出的消毒水的气味。她想，不只是姜文涛生活在这气味中，她现在也生活在这气味中，并且他们有可能要一辈子生活在这种气味中。邢敏的心里充满着甜蜜的味道，它混合着消毒水的味道，静静地流淌着。

也亏姜文涛想得出，在每晚战斗前，总要给她讲一个黄色笑话，惹得她躁动不安，她觉得一道微光正把身体的每个角落照亮，让她有了生理上的反应：兴奋与期待。有时，她会问姜文涛那个事故，问他心里当时是怎么想的。姜文涛不回答，用行动证明着那个事故的真实性。邢敏躺在床上，身体是慵懒的，她发现自己变得越来越贪，就像身体先前是个宝藏，现在被姜文涛开发出来了一样。这样想着，邢敏的脸红了，身体也有些不自然。

4

时间过得很快，转眼秋去冬来。冬天来了，天就黑得早。邢敏因为是毕业班的班主任，所以晚上还得给学生上课，一般要上到晚上十点才下课。每次，都是姜文涛骑摩托车来接她。这天晚上，下课后，邢敏一个人站在校门口的黑暗中等姜文涛。姜文涛说过，无论时间多晚，他都会来接她的。

医院在镇街的那头，学校在镇街的这头，邢敏每天就行走在镇街的两头。冬天的风大，从校门长驱直入，吹得她抖动不止。她掏出手机，犹豫着是否给姜文涛打个电话，问问他是否已动身，或者到了什么地方。想了想，邢敏又把手机放进口袋，觉得姜文涛这么晚没有来，肯定有事情，也许是病人出了问题，也许正在做手术。曾发生过几起这样的事情，有次姜文涛是在天亮才走下手术台的。

邢敏心里有些急，如果姜文涛通宵都要做手术，自己难道就傻等一个晚上？这样想着，她又觉得不对，如果姜文涛来不了，肯定会提前通知，更何况是这样的夜晚。邢敏不想再等下去，也看不出等下去的意义，再说也就半个钟头的路程。在生活中，她算是个有主见的女人，不像有些女人遇到事情就慌乱失措。镇医院的人手本来不够，而姜文涛经常要加班，她不可能每次都这样傻等。

邢敏决定往回走，也许半途会碰上姜文涛。晕黄的灯光照着灰白、硬朗的路面，寂寥的街道上只有她的脚步声。从这头可以望见那头医院的灯火，离她似乎并不遥远。镇街上没什么人，冷风从那头直直地吹了过来，吹透了她的身体。邢敏缩着脖子，急匆匆地走着，只想快点回家洗澡，然后上床睡觉。

邢敏没想到，在走到镇街一处拐弯的地方时，猛地从黑暗中闪出一条人影，拦腰抱住了她。事情发生得突然，根本容不得她叫喊，这个人就用一只手卡住她的脖子，很快制服了她。仓皇中，邢敏听到自己嘴里还是发出了一声尖叫，但声音短促，附近的人不一定能听到。邢敏的心里很害怕，不知道这个人要干什么。这个人沉默着，一个劲地把她往巷弄里拖。邢敏拼命地抵抗，却无法挣脱。这个人的力气很大，差不多把她扛了起来。

邢敏的脑袋飞快地转动着，判断这个人想干什么，第一，有可能是抢劫。她身上带的钱不多，大概只有十几元，损失不大。第二，有可能是报复。她在学校里倒没得罪什么人，说不定姜文涛得罪过什么人，曾听姜文涛说起过，他们职业医生的危险性，一次有个孕妇死在医院里，孕妇的丈夫出于报复，竟拿刀跑到医院捅伤了主刀医生，这件事听上去耸人听闻，但是真实的。第三，也是她最不愿意想到的一点，这个人想污辱她。黑暗中，她看不清这个人的脸，只感觉这个人身材魁梧，胳膊粗壮，嘴里不时发出吭哧声。邢敏顺势挣扎了几下，根本没什么用。邢敏竭力让自己冷静下来，不害怕，不慌乱。谁知越是想冷静，越是无法冷静。邢敏听见牙齿在口腔里打着战，发出尖细的声音，身体在不停地抖动。

这个人一直朝前走着，把邢敏弄到了一间废弃的仓库里。邢敏记得这间仓库原先是用来堆放农资物品的，诸如种子、化肥、农药、薄膜等，因为年久失修，破败得厉害，加上经常失窃，所以废弃了。邢敏闻到仓库仍然流淌着一股含有化肥、农药的气味，十分刺鼻。

这个人把她扔到一堆稻草上，扑了上来。邢敏最为担心的事情还是发生了。她不知道仓库里怎么会有一堆稻草，看来这个人蓄谋已久，一直在等待着这么一个机会。

邢敏终于喊了起来。

这个人愣了一下，没想到邢敏这时候还敢喊，赶紧腾出手捂住她的嘴。捂住后，又松开，低着声音说，你喊吧，喊得越大越好，最好把所有的人都喊了过来。

邢敏想不到这个人居然如此清醒，没一丝的惶恐，一丝的慌乱，看得出是做这事情的老手。这个人像是抓住了她的心理弱点，牢牢掌控住了她。邢敏明白即使她把附近的人都叫醒了，人们也不会认为她是清白、无辜的。事情只会越搞越砸，只会越说越说不清。

这个人压在她身上，一只手扭住她的胳膊，一只手忙着脱她的裤子。

邢敏只好说，你放了我吧，我是镇中学的老师，我丈夫正在赶来接我的路上。

这个人嘿嘿地笑着，依然一声不吭。

邢敏并没有放弃最后的希望，冷静地说，你这样做是犯法的，抓住了会被枪毙的。

这时，邢敏的手机响了起来。这个人顿时停止动作，死劲地按住她，按得她都要窒息过去。手机铃声一直响着，这个人就一直不动。一段时间后，手机铃声消失了，四周重新安静了下来。这个人像是受到了手机铃声的刺激一样，接下来的动作明显加快了。

事情完毕，这个人没有急于离去，而是在黑暗中站了一会儿。邢敏还看见他走出仓库大门，从容地点上一支香烟。借着火机燃起的光亮，邢敏只看到这个人的侧面，颧骨高耸，鼻梁坚挺。这个人很快就离开了，邢敏听到跑动的脚步踩在冬天硬绷的地面上，发出"咚咚咚"的声音。邢敏从没想到的意外就这样发生了，并且发生得这样突然。

邢敏掏出手机，看见刚才的电话是姜文涛打的。她该如何解释这个未接的电话呢？

回到家中，邢敏长长地吁了口气，趁姜文涛还没回来，赶紧洗澡。在洗的过程中，她觉得那些脏物还留在体内，怎么也洗不干净。她一遍遍地洗着，洗得哭了起来。她很是后悔刚才为什么不叫喊，那个人并没阻止她，但她就是不敢叫喊。她知道自己怕，也担心姜文涛。一个人既然敢实施强奸，就一定是亡命之徒。面对一个亡命之徒，她手无寸铁，能怎么办？只有承受灾难与不幸了。邢敏不敢设想，假如同事、熟人知道了这件事，她该如何生活？一切都是未知的，她只有把打落的牙往肚里咽。

把自己收拾好后，邢敏才给姜文涛打了一个电话，告诉姜文涛，她已回到家中。

果然，姜文涛问她刚才为什么不接电话，是不是生气了？

无　岸

不过，既然已经回来了，他也就放心了。

　　邢敏说，刚才走得匆忙，手机放在口袋里一时没听见，等到听见了，准备接听却已挂断，再说很快就要到家了。

　　姜文涛说，邢敏，你回来了就好，我做手术，一律要关机的。今晚一个病人胃穿孔，破了一个洞。他妈的，就是这么一个破洞让我走不开。我还一直担心你，怕你一直等着呢。你早点睡吧，我要晚点回去，还得进行术后观察呢。

　　邢敏的心终于放了下来，原来姜文涛一直在医院，根本就没去学校。邢敏慢慢坐下，脑袋却乱成一团，问自己是否要去报案？问题是事情都已发生了，还有报案的必要吗？最后，邢敏还是熄灭了这个想法，决定把事情瞒住。她很是伤感与无奈，心里说，这是天意，是谁也无法预测的意外，就像天有不测风云，人有旦夕祸福。事情既然已经发生了，就当是一场噩梦吧，没有谁知道的。

下　部

1

　　很快，邢敏发现自己怀孕了。姜文涛激动而兴奋，像是他的努力终于有了结果。邢敏却高兴不起来，搞不清肚子里的孩子到底是谁的。邢敏问自己，难道真有那样的巧合吗？也未免

064

太离奇了，问题是她迟不怀早不怀，怎么偏偏这时候怀上了。

姜文涛似乎看出了她的不高兴，问她怎么了，难道不想做母亲吗？这无论如何也是件值得庆贺的事情。姜文涛说，还有比这更令人高兴的吗，要知道他一直就想要个孩子。姜文涛每天很早就下班，回来赶紧做饭，鱼呀肉的，要给邢敏多补充营养，她邢敏现在不是一个人在吃饭，是两个人，肚子里那个也在抢食呢！邢敏晚上也不再去学校上课了。校长问她原因。她只是说，不想再上。总之，也不管校长是否同意，邢敏说什么都不再去了。对此，校长毫无办法，无奈地把她的课程进行了调整。

晚上，等邢敏洗完澡，姜文涛把饭弄好了。吃饭时，姜文涛滔滔不绝地说了起来，邢敏心不在焉地听着。看得出，姜文涛很得意很兴奋。姜文涛说他第一件真正意义上的作品终于诞生了，从前他把做的每一例手术都当成自己的作品，而这个创造生命的作品比起拯救生命的作品，让他更有成就感。姜文涛说，他控制不住，把邢敏怀孕的事告诉了医院里的每一个人，同事都说他是这个世界上最幸福的人。姜文涛说着，站起身，在房里走来走去，像无头的苍蝇一样。看着姜文涛那股高兴劲儿，邢敏只能在心里暗暗地叹着气。

转了一会儿，姜文涛重新坐下，从口袋掏出香烟。正准备抽的时候，又忙把香烟放下，说他不能在房间里抽烟，这对婴儿的发育不好，他可不想让邢敏生个智障的婴孩。他从此要戒烟，要彻底戒掉。这样说着，姜文涛果真把一包香烟扔进了垃圾桶。接着，姜文涛再次说到那个胃穿孔的病人，说昨天他给医院送来一面锦旗，把他比作华佗再世。那个病人也够可怜的，前几年是胆结石，自作主张地吃了很多草药，说是要把石头弄下来，结果石头没弄下来，反而越长越大，只好到医院做了切除手术。邢敏，你可能不知道，做那样的手术，是要连胆囊一起切除的。病人家里很贫困，切除胆囊时借了很多的债，谁知今年胃又出了问题，被切除了三分之一。

　　邢敏一头雾水地听着，搞不清姜文涛怎么说到了病人的头上。即便那是一例非常成功的手术，也不值得如此去炫耀吧。邢敏的脑袋有些疼痛，姜文涛却还要说，话语像自来水一样不停地从他的嘴里往外喷涌。姜文涛已管不住自己的嘴巴，不是他非要说不可，而是嘴巴兀自喋喋不休。这时，邢敏不再觉得说话有意思，而是一件令她感到烦躁的事情。邢敏不好过多地指责姜文涛，于是不停地吃饭，边吃边说，吃完饭还得去洗衣服。姜文涛这才止住，忙不迭地吃了起来。

　　有次，邢敏对姜文涛说，她不想这么早要孩子。姜文涛像是吓住了，问，早吗？你都二十六了，我也有二十九了，这时候最适合要孩子，这是我们生命力旺盛期，生下的孩子最聪明。邢敏就不再说什么，心想，还是去做个检查吧，说不定没怀上，只是虚惊一场。

　　为了配合邢敏的孕检，姜文涛特意挑了一个日子，约好医院经验丰富的妇产科大夫。做孕检的那天，阳光很好，由于前天晚上下了场雨，大地上到处亮闪闪的，晃得邢敏的眼睛生疼。来到医院，躺到孕检床上时，邢敏有些紧张。见她紧张，女医生安慰说，你别紧张，今天做的检查很简单，如果真的怀上了，以后做检查相对会麻烦一些，但也不会是你想象中的那么麻烦，因为对我们来说同样是简单的，所以你真的不必紧张，不要有什么想法，结果一会儿就出来了。邢敏看着医生，笑了笑，心里却依然紧张。

尽管等待的过程很短，邢敏却感到十分漫长。她心里一次次否认着，希望奇迹的出现，哪怕检查出的结果是自己有什么病，而不是真的怀孕了。

很快，医生就给出了结果，邢敏确凿无疑地怀上了。姜文涛振臂高呼地从长条椅上跳了起来，又为自己的失态感到不好意思，站在那里嘿嘿地笑着。

回来的路上，邢敏闷闷不乐，不时抬头看一眼姜文涛。姜文涛又滔滔不绝地说了起来，嘱咐邢敏从现在开始要小心，什么家务也不用做，他会把一切都料理好的。另外，还说得拿出一个给邢敏补充营养的菜单，以后就按菜单做菜。

邢敏根本没听清姜文涛接下来还说了些什么，她停了下来，说自己真的不想这么早要孩子，还是打掉算了。姜文涛说，邢敏，我们都不小了，医院里比我小的同事都有了小孩，我们干吗不要，你想让同事瞧不起我吗？邢敏说，我觉得事情来得突然。姜文涛说，什么突然不突然，邢敏，告诉你，不管是男孩还是女孩我都喜欢，你不用担心，我没那么封建的。

邢敏知道自己不可能劝得住姜文涛，有些束手无策。晚上，两人睡在一起时，姜文涛不再与她睡在一头，说是害怕自己忍不住。邢敏就长了一个心眼，挑逗着姜文涛，让他努力了起来。姜文涛越努力越好，最好努力到她流产。邢敏便有些疯狂，嘴里不时发出欢颤的声音。但姜文涛小心翼翼地，爱于是做得有些乏味。邢敏先前故作的疯狂也消失了，双方就都没了感觉。

　　姜文涛很快在邢敏身边睡着了。邢敏却睡不着，不知道自己该怎么办。要想弄掉这个孩子显然是无望的，姜文涛正沉浸在要做父亲的喜悦中。如果没什么重大的原因，把孩子弄掉，这简直就是要了姜文涛的命。邢敏问自己，这个孩子到底是谁的呢？是那个强奸犯的，还是姜文涛的？她认真计算着妊娠日期，算来算去，把脑袋算痛了，也没个最终的结果。邢敏想不出以后的日子该怎么办。她将时刻生活在恐惧与不安中，时刻要对自己发出追问，受着精神的摧残与折磨。以后的日子还很漫长，漫长得她都看不到尽头。怎么办？邢敏一遍遍地问自己，虽然不能排除是姜文涛的孩子的可能性，但其中不确定的因素太多了。

　　邢敏看到自己不再是原来的自己，也不再是那个与姜文涛耳鬓厮磨、举案齐眉的邢敏。现在，她生活得一点也不踏实，一点也不开心，时刻陷在自责中。晚上彻夜失眠，白天神思恍惚的。邢敏心里说，她能有什么办法，她是被迫的，是被强行污辱的。也许到了跟姜文涛摊牌的时候了。邢敏犹豫着，慎重地考虑着。邢敏侧着身体，不敢翻动一下，害怕把姜文涛惊醒。无论如何，她从来就没想到生活会在中途发生变故，而这种变故超出了她承受的能力，超出了她的想象。她为什么要遭到这样的不幸，遭到这样的耻辱？

　　黑暗中，邢敏的眼泪流了下来。姜文涛的身体动了一下，他正在做梦，也不知梦到了什么，竟然笑了起来。姜文涛的身体接着又动了一下，睡梦中把手伸了过来，搂在她的肚子上。在这些夜晚，姜文涛入睡前，总要伸手摸摸她的肚皮，甚至还把耳朵贴上来听听里面的动静。

随着日子的走动，邢敏感到肚皮在慢慢地鼓了起来。其实离肚皮鼓起的时间还远着，但她提心吊胆地，知道那粒种子已过了发芽期，正在茁壮地成长着。

又过了一个月，姜文涛让邢敏再去做个检查，并建议以后最好每个月都做一次。姜文涛说，邢敏，你怎么没一点幸福的感觉，每天苦着一张脸，这样对婴儿的发育不好。姜文涛想着法子让邢敏高兴起来，而邢敏的脸色却越来越不好。

邢敏知道，事情不能再拖了，再往后拖的话，想做流产都不容易。迟摊牌不如早摊牌，对自己是个解脱，也对姜文涛少了内疚之感。邢敏决定孤注一掷，不管姜文涛作出什么样的决定，她都要承受，最糟糕的结果无非是离婚。一想到离婚，邢敏又茫然起来，如果与姜文涛突然离婚，肯定会有各种的猜测与流言跑出，要知道她与姜文涛结婚还不到一年。

邢敏不能让自己再这样痛苦下去，长痛不如短痛，说不定姜文涛会原谅她，会与她把日子一如既往过下去。近段时间，姜文涛似乎很忙，晚上回到家中，疲惫不堪的。也许姜文涛是为了压抑性欲，故意把自己弄得很累。也不知姜文涛从什么地方弄来一张钢丝床，晚上就支在客厅里，一个人睡在上面。姜文涛解释说，他担心控制不住自己，所以还是分开睡好，他不能害了她，还害了自己的孩子。

有几次，邢敏都要开口说了，却怎么也无法开口。按照她的想法，第一，最好是在谈到孩子时候说，那么话题的转换就自然了许多，不会显得十分突兀。姜文涛每天都要说到孩子，找到这样的机会并不难。第二，最好是在白天说，一旦姜文涛叫了起来，声音就掩盖了许多。第三，最好在姜文涛情绪好的时候说，虽然打击巨大，但不至于失控。

这天，正好是双休日，邢敏没去学校，姜文涛也没去医院。吃早餐时，邢敏坐在那里，半天都没动筷子，脸上的表情木木的。姜文涛催她快点吃，说已与同事说好了，九点钟之前带她去医院做检查。姜文涛很兴奋，比画着说孩子现在应该这么大了，再过几个月就应该那么大了。比到后来，姜文涛笑了，邢敏也跟着笑了。邢敏想不到这时候，自己竟然还能够笑出声来。看得出，姜文涛的心情很愉快。邢敏第一次发现，原来自己一直也想要个孩子，正如姜文涛所言，不管是男孩子还是女孩子都可以。

邢敏不再犹豫，喝了一口水，看了姜文涛一眼，然后语速飞快地说着，不容姜文涛打断。邢敏从那个寒冷的夜晚说起，说到她在寒风中的等候，说到她被拖进废弃的仓库……然后说到她如何心如死灰地回到家中。说完，邢敏长长地吐了口气，感觉自己就如砧板上的一块肉，要任由姜文涛处置。姜文涛睁眼看着她，看了很长时间，想不明白她在说什么。

姜文涛手中的筷子掉到了地面，不认识一样地看着邢敏，他的脸色苍白无比。姜文涛的声音压得很低，在不停地说，邢敏，怎么会发生这样的事情呢？怎么会呢？邢敏，你是不是为了弄掉孩子，为了骗我，才想出这么一个借口？

看着姜文涛这副模样，邢敏心里十分难过。邢敏说，姜文涛，我为什么要骗你？你现在应该明白我为什么不要这个孩子的原因了吧。

姜文涛没再说什么，沉默地坐着，掏出香烟，点上火，抽了起来。姜文涛不是说已戒烟了吗，怎么口袋里还有香烟。从姜文涛宣布戒烟的那天起，邢敏还真的没看见他抽过。但现在姜文涛不再担心她的身体，担心她肚子里的孩子。因为沉默，所以空气似凝固了一样。邢敏睁眼看着姜文涛，越来越感到坐立不安。姜文涛什么意思？怎么把她晾着？她在等待着他的宣判，等待着他的发落，他却一声不吭。不是姜文涛要叫了起来，而是她要叫了起来。

没想到，姜文涛突然笑了，笑得像哭，怪模怪样的。姜文涛终于开口了，声音听上去很别扭。姜文涛说，邢敏，那天晚上你为什么不告诉我？如果不是恰巧怀孕，你是不是要对我隐瞒一辈子？姜文涛这样说，邢敏就不回答。姜文涛补充说，邢敏，你心里肯定是这样想的。

邢敏说，也许是吧。邢敏边说边看着桌上的碗筷，担心姜文涛的手会横扫过去。

姜文涛并没做出什么过激的举动，只是静静地把烟吸完，然后站起身，眼睛茫然地看着虚无的空间。邢敏想不出姜文涛为什么如此平静，为什么没对她进行打击，要知道姜文涛是有足够的理由对她进行即时宣判的。

隔了两天，邢敏一个人跑到医院，找到上次做孕检的妇科医生，拐弯抹角地说着孩子的事情。医生半天也没听懂她的意思，她只好重复了一遍。医生像是还没弄懂，说，邢老师，你要做什么就直接说吧，用不着这样，只要能帮忙的我一定帮忙。

邢敏终于说，我想把孩子做掉。

医生吓了一跳，一脸不解地看着她。

邢敏点了点头，表示她已做好了这个决定。医生有些惊讶，可能是事情的变化过于突然，一时没反应过来。邢敏已来过两次，都是做孕检，从没说过不要这孩子。医生眼睛睁着，嘴巴张在那里。邢敏看出了医生的吃惊，也看出医生的不解，甚至是疑惑，于是说，我去把姜文涛叫过来吧，我们昨晚就商量好了，是他让我今天来找你做人流的。

医生说，邢老师，我看还是把姜医生叫过来吧，因为我与他是同事，所以还请你理解，如果换作其他人，我是不会提这个要求的。

邢敏说，我现在就去叫他过来，你当面问他好了。

医生语气惋惜地说，你去叫吧，我等你们。

2

从此，姜文涛变了一个人，每天进进出出的，脸上什么表情也没有，回到家中，也不再弄饭，坐在那里不停地抽烟，阴沉着脸，整个人在发呆。房间的门窗紧闭，烟雾弥漫，邢敏感到房间里空气的每一个分子都充满了烟味，不再是消毒水的味道。到目前为止，姜文涛还没就此事表明自己的态度，邢敏猜不出他的想法。姜文涛也彻底没了从前的激动与兴奋，说话还怪腔怪调的。

邢敏想不出一个人的变化怎么会这样快，快得她都不敢相信。姜文涛成了另一个人，一个令她感到陌生的人，陌生得她时刻追问自己。邢敏想，事情肯定不能一直这样拖下去，无论如何，总得有个结果。虽说姜文涛至今都没提出离婚，但自己可以先提出来，试探一下姜文涛的态度。然而邢敏又不敢提，因为姜文涛的神态一目了然，正深陷痛苦之中。邢敏又想，姜文涛肯定没想好处置的方式，因为事情太突然，问题是现在都过去了一段时间，他总应该想明白了吧。

现在，邢敏轻易不敢说话，害怕姜文涛跳了起来。有几次，邢敏小心翼翼地想谈到这件事，谁知刚一开口，姜文涛就跳了起来。姜文涛时不时用手抱住脑袋，嘴里不停地说，怎么会发生那样的事情呢？怎么会呢？怎么别人身上从不发生的事情，偏偏发生在了我的头上？怎么会呢？我这完全是自作自受，这也是我应得的下场。要知道我是多么想要一个孩子啊，做梦都想，却想不到是这样一个结果。一旦找着那个强奸犯，我非拧断他的脖子不可，他不只是污辱了你，也同样污辱了我，给我戴了一顶绿帽子。我明知自己戴上了绿帽子，却怎么也无法把这帽子扔掉。

姜文涛每天就纠缠在这些问题之中，胡思乱想的。

又过了一个星期，姜文涛主动睡到了床上。那天晚上，姜文涛什么也没说，从客厅的沙发上拎起被褥走了进来。邢敏已上床，被姜文涛的动作吓了一跳，她本以为婚姻就此到了尽头，没想到姜文涛会做出这样的举动。与先前不同，这次，姜文涛猛地朝她扑了上来，把她的衣服撕扯干净。姜文涛狠着劲，不时问她，与那个强奸犯相比，他的功课是不是做得更出色？邢敏说，姜文涛，你他妈的还是人吗？姜文涛说，那个人是怎样脱你裤子的，是这样吗？邢敏终于说，姜文涛，我们离婚吧，我再也受不了啦。姜文涛却不回答，只在黑暗中使着劲。邢敏用脚踹了一下，姜文涛就问，你当时踹没踹那个强奸犯？邢敏，你肯定认识那个强奸犯，只是不想说而已，你说吧，就算我去找麻烦，也与你没任何关系。邢敏，你肯定还有什么事情瞒着我，是这样吗？

邢敏使劲把姜文涛踹到地面。姜文涛颓然地坐在地板上，嘴里不停地发出冷笑。如果一个人变得厚颜无耻，就会赤裸裸地暴露出他本来的面目。邢敏想不出姜文涛怎么变成了这样，变得令她如此恶心。

邢敏是有知识有教养的人，姜文涛同样是有知识有教养的人，所以两人多少还保留了那仅有的一丝颜面。但他们之间的尴尬还是让同事看出了端倪，学校里的同事问邢敏，脸色怎么这样不好，身体也一天比一天地瘦了，不会有什么病吧？说话的人又觉得不对，邢敏的老公是医生，如果有什么病，还用得着旁人提醒。也许姜文涛的同事也问过类似的问题，真不知姜文涛是怎么回答的。不只是她瘦了，姜文涛也瘦了。姜文涛晚上失眠，不停地抽烟，白天还要上班，伪装出另一副表情。

现在，邢敏跑到客厅的钢丝床上睡，把姜文涛扔在了里面的床上。事情正好倒了过来。当邢敏睡在上面时，才知道滋味不好受，从前姜文涛在上面还睡了那么长时间。邢敏想，姜文涛不是要睡到床上吗，就让他睡好了，她不会再与他同床共寝了。不过，邢敏很快就发现，姜文涛也没睡在床上，而是把被子铺在地板上，睡在上面，让新婚的大床空荡荡地摆在那里。

房间里日夜了无声息，曾经的消毒水气味再也闻不到了，整日流淌的除了烟味，就是死寂之味。

姜文涛每日用异样的眼光盯着她看，看得邢敏心里无端地生出一股寒意。邢敏便再次对姜文涛提出离婚，认为只有离婚，彼此才能得到解脱。没想到姜文涛表态说，邢敏，离什么婚，我不计较，碰上那样的事情我自认倒霉。邢敏说，姜文涛，别以为我不知道你心里怎么想的。姜文涛问，你说我心里怎么想的。邢敏说，你是流氓加无耻。这话姜文涛从前曾对邢敏说过，而这次姜文涛的脸色变得阴沉了，手指抖动着说，我是流氓吗，我无耻吗？邢敏，我告诉你，只有那个强奸犯是流氓加无耻。

邢敏顺手从桌上拿起烟灰缸扔了过去，姜文涛躲开，烟灰缸砸在地板上，发出惊心动魄的声音。

邢敏有些后悔自己那天晚上的行为，如果当时及时去派出所报案，把事情一五一十地告诉姜文涛，肯定不像现在这样。只能说自己当时太恐慌，自认为把事情都想透了。问题是她没想到自己会怀孕。邢敏当时的想法十分明晰，既害怕婚姻的"死机"，更害怕社会的舆论。只要自己不说，姜文涛就不可能知道，事情就会永远被蒙在鼓里。她是受到了伤害，受到了污辱，但与脸面相比，孰重孰轻，她还是拎得清的。

自此以后，姜文涛晚上就很少回家，即便回来了，也喝得醉醺醺的，趁着酒意，躲在卫生间手淫。邢敏觉得自己快要疯了，姜文涛换了一种折磨她的方式。站在卫生间外面，邢敏有些茫然，让姜文涛赶紧滚出来。姜文涛说，邢敏，我出来干什么，我自行解决还不行吗？邢敏说，姜文涛，你混蛋，你去死吧。姜文涛说，邢敏，你如果还有什么事情瞒着我就说出来吧，我不在乎的。邢敏喊，姜文涛，你他妈的还是人吗，你禽兽不如。姜文涛踢了一下门说，邢敏，我他妈的怎么偏偏看上了你。邢敏哭了起来，说，姜文涛，你不得好死，我们明天就离婚。姜文涛说，我不跟你离，你跟谁离去？他妈的，凭什么这样的事情摊在了我的身上？

接下来，俩人开始冷战，姜文涛不再对邢敏恶语相加。俩人虽然都在家中，却一点生气也没有。俩人也不再做饭了，都在外面吃。邢敏在学校吃，姜文涛在医院吃。碰上星期天，俩人都吃方便面。邢敏有些害怕回到家中，又不得不回来。姜文涛也像是害怕回来，有时邢敏回来了，他还没回到家中。他们对这个空间越来越感到害怕，越来越感到陌生，也越来越感到无奈。他们互相避着，躲着，不再说话。他们不只是害怕房子，也害怕对方。

有天下午，邢敏很早就下课了，但在学校一直挨到天黑才回来。打开灯，她吓了一跳，发现姜文涛早已到家，正坐在黑暗中，赤裸着身体，手中拿着一把手术刀，古怪地笑着。房间的窗户紧闭，烟雾弥漫。看到她进来，姜文涛慢慢地举起手术刀，低下脑袋，朝上面吹了口气，接着朝底下狠狠地按下去。邢敏发出一声尖叫，但姜文涛并没把手术刀按到底下的物体上，只是对着比画了一阵，然后扔掉刀子。邢敏心里一阵酸涩，刀子发出的光划伤了她的眼睛。姜文涛说，他明天去派出所立案，如果不抓住歹徒，他心里会永远存在障碍。邢敏说，事情都过去了这么久，还立得上吗。姜文涛说，如果派出所不立案，他会拧断所长的脖子。邢敏说，姜文涛，我们还是离婚吧。姜文涛说，我们结婚才多长时间，你想让人笑话吗。邢敏就不再吭声，心想立案就立案吧，事情已由不得她了。

第二天，俩人一大早就起来了，走在去派出所的路上。没想到，在距离派出所不远的地方，姜文涛停下脚步。姜文涛说，邢敏，还是算了吧，这又有什么意思呢？即便立案了，你也不可能是从前的你。邢敏问，姜文涛，这件事对你真的很重要吗？姜文涛说，当我趴在你身上，就要想到那个人，我都不是我了。又说，邢敏，你想不出我有多么痛苦，怎么偏偏让我摊上了这样的事呢？邢敏说，姜文涛，只有离婚，你我才能得到解脱。姜文涛说，邢敏，我心里依然是爱你的，我们能否想个解决的办法？邢敏说，姜文涛，都到了这样的地步，亏你还说得出口。姜文涛说，邢敏，我怎么也回不到从前。邢敏说，说这些还有意思吗？姜文涛说，没意思，一点意思也没有。

一天晚上，姜文涛做好饭，坐在地板上，等邢敏回来。一直到他抽完整整一包香烟，邢敏才回到家中。放在桌上的菜都凉了，姜文涛赶紧去重新加热，热好后，又一一端到桌面，把筷子放好，并且打开一瓶酒。邢敏看着姜文涛的举动，不知道他要干什么。自始至终，姜文涛什么也没说，只是不停地忙碌着。等忙好后，姜文涛拉灭房间里的灯，拿出一堆蜡烛，一根一根地点上。在新婚之夜，他们的房间里就是这样点着蜡烛的。姜文涛说，邢敏，让我们重温旧梦吧，我就不相信再也找不回从前的感觉。邢敏说，姜文涛，你以为这样做，就会改变我对你的态度吗？姜文涛说，邢敏，那天晚上我是怎样给你宽衣解带的？邢敏说，姜文涛，别自欺欺人了，你敢说还爱我吗？姜文涛气愤地看着邢敏，伸手把桌面上的碗筷扫了一下，顿时一片碎响。姜文涛端着气，站在那里，眼里一派茫然。

片刻，姜文涛又扑了上来，凶狠地撕着邢敏的衣服。邢敏没有反抗，任由姜文涛撕扯，直到把她的衣服全部脱掉。姜文涛接着脱自己的衣服，待脱到一半的时候突然不脱了。姜文涛说，邢敏，我他妈的阳痿了。邢敏没作声，弯下身体，从地面拿起衣服重新穿上。姜文涛说，邢敏，连你也救不了我。

邢敏有些可怜地看着姜文涛，看上去姜文涛像是真的阳痿了，也许是在演戏，在故意演给她看。邢敏还记得姜文涛拿着手术刀比画的那个夜晚，也许他真的想把底下的那个物体割掉，因为人说到底除了精神上的欲望，还有生理上的欲望。姜文涛还想重温旧梦，想唤起从前的感觉，只是那种感觉已荡然无存了。邢敏想，姜文涛所有的行为，归纳起来只有一点，就是要蔑视她，要给她施加另一种侮辱。而她只有被动地接受这些，认可这些，她没任何的理由进行反抗，进行辩解。这样想着，邢敏的呼吸急促了起来，脸色变得通红，心里既觉羞辱又觉愤怒。

又一个星期天早晨，俩人到外面的小餐馆吃饭。吃完后，路过镇政府，姜文涛顺带去计划生育办公室领取了一盒避孕套。邢敏以为姜文涛想在晚上做功课，但他只是领了回来，又随手丢在一边。看着避孕套，邢敏像是看到自己身上沾满的污秽，于是拿起要把它扔掉。姜文涛却立马夺了过去，撕开一只，放到嘴边慢慢吹了起来，越吹越大。邢敏再也忍不住了，冲上去，挥起巴掌击到姜文涛的脸上。打了一下还不解气，接着又抢了一下。姜文涛嬉笑着说，邢敏，你这样才对，你要狠劲地打才对。邢敏说，姜文涛，你太让我恶心了。姜文涛说，是我恶心才对，你怎么也恶心了？邢敏说，姜文涛，你想把我折磨到什么时候才罢休？姜文涛说，邢敏，是你在折磨我，我会折磨你吗？

3

自这件事发生后，俩人不再害怕回到家中。邢敏想不到事情竟会发生这样的变化，她都搞不清自己先前为什么害怕，姜文涛为什么同样害怕。像是吵过一场后，各自内心的郁闷全排解了，害怕自然就消失了，谁也不欠谁的，互相间扯平了。

现在，邢敏每天上完课，就急匆匆地往回赶。回来后，坐在沙发上长久地发愣。她不再害怕回到家中，却怕见到熟人，怕把自己暴露在众目睽睽之下。相较而言，姜文涛真的比她忙，每天回家都很晚，总是落在她的后面。

一个人孤寂地坐了很长时间，邢敏就想弄饭，站在那里茫然四顾着，一会儿望着厨房，一会儿又望了望外面的天色，不由再次陷入恍惚的状态。还有弄饭的必要吗？姜文涛不再回到家中吃饭，连晚餐都在医院吃。邢敏没什么吃饭的心情，但必须找事情做，否则就会发疯。她跑进厨房，用钢丝球擦洗着炒锅，慢慢地擦洗着，擦了一次又一次，直到擦得手臂酸麻了。厨房里的东西长时间没动过，布满尘垢，她一件一件地清洗好。

等到做完这些，邢敏又不知所措起来，不知道接下来该干什么。从前她也是一个人过生活，但心里是安定的。既然与姜文涛离婚是迟早的事，为什么就无法安定呢？邢敏的心里很空，不是空虚，也不是空荡荡，而是空得有些失重。邢敏决定把卫生间也洗上一遍，在冲洗卫生间时，不经意间朝墙壁上的镜子看了一眼。这一眼把她吓在那里，里面的人是谁呀，面色蜡黄，眼睛深陷，头发干枯，目光黯淡，嘴角处的肌肉坠压着。

邢敏赶紧洗脸、洗头，认认真真地收拾着自己。洗完头，干脆放上热水洗澡，然后洗衣服。把一切弄好后，重新照了照镜子，感觉自己确实精神了许多，身体似一下轻了许多，以至先前的失重竟有点虚幻。

近段时间，姜文涛的精神状态也似好转了起来，开始变得有说有笑的。有天晚上，还扯着邢敏一起去散步。姜文涛像是找到了新的办法，找到了如何消磨时间的方法。邢敏也不再觉得时间是漫长的，很容易就过去了。散步的过程中，偶尔会碰到同事，姜文涛忙自觉地拉起邢敏的手，显得十分恩爱。邢敏没拒绝，反而积极地配合着。除了碰到熟人，俩人散步时基本不说话。邢敏的心里挺难过，脚步迈得沉重。自与姜文涛结婚，他们从来都很少散步，偶尔走一下，也就方圆几十米。现在他们从医院的这头出发，一直往前走，然后拐一个弯，继续前行。待走到镇郊，两个人就折返，又经过一些时间，重新回到镇医院。回来后，姜文涛问，还走一次吗？邢敏点了点头。于是，俩人又默不作声地再次出发。到后来，邢敏觉得这样的走动不再是散步，而是在来回地奔跑，没了散步的随意、悠闲，有的只是疲于奔命。

散步回来，邢敏还是睡在钢丝床上，姜文涛还是睡在地板上。晚上，俩人又都睡不着，半夜时分爬起来，看电视，胡乱地转换着各个频道。看烦了，俩人就坐在那里吃瓜子。姜文涛每天下班时，都要买上一包瓜子，是奶油味的。房间里现在盈满奶油的气味，曾经的消毒水气味早已消失殆尽。姜文涛愿意怎样就怎样吧，她与他现在成了陌路人。虽然姜文涛关闭了内心，但邢敏还是看出了他的茫然失措。譬如姜文涛有时在喝水，水杯明明拿在手中，却要到处找。这样的情形发生了好几次。有时明明打上了领带，却四处找领带，手还不停地撕扯着胸口。姜文涛爱打扮，衣服穿得整洁，头发梳得纹丝不乱，时刻注意自己外在的形象。看着姜文涛神不守舍的模样，邢敏很是担心他的状态，这样一个人还能上班？还能拿手术刀？她想找院长提个醒，不要再安排姜文涛做什么手术。问题是见到院长时，她该如何启齿呢？院长肯定会问到事情的原因。

到了下半夜，俩人吃瓜子渴了，就喝水，喝得肚子胀胀的，又不停地上厕所。电视还在那里响着，不知道演的什么。碰着那些搞笑的节目，俩人也看上一会儿，有时也笑上一阵。实在寂寞的时候，俩人就开始说话，都变得很饶舌。说累了，俩人很快睡了过去。天还没亮，俩人又都醒了，接着开始说话，像是回到了新婚的时候。

姜文涛征求邢敏的意见，说，邢敏，假如我去找一个"小姐"，你说事情会不会就此扯平了。

邢敏说，你去找吧，最好直接把"小姐"领到家中，我不会有任何的意见。

姜文涛说，我不是跟你商量吗？

邢敏说，还用得着跟我商量？

姜文涛说，说不定这还真是解决问题的方法。

邢敏冷笑着说，姜文涛，你就那么点出息？有本事也去强奸一回。

姜文涛说，我还真只这么点出息，我现在每天想着的就是这件事情。

邢敏说，姜文涛，你心里在想什么我都知道，其实你我都明白。

姜文涛说，邢敏，你明白什么，我只是一个俗人，不是什么圣人，没有超凡脱俗。

邢敏说，姜文涛，你准备什么时候离婚。

姜文涛说，离什么婚，我现在真的想要一个孩子，也在找要一个孩子的理由。

邢敏说，你大概永远也找不到那个理由。

姜文涛说，是吗？我现在很后悔，干吗同意你做掉孩子，我现在想孩子都想得睡不着觉。

邢敏说，姜文涛，看不出你还有人情味嘛。

姜文涛说，我本来就如此，邢敏，你不知道我是多么地爱你呀！在把你追到手的那一刻，我是多么地幸福啊！

邢敏说，姜文涛，别假惺惺地抒情，你的爱是要理由的。

姜文涛说，我用不着找什么理由。

邢敏说，姜文涛，你根本不知道，爱情的味道在我的心里就是消毒水的味道，现在连这种味道也消失得一干二净了。

这样说着，邢敏问自己，爱情的味道真的是消毒水的味道吗？显然不是。那么爱情到底是什么味道呢？难道是自己的错觉。邢敏对自己感到可笑，居然还念念不忘消毒水的味道。要知道姜文涛的身上每天都散发着这种味道，但她已经无法闻到，变麻木了。不只是鼻孔麻木了，连整个身心都麻木了。

邢敏没想到自己的担心还真的应验了，有一天，姜文涛真的出事了。不是姜文涛的手术出了问题，而是与一个病人打了一架。病人是个吊儿郎当的小青年，说话阴阳怪气的，唾沫横飞，像喝多了酒一样。小青年的脖子不知被什么划了一条口子，正好是姜文涛负责处理这条创口。姜文涛先是用碘酒清洗，在洗的过程中，手中夹着棉球的镊子不小心戳了一下，小青年的脖子顿时血流如注。还没等姜文涛解释，小青年的拳头就击到了他的眼睛上。姜文涛仰面倒地，挣扎着爬起来，随手操起椅子击了过去。小青年看上去很凶，却不经打，身子一缩，倒下后不省人事。

事情闹得很大，经院长出面处理，事情总算平息了下来。院长让姜文涛好好休息几天，先不要上班。在姜文涛休息期间，不时有同事与熟人上门来探望，来的人都买了礼物，都是滋补品，意思是姜文涛该补补了，邢敏也该补补了。姜文涛的眼睛还打着纱布，眼睑处青了一块。对那些滋补品，邢敏接也不是不接也不是，还得陪客人聊天，不停地聊，聊到各种各样的事情。姜文涛在一旁附和着，不时表示着感谢。邢敏有些吃惊自己，并没有表现出不耐烦、情绪上的不对头，似乎还乐在其中。

客人走后，姜文涛把眼睛上的纱布扯掉，鼓着那只肿胀的眼睛，问邢敏，你是不是很高兴？

邢敏想不出她有什么高兴的，姜文涛为什么要这样问。邢敏说，我高兴什么？

姜文涛说，我被人打了呀，你难道不高兴？

邢敏说，我高兴不起来。

姜文涛说，那个小青年，我看着就心烦，看着就想揍。我清楚那类人是什么东西，难道不该揍吗，不该把他废了吗？

姜文涛又说，邢敏，我真的很爱你。从学校毕业后，我就到镇医院工作，在医院里我兢兢业业，做事踏实而认真。直到遇上你，我才动了结婚的念头。我是家里的长子，父亲去世得早，是母亲把我抚养成人，而母亲又长年患病在床。我一步步走到今天，容易吗？

姜文涛说着，失去了控制，自己都不知道在说什么，但他不是胡言乱语，而是内心真实的表达。很多事情，邢敏还是第一次听说，感到十分吃惊。姜文涛告诉她，他父亲去世早，母亲就一直守着寡。他小时候就是在村人的白眼与欺负中长大的，村子里的人都欺负他们孤儿寡母。他在遭到别人欺负的同时，不停地怨恨着母亲，认为自己的不幸与屈辱全是母亲给予的。邢敏，我跟你说这些干吗？还有意思吗？一点意思也没有。说着说着，姜文涛愣在那里。

邢敏也愣怔地看着姜文涛，心想姜文涛说这些肯定不是为了唤起她的同情与怜悯，她也是没有资格同情、怜悯他的，只有他才有资格同情、怜悯她，因为她是个遭到强暴的女人。

邢敏说，姜文涛，怎么没意思？我还从没听你说起过呢！

没意思，一点意思也没有，明知没意思，我为什么还要说呢？姜文涛疑惑了起来。

4

有天晚上，姜文涛在喝了一大杯茶，抽了数支烟后，告诉邢敏，他身体底下真的不行了。他怎么就不行了呢？姜文涛说着，神情很痛苦，不停地用手揪着自己的头发，眼睛盯着虚无的空间。

邢敏看着他，冷笑着。

姜文涛说，邢敏，你怎么一点也不关心我，我再也立不起来了，再也不是个男人了，是你给我造成了伤害，是你让我硬不起来了。

邢敏说，姜文涛，别这样虚伪，这跟我有什么关系？

姜文涛说，邢敏，我告诉你，不只是在你的面前不行，在其他女人的面前我也不行了。

姜文涛看上去像是真的去找别的女人了，但也许在试探她对此事的态度。邢敏说，你又要为自己找一个借口吗？姜文涛，我说了，你可以去找别的女人，我真的不计较，我还计较什么呢。

姜文涛说，我他妈的还找得出借口吗？

邢敏的心里一愣，看上去姜文涛不像在说假话，如果说他先前说的是假话，这次肯定不是。邢敏相信自己的判断。邢敏说，姜文涛，你还要让我恶心到什么时候？

姜文涛说，我在告诉你事实，你心里不是一直盼望着这样的事实吗？

邢敏说，姜文涛，我们之间已什么关系也不存在了，成了陌路人。

姜文涛说，邢敏，你说没关系就没关系？至少我们现在还同居一室。

邢敏坐了下来，说，你说吧。

姜文涛说，昨晚我跟一个女孩子在一起，可我他妈的就是立不起来，你说我是不是真的病了。

邢敏说，你是医生，即便有病也只有你自己清楚。

姜文涛说，邢敏，我他妈的真的病了，现在谁也救不了我。

邢敏感到伤心，也感到震动，姜文涛有可能真的废了，一方面固然是他自身的障碍，另一方面，正如他所言，她是有责任的。邢敏呆坐着，把身体都坐僵了。

从此，邢敏与姜文涛不再外出散步，也不再看电视，不再没事吃瓜子、喝水，但保持不变的是，俩人晚上仍然失眠，仍然不停地说话。邢敏想，很久以来，他们是不是陷入了一个误区，也许他们根本就不应该结婚，假如不结婚，就不会发生这些事情。因为有了前面的因，所以才有了后面一系列的果。因果都是相连的，就像命运抛出的一个圈套，把他们套在其中。不只是她受到了侮辱，受到了伤害；姜文涛也同样受到了侮辱，受到了伤害。

不可否认，她与姜文涛都是有问题的人，并且这种问题在他们的身上表现得如此明显，如此不可思议。姜文涛被这种问题折磨得都阳痿了，阳痿说起来算不上什么病，用心治治就可治好。但偏偏在姜文涛的身上起到了决定性的作用，她对姜文涛的伤害已由精神到了肉体。姜文涛没虚构事实，没夸大事实，把自己受到的伤害赤裸裸地呈现在她的面前，表明他受到了严重的伤害，受到了无以匹敌的打击。记得之前有一次，姜文涛说，他的一个病人患了阳痿，病人来到医院吞吞吐吐地讲了半天，才把事情讲明白。他当时想笑，却忍着没笑。他一本正经地给病人开了一个方子，结果病人真的再也没来医院找过他。她问他给病人开了个什么方子。姜文涛告诉她说，用嘴。她笑着说，流氓。邢敏想，姜文涛所说的那个方子还管用吗，恐怕没有谁能救得了他。

临睡觉前，姜文涛在房间里跑来跑去地，做着热身运动，说是要让自己立起来。跑步声忽大忽小，在静夜里显得惊心动魄。邢敏在黑暗中睁大双眼，屏息谛听着。

姜文涛运动了半个钟头的样子，静了下来，坐在地板上一边抽烟一边用手不停地按，像按浮在水面的皮球一样，一遍遍地按着。他想用热度让它温暖了起来，或者是使得血液的流动加速。按到后来，姜文涛失去了耐心，用拳头在上面狠狠地击打了一下。

黑暗中，邢敏听到了姜文涛的哭泣声，细细地，穿行在窒息的空气中。邢敏蜷缩着身体，咬着牙齿，认真地思考着：离婚无疑是对各自的解脱，但现实问题摆在面前，她与姜文涛结婚才一年时间，怎么能如此迅速离婚呢？外人的猜测与流言比离婚本身更具有杀伤力，他们是知识分子，一个是人民老师，一个是人民医生，外人会认为他们的精神不正常。姜文涛自始至终都不提离婚的事情，可能正是基于这方面的考虑。由此看来，姜文涛比她考虑得更深透，更长远，更慎重。姜文涛不是在装糊涂，也不是在装傻，他肯定也想离婚，也想尽快把事情结束。问题是他不敢选择，也害怕选择。邢敏这才看出了姜文涛的顾虑，看出了他的无奈，哪怕是互相暂时折磨地处着，也不能离婚。回过头想，尽管她口口声声说到离婚，只不过是提提罢了，不同样在给自己找一个理由吗？如此看来，她与姜文涛在本质上是如出一辙的。

经过一个晚上的考虑，邢敏决定搬到学校去住。第二天起床，邢敏收拾好简单的日用品，用两只方便袋装着。快要动身的时候，邢敏突然想到自她结婚后，学校里的住房早已给了别的老师，她是没任何的理由还回学校住的。

姜文涛也早已起床，正坐在卧室的地板上，默默地注视着她。姜文涛咧嘴朝她笑了一下，眼睛布满血丝，显然一夜未眠。邢敏的心猛地一酸，顺势转过身体，把眼泪逼了回去。

姜文涛真的病了，病得无可奈何，病得没了尊严，这种病对一个男人来说无疑是耻辱。姜文涛不再收拾自己，胡子拉碴，一副落魄的模样。姜文涛说过，他的病治不好，就不再刮胡须。邢敏想不出刮胡须与他的病有什么关系，完全是风马牛不相及嘛。假如姜文涛的病真的好不了，他是否要把胡须一直留着。

姜文涛有时还做一些在邢敏看来简直是匪夷所思的事情，比如他裸着身体，背向墙壁倒立着，因为身体倒立，所以他底下的那个东西也软塌塌地倒立着，他的眼睛审视着那东西，嘴里不时说着什么。邢敏心里说，姜文涛的病恐怕再也治不好了，他的病完全是他病态的心理造成的。也许姜文涛什么都明白，却故意做给她看，想以此加深她的感受。姜文涛采取的是既在折磨自己，也要折磨她的方法，他每天都要倒立，直到立得身体支撑不住，才气喘吁吁地跌坐到地面。然而，不管姜文涛如何倒立，底下的那个东西却怎么也立不起来。姜文涛证明他没有撒谎，他的确在承受着无与伦比的痛苦。因为姜文涛反复强调着他的痛苦，所以邢敏逐渐觉得这痛苦变得惊心动魄起来，并被姜文涛表现得淋漓尽致。

邢敏清楚，说不定姜文涛还会做出什么令她意想不到的事情来。姜文涛像是找到了某种乐趣，这种乐趣不在事情的本身，而是做的过程。果然，有天晚上，姜文涛脸露笑容，赤裸着身体站在她的面前。姜文涛说，邢敏，我想与你……邢敏打断，你都这样了，还做什么。姜文涛说，说不定我爬上去后，就能够立起来。邢敏说，姜文涛，我现在不恶心你，我恶心自己。姜文涛说，你的话听上去怪怪的。邢敏说，姜文涛，我恶心自己还不行吗？听邢敏这么说，姜文涛沉默了，站在那里叹了口气。邢敏的态度冷淡，声音没一点起伏，曾经的激情消失得无影无踪。

在学校，邢敏神思恍惚，给学生上课时，讲了这段忘了那段，经常愣着，然后问底下的学生，刚才讲到了什么地方。这引得学生议论纷纷。邢敏知道得尽快把状态调整过来，否则她没必要还来学校上课。每次在回家的途中，经过那处遭到强暴的地方，邢敏都要站很长时间，想去看看那个废弃的仓库，有几次都挪动了脚步，想想还是没过去。邢敏心里一阵悲凉，要知道，她的命运就是从这里发生改变的。

5

姜文涛像是清楚自己的病情，每天回来后，就用一个陶罐熬药。他边熬边笑着，拎回的药物一袋一袋地被堆放在墙角。熬药很是麻烦，他却一点也不嫌弃，清洗陶罐，文火慢烧，然后坐在燃气灶前，抽着烟，等着陶罐冒出热气。药熬到一定程度，他用纱布隔着，把药液倒出，赶紧喝，喝得嘴巴不停地抽动。

每次看到姜文涛熬药，邢敏就说，姜文涛，你以为这些药救得了你？姜文涛歪着脑袋说，我清楚自己的病情。邢敏不再说什么，心里想，只怕姜文涛没病也要喝出病，越喝越立不起来了。现在，房间里终日弥漫着中草药的气味，连家具与被褥上都是。邢敏想不出她到底是爱姜文涛，还是爱消毒水的气味。爱是那样地不可言说，是那样地诡秘莫测，也许只有当一个人经历太多了，才知道生活中很多事情本来就是悖论。

邢敏觉得住房成了医院的药房，中草药的气息每天从房间里挥散而出，从附近经过的人都要抬头朝楼上望一眼。姜文涛在熬药这件事上倒没有藏着，掖着，像是要弄得人人皆知。他光明正大，心地宽广，从一开始就表明自己病了，并且病得严重，要每天喝药，他是真正与药打上了交道。药在那里熬着，不一会儿，陶罐里就发出"咕咕咕"的声音。邢敏猛然一惊，她与姜文涛的内心何尝不也经受着煎熬，就如陶罐中的药草一样。

现在，邢敏晚上不再到外面吃饭，更多的时候用方便面对付，心里有种被铁丝勒住了一样的忧伤。有天晚上，姜文涛给她说起了医院里发生的事情，说是同事都知道他在喝中药，大家都弄不明白，好好的一个人，干吗喝中药，到底有什么病。院长也觉得奇怪，还特地把他叫到了办公室，说连病情都没确诊，就乱吃药，简直是乱弹琴嘛。他实话实说地告诉院长，他阳痿了。院长像不明白地看了看他，问他是不是在开玩笑。他说，还开得出这样的玩笑吗。

邢敏想不出姜文涛为什么不再担心，不再忌讳，轻易就把事情抖搂出去。邢敏发现自己又一次错了，她总是想当然地以为事情有自身的逻辑，而事情根本就是她无法看透的。这一刻，邢敏发现姜文涛在她的眼里越来越模糊，模糊到只剩一个人影。她不敢去证实姜文涛是否还在说谎，真真假假，似真似假，她已辨别不出。

姜文涛继续说着，说对同事的疑问，他也是这样回答的。谁知道同事听后哈哈大笑起来，齐声说，明白明白。有的同事说，阳痿是那么容易吗，可能是功课做得太多了，多调养调养身体就好了。你们结婚才多长时间，怎么就阳痿了？如果说我们阳痿还差不多，当然，我们想阳痿还阳痿不了。

邢敏漫不经心地听着，表情有些厌恶，但还是尽量让自己镇静下来。姜文涛正在那里看着她，看她接下来的动作。邢敏实在忍不住，冷笑一声，把碗中剩下的汤水泼到地面上。

姜文涛每天满头大汗地熬药，日复一日，乐此不疲，也不管那些药是否有效。邢敏也搞不清那些药是否真的有作用，如果没作用，姜文涛为什么要一直喝呢？

有一次，姜文涛熬药时看了她一眼，问她，你是不是很高兴？

邢敏说，姜文涛，你还有必要这样折腾自己吗？

我病了，我要恢复信心，你知道信心对我有多么重要吗？

邢敏摇着脑袋，说，姜文涛，你还爱我吗？

姜文涛说，邢敏，你听好了，我一直都是爱你的，即使你把我弄成了现在这副模样，我还在爱着你。

邢敏说，你爱的是你自己。

你是说我没能力证明对你的爱，连这些中草药也证明不了？

邢敏说，姜文涛，只怕你越喝越立不起来。

我是医生，清楚自己的病情。

邢敏说，你还敢说自己是医生。

听邢敏这么一说，姜文涛转过身体，冲到墙角，把那堆草药踩在脚下，一边碾着一边咕哝着什么。然后，像是还不解气，把盛药的碗摔到地板上。碗滚动了几下，并没有破裂，姜文涛抬脚踢了一下，嘴里咕哝着：怎么连你也要看我的笑话？姜文涛不停地踩着，直到再也踩不动了，才疲惫地坐了下来。

邢敏说，姜文涛，你没病，你清醒得很。

姜文涛说，我他妈的清醒得连自己也不认识了。

邢敏说，姜文涛，我们之间已离得越来越远了。

姜文涛说，邢敏，我是爱你的。

邢敏说，我却再也不爱你了。

姜文涛站在那里，大口地喘着气说，邢敏，我已想好了，明天我们就去离婚吧。

邢敏点了点头。

第二天，邢敏特意起了个早，没想到临出门时，姜文涛却说，邢敏，你让我再想想好吗？

姜文涛，其实你我心里都清楚，也都再也忍受不了。邢敏差不多叫了起来。

邢敏，我真的还没想清楚，你让我再想想吧，我会给你一个答复的。姜文涛说着，用手紧揪头发，脸上的肌肉抽动不止，痛苦地扯向一边。邢敏看见姜文涛的眼睛浑浊，眼窝深陷，鼻子与嘴唇也不对称，如一张揉皱的报纸，早晨的姜文涛成了另一副模样。

只怕你永远也想不清楚。邢敏的声音打着战。

姜文涛说，他妈的，那个强奸犯到底是谁？

邢敏没想到姜文涛耿耿于怀的还是那个强奸犯，像是那个强奸犯一日没抓住，他的心灵就一日不得安宁。姜文涛还在那里说着，那个人到底是谁，我要知道那个人到底是谁。邢敏明白这时候让姜文涛一起去镇民政所，他肯定不会去。姜文涛不去民政所，她跟谁离婚，只会让民政所的工作人员大笑不止。

邢敏问姜文涛，是否等到抓住歹徒才去离婚？

姜文涛说，邢敏，你别逼我，我真的还没想好。

邢敏说，姜文涛，这有意思吗？

没意思，没意思，一点意思也没有，他妈的，怎么一点意思也没有呢？

邢敏讥讽地说，姜文涛，没想到你还是挺幽默的。

姜文涛的脸上很真诚，猛地抓着邢敏的手说，邢敏，我真的爱你，我要怎样说你才相信呢？

我早就说了，你爱的是你自己。邢敏说着，慢慢地抽出了自己的手。

很长一段时间，邢敏与姜文涛不再说话，邢敏看了看姜文涛，姜文涛也看着她，互相都认真打量着。邢敏的神情淡淡的，盯着姜文涛的眼睛，像是想从里面看出什么。姜文涛的眼睛顿时慌乱了起来，身体直起又坐下，坐下又直起。他说，邢敏，你这样看着我干吗？

邢敏只好别过眼睛，望着窗外，她想象得出姜文涛的感受。当她再次转过脑袋时，吃惊地看到了姜文涛脸上的泪水。姜文涛任凭泪水滑落着，也不擦一下。

姜文涛接着说，他的精神真的到了极限，他既不想折磨邢敏，也不想折磨自己。他知道只有离婚，但离婚会是最后的解脱吗？这么多年了，他在社会上也经历了许多的事情，无论怎样的困难都应付过来了，唯独被这件事绊住了，并且绊得他痛苦不堪，绊得他不知道该怎么办？

姜文涛说得急，也说得快，说到了他目前的处境，说到了他与邢敏的相识、相爱，说到了单位上的人与事。总之，说得有些开，也有些散。把该说的都说了，不该说的也说了。姜文涛像是在这样的诉说中获得了心灵的放松，像是那些压在心灵上的重负对他再也构不成威胁。

邢敏没打断姜文涛的诉说，任凭他说了下去。邢敏想起不久前，姜文涛也有过类似的诉说，他想怎么说就由他去说吧。邢敏这才发觉，其实从事情发生的那一刻起，她与姜文涛都在被动地承受着，承受着各自的不幸，所以才造成了今天这样的局面。不只是她在被动地承受着痛苦与折磨，姜文涛也在被动地承受着这些。如果放在从前，她从来都是主动的，没想结婚后反而被动了。怪不得有人说，人一旦结婚，就会发生很大的改变。看来婚姻不仅改变了她的生活，也改变了她的内心。

面对姜文涛，邢敏想不到自己居然变得这样的麻木、冰冷。

6

一个月后，在镇十字街口显眼的位置贴着一张告示，很是醒目。这处地方一般张贴的都是广告，或者是县剧团下乡演出的宣传画，还有寻人启事之类的。

这天，邢敏刚好从学校回来，隔着很远的地方，就看到十字街头围满了人。她并没有急切地奔跑过去，而是尽量延缓着脚步。等走上前，才看到告示上的字打印得很大，红黑相间，覆盖在一张摩托车广告上面，红色的字体格外晃眼，起提示作用，黑色的字体同样触人眼球。告示上说派出所前天抓住了一个专门在夜晚袭击妇女的歹徒，歹徒是外乡人，在此作案多起。据歹徒交代，他已袭击了当地的六名妇女，而目前去派出所报案的只有一名妇女。派出所希望另外几名受害妇女勇敢地站出来，去派出所报案。因为只有找到充足的证据，才能把犯罪分子绳之以法。邢敏站在那里，身体抖动了一下，脑里"嗡嗡"作响。她静静地站了一会儿，然后匆忙挤出人群离去。

回到家中，邢敏看见姜文涛正在等她，说刚刚得知歹徒被抓的消息，他专门蹬上医院的自行车去了十字街头。途中因为蹬得急，车链条都掉了两次。在亲眼看到那张告示后，他心底才长长地吐了口气。歹徒总算被抓住了，他的心像石头一样落到了地上，先前他的心一直悬着，都悬了两个多月。

姜文涛问邢敏，是否去派出所报案？

邢敏说，去吧。

姜文涛这样问，邢敏只能这样答。

姜文涛的双手摩擦着，有种莫名的兴奋，他边摩擦着手掌边说，终于可以看到歹徒真实的面目了。

吃完晚饭，姜文涛迫不及待地拽起邢敏，朝派出所的方向走去。途中，姜文涛自觉地伸手挽住邢敏的胳膊。走着，邢敏感到姜文涛的身体在抖动，脚步迈得没有节奏，双臂差不多朝前划动着。邢敏被姜文涛扯着，糊里糊涂地朝前走。俩人就这样一直朝前走，直走得满头大汗。等走到离派出所不远的地方，俩人不约而同地站住，望着派出所门前被灯泡照亮的一片院地。不时有人从派出所进进出出的，身影晃动不止。邢敏没想到，晚上的派出所也有这么多的人。

突然，姜文涛说，邢敏，还是算了吧，我们上次都没走进去，这次还进去干吗？

邢敏说，你不是说要让歹徒尽早伏法吗？

姜文涛说，我现在改变了想法。

邢敏说，那就回吧。

于是，俩人转过身，慢慢地往回走。姜文涛走在前面，邢敏落在后面。姜文涛走得快，把邢敏落下一段距离后，就不时等一会儿。

走到拐弯的地方时，姜文涛站着，犹豫了一下，对邢敏说，我们去医院里看看吧。

邢敏也犹豫了一下，还是说，那就去看看吧。

当俩人走进医院的门诊大楼时，值班医生抬头看了他们一眼，笑了笑，可能搞不清楚俩人这么晚来医院干吗？姜文涛打了一声招呼，带着邢敏从容地走开。晚上，除了值班医生，医院里没什么人，有种与白天迥然的安静，但这样的安静令邢敏感到心神不定。经过一个个的病房，邢敏不时听到从里面传出的病人压抑的呻吟声，她的心随之哆嗦不止。

姜文涛边走边向邢敏详细地介绍着各个科室的情况，说自己从前在哪个科室工作，后来调到了哪个科室，最后如何到了现在这个科室。他其实无所谓的，不管在哪个科室，他都相信自己的能力。院长也信任他，总是委他以重任，他与同事也相处得不错，从没发生过什么不愉快。他本以为生活从此一帆风顺，没想到还是发生了意外。他心里很难受，她想不出他难受的程度。他年纪大了，找个老婆不容易。他一心想要个小孩，她怀孕了，他以为自己的愿望快实现了，谁知到头来一切都成了泡影。他接受不了这样的事实，也无法面对这样的现实。邢敏，你以为我是谁？我就是一个俗人，你把我想得太高尚了。我什么也不是，连狗屁也算不上。邢敏，你既不了解我，我也不了解你，我不是指我们的婚姻，而是说我们看不清各自的内心。

姜文涛说着，声音压得低，一会儿清晰一会儿含糊，絮絮叨叨的。邢敏低头看着地面瓷砖泛出的冰冷的光，自始至终什么也没说。姜文涛的话太多了，多得她感到怪异，感到不伦不类。姜文涛在医院里说这些，很显滑稽，但明知很滑稽，却还要不停地说下去。邢敏知道姜文涛的意思，这样拐弯抹角地说，意思只有一个，那就是姜文涛决定跟她离婚了。离婚当然很残忍，但事情已到了该结束的时候。邢敏不耐烦了起来，又不想把不耐烦写在脸上，只好委婉地做了一个手势。姜文涛看清了她的手势，顿时止住了倾泻的话语。

经过一房间，姜文涛突然止住脚步，拿出钥匙，打开房门，拉着邢敏走了进去。姜文涛说，这就是我给你讲的发生事故的手术室。邢敏站在门口，亮起的灯泡让她的眼睛晃了一下，她想，姜文涛到底想向她证明什么呢？

俩人坐在手术室的地面上，邢敏又闻到了浓烈的消毒水的气味，弥漫在房间的每一个角落。姜文涛掏出香烟，摁亮火机，想了想，还是没点上。他说，邢敏，我给很多女人都做过割除阑尾的手术，但没想到那天我的底下直了，你想不出我是如何夹着双腿做完那例手术的。

邢敏说，我想象得出，你向我求婚时找的就是这么一个理由。

姜文涛说，我的宿命就是从那例手术开始的，哪怕你现在在我身边，我的东西却不行了。

邢敏说，不是抓住歹徒了吗？

姜文涛说，抓住了又怎样，我本以为自己听到这个消息时，我的东西会强大起来，没想到还是不行。

邢敏说，姜文涛，我们离婚吧。

姜文涛说，离吧，我不想再折磨你，也不想折磨自己，如果有什么地方对不起你，还请原谅。

邢敏说，是我对不起你，如果没发生那件事，你说我们的爱情还是美满的吗？

姜文涛说，我回答不了这个问题。

邢敏说，回去吧，待长了时间，别人还以为我们在干什么呢！

姜文涛说，那就回吧。

俩人站起身，姜文涛拉灭灯泡，仔细地把锁头套上。

走着，姜文涛说，邢敏，还是谈点什么吧，我们明天就要离婚了，不再同床共枕，从此成了陌路人。

邢敏说，你想听什么？

姜文涛说，能告诉我，你是个什么样的女人吗？

邢敏说，我是什么样的女人不重要，不管是谁，重要的是得看清自己。

姜文涛说，邢敏，你说得真好，我他妈的怎么连自己也没看清呢!

第二天，邢敏与姜文涛去民政局办了离婚手续。回到房间，邢敏把房门钥匙交给姜文涛。

姜文涛说，邢敏，你还是留着吧。

邢敏说，不，房子是你的，我留钥匙干吗？

姜文涛看了看她，笑了起来，说，邢敏，假如我还去学校打疫苗，说不定还会向你求婚。

邢敏也笑着说，那我还等着。

邢敏说完，赶紧收拾东西。

姜文涛帮着忙，不时提醒她，哪些东西本来就是她的，应该拿走，千万别落下，如果落下了，以后还可以来拿的。俗话说，一日夫妻百日恩，百日夫妻比海深。

看着姜文涛一丝不苟的模样，邢敏感到好笑，心里却酸酸的，等转过身体，放下手中的东西时，没想到眼泪还是猛地滑了出来。

桃红李白

1

艾胜男根本没想到魏招娣会嫁到艾家庄，真应了那句话，不是冤家不聚头。艾胜男知道自己要开始夹着脑袋走路了，都是一个村子的人，抬头不见低头见，还没个照面的时候？于是，他尽量避开魏招娣，心里说，躲还是躲得起吧，绕着走就是。

说起来，事情要怨自己，如果不是自己挑三拣四，魏招娣就嫁给了他。那期间，他与魏招娣相处了两年，不痛不痒的，就像井水与河水，两不相犯。人家招娣心地善良，知冷知热，说话慢声细语，羞涩而腼腆，是个不错的姑娘，可自己硬是看不上，枉费了两家人的努力。招娣父亲与自己父亲是结拜的兄弟，两家人一直要好了很多年，平时节日里还互通往来。在艾胜男还未成年的时候，两家的大人定下了这门亲事，就等着喝喜酒。

没想到头来胜男打死也不同意这门亲事。做父亲的没了办法，气得发抖，总不能把儿子逼疯吧。事情最后的结果是，艾胜男娶了毕家湾的毕芸香。若是论相貌，毕芸香不见得比魏招娣好看，但各人心中爱，哪怕是个猪八戒。其实这内在的问题，艾胜男也不清楚出在什么地方？阴差阳错的，似乎是冥冥中的天意。

魏招娣嫁给了艾家庄的艾继中，艾继中是艾支书的儿子，长得尖嘴猴腮的，身体单薄得如一根倒架的瓜藤，脑袋上生过痢痢，生生地秃了一块，于是把头发留得长长的，倒伏着企图遮住那处地方。看得出魏招娣是故意做给胜男看，摔脸子给他，就是要嫁到艾家庄，就是要嫁个不中看的男人。你艾胜男不要她，自然会有男人要她，她要让艾胜男用裤衩遮脸走路也不行。自魏招娣嫁过来后，胜男就真的感到脸没地方藏，白天尽可能不与魏招娣照面，晚上也大门不敢出，小门不敢迈，躲得自己都没了定力。

正是吃晚饭的时候，毕芸香让艾胜男吃完去毕家湾一趟，看看她父亲，表示一下女婿的孝心。芸香已吃完饭，正在那里准备，一斤冰糖、一斤龙眼干、一瓶高档白酒，鼓鼓囊囊地用一个塑料袋装好。毕家湾离艾家庄不远，大概四里路程，晚上外面有月亮，骑车可以快去快回。路是柏油路，眨眼的工夫就到，耽搁不了多长时间。

胜男嘴里嗯嗯着，心里却不是滋味，骑车时得经过招娣家门口。有两次招娣都把他堵在路中央，什么也不说，看着他，把他看得心里发毛，脸上冒汗，手脚冰凉。招娣的目光像针一样，直直地插了过来，又如钩子，入了骨的伤心，绕是绕不开的。在与招娣相处的两年里，还从没看见过她这种目光，似把人恨到了牙根上。他想不明白，招娣为什么要揪住自己不放，像是前世的冤孽。这是个一根筋的女人，认准了的事情从不知道后退，要一竿子戳到底，戳到他的肉上，他的心里。每次出门，魏招娣似乎都知道，把钟点掐得准，不早不晚，打蛇要打七寸上，置人于死地。

前些日子，丈人不小心扭伤了腰，在医院里住了半个月，身体还没痊愈，就急着要回家。那些日子，他与芸香可忙坏了，白天起早贪黑地在田间地头忙着，晚上还要骑车赶十几里路到镇医院去照顾。

丈人在医院躺了半个月，心里烦，唯一的儿子在外打工，另有两个女儿也与女婿一道打工去了，幸好芸香嫁得不远，夫妻二人又没外出。要不然，连个照顾的人也没有。眼下正是农忙时节，让芸香他们跑来跑去，也不是个办法，再说在医院住了这么长时间，钱花了不少，再住下去岂不是白白地糟蹋钱吗？钱是那么好挣的，树上能长出兔子？于是，丈人竭力要求出院。胜男对丈人说，你还没全好，医生也说要住上一段时间。胜男嘴上这样说，心里却不这样想，巴不得丈人赶紧出院，这几天他可累坏了，浑身散了架一样。晚上脑袋刚挨上枕头就呼噜连天，像过龙卷风一样。芸香看在眼里，疼在心头，心里说，千万别把胜男的身体累坏了。

现在，丈人好歹从医院出来了，想不到事情还没个消停。胜男的脸上显得很平静，即便心里有想法，也不能放在脸上，手中漫不经心地扒着饭。眼睛不时抬起，看着桥台上的自鸣钟，心神不定。一想到魏招娣又会站到路的中央，脑袋就空白了，停在一个点上。

是否把事情告诉芸香，至少芸香是蒙在鼓里的人，不知道这中间盘根错节的枝蔓。胜男张了张嘴，却没开口，也许事情会越描越黑，像是他婚后真的与招娣有什么见不得人的勾当。

芸香收拾着碗筷，弄出一片噼噼啪啪的响声，手中的抹布已清理出了桌子的一角，一边催促他快点吃，别磨磨蹭蹭的，早去早回，明天还要起早干活。

胜男看了芸香一眼，重重地把碗放下。这样的动作他还是第一次，中间没什么铺垫，有种做贼心虚的感觉。

芸香觉察出了胜男的不快，说："来回也有六里路呢！回来还要洗澡，时间越来越晚了。"

"干吗要我去一趟，你自己去得了。"胜男没好气地说。

"你以为我不想去吗？你让我一个女人走夜路，说出来都丢人呢！"芸香是针尖对麦芒。

"我明天送过去，这么晚了，要睡觉。"

"明天？田里的稻子还割不割？"

芸香这样说，胜男就没什么好说的。村里其他人家都已开镰了，大家都在起早摸黑地干着农活，想趁早把晚稻插上。天黑了还听得见田里脚踩打谷机咣当咣当的吼叫，要到月亮升起后才止住。打谷机的吼叫揪人心，令人坐立不安。在这样的时节，没人敢把农活落下。丈人从医院里回来了三天，在这绰绰有余的时间里，胜男与芸香把一切收拾停当了，正准备明天开镰。胜男的心里第一次觉出了芸香的蛮横、霸道，只要是关系到她父亲的事，她是寸步不让的。

胜男忍了下来，这是必须的，如果按捺不住，魏招娣就会看他的笑话。不能让魏招娣看笑话的，即便看笑话，也只能是他看招娣的，她不是一根筋吗，不是要嫁给艾继中吗，不是故意要把鲜花插到牛屎上吗，她做出的这些就足以让人笑话了。想着，胜男愣了一下，纠正着想法，那是笑话吗？心里酸酸的，是种说不出的感受。

　　胜男没再理睬芸香，掏出香烟抽了起来，脸上阴沉沉地。看着胜男的模样，芸香也不好还说什么，再说下去，无疑是搬起石头砸自己的脚了，是自找的，是不给胜男台阶下。芸香识趣，但火气又没什么地方发泄，就抬脚踢桌底下躺着的狗，狗汪地叫了一声，夹着尾巴跑了出去。剩下胜男坐在堂屋里抽着烟，外面的月光把地面照得发白，从村道上传来农用车的"突突突"声。

　　芸香已在那里给艾梅洗澡，女儿的睡意正浓，不情愿地睁开眼睛，又把身体睡成了面条。芸香气不打一处来，狠狠地在女儿的屁股上拍了几下。那几下像是拍打在胜男的身上一样，女儿只不过是个道具，一个借口。女儿的睡意顿消，哇地哭了起来，乖乖地坐在木盆里。胜男的脑袋乱成一团，心里憋得紧，像是充气筒正使劲地往里面灌着气。他担心那股气会很快跑了出来，因为气灌满了，轮胎就会胀裂。好在芸香正把盆中的水弄得发出"泼剌"的声响，他心里的那股火气给压了下去。

　　很长时间，胜男心里莫名其妙地难受，觉得一切不顺心，生活过得没劲。动不动就想发火，见到什么东西都觉得是障碍，是那些东西惹得自己心烦意乱。胜男与父母分开过生活，一个弟弟做泥水匠，还没成家，与父母凑合在一起。父亲的观念传统，因为他生了一个女儿，脸上的皱纹从没舒展过，对芸香也有点看不上眼，私下鼓励他再生一胎。他当然有自己的想法，准备明年盖房子，可不能把钱交了违反计划生育的罚款。

钱难挣，一年到头，泥一身水一身地干活，还要指望风调雨顺，日子才能过得殷实。

问题是那个魏招娣，已把他的心搅成了一团泥，搅成了蜂巢。胜男怎么也想不明白，魏招娣到底是为了什么？女人的心，绣花针，怎么绣是她自己的事情，外人是永远无法知道其秘密的。

高中毕业，胜男就回到了家中。说心里话，他想把书继续读下去，即便他的成绩不好也不坏。他同样努力过，刻苦过，想像德贵的儿子一样考上大学。只有考上大学他才能把双脚彻底从泥巴里拔出来，他的心里清楚这才是唯一的出路。父母也寄希望于他身上，把他看得金贵。

读中学是寄宿，每逢星期六回家时，母亲总要把平日里舍不得吃的东西拿出来，做给他吃。母亲对弟弟说，你哥在学校里吃了一个星期的咸菜，回来要补脑子，只有脑子好使了，才能考上大学。胜男听着，鼻子有些发酸，吃饭时，偷偷地把头扭向一侧，顺势用手揩了一下眼眶。越是这样，胜男越知道自己成了全家人的希望。弟弟是指望不上的，自小脑袋就比别人慢那么一拍，仅小学二年级就读了两年。于是弟弟胜伟读到小学四年级就辍学了，回家与父母一起参加劳动，一方面是节约开支，增加收入；另一方面是全力支持胜男读书。

通常天还没亮，父母与弟弟就一起去了田里干活，直到晚上星星出来后，才一起回到家中。碰上下雨天，父亲的关节炎就发痛，唉声叹气地，整夜都睡不着。母亲一边用手捶打着父亲的双腿，一边让父亲小声点，说胜男正在那里看书呢，不要打扰孩子。胜男知道事情到了这份上，已由不得自己，就像一张拉开的弓，他这支在弦之箭不得不发，别无选择。问题是学校每次的测验考试，他的名次总是那样，既没看到进步了多少，也不见后退了多少。

说实话，胜男是志存高远的，只要顺利地考上大学，他就迈过了一个槛，无论是对父母，还是对自己都有个交代。他就能扬眉吐气，看到前方光明的道路，能在村里昂头走路。在父母的心里，他生来就是读书的坯子，是读书的料，大学像是专等着他考取。在这样的情形下，胜男只有逼自己，没日没夜地看书，做题，晚上疲劳后想睡觉，就赶紧跑到学校的井里打水，洗冷水澡，好让自己清醒，重抖精神。

不知是因为过于劳累，还是因为精神高度紧张，有次他晕倒在了教室里。老师与同学都吓坏了，把他背到了镇医院。医生经诊治后说，他只是身体虚弱，营养不良，多增强营养就会恢复的。关于这件事情，学校并没惊动他的父母。从医院回家后，他也什么都没说，只说学校放了两天假。事情瞒住了父母，却瞒不了自己。胜男感到自己的双腿越来越提不上劲，全身上下酸软。晚上睡觉，噩梦连天，从这个梦过渡到下一个梦。大冬天的，被子给蹬到了地上，冷醒后，竟不知身在何处，坐在那里，大口地喘着气。后半夜，他再也不敢睡，拥着被褥坐守天明。

这样的情形持续了一段时间后，想不到脑袋又出了问题，什么都记不住，哪怕老师刚讲的，转瞬就忘得一干二净。他慌了，跑到医生那里，经过一系列的诊断，医生说他患了神经衰弱症，要在医院里静养。胜男坚决要求从医院里出来，让医生开了一些药，不管怎么吃，病情依然没什么好转。脑袋整日疼痛难忍，像是有个尖锐的东西朝里面使劲地钻动，且一日比一日地深入。胜男用手捶打着脑袋，有时把脑门打得红肿一片。在最后的一个学年，胜男每天都洗冷水澡，把脑袋浸在冷水中，身体搓得如同煮熟的虾子一样，红成一团。

高考结束后，胜男心中惴惴不安，知道自己肯定没考上。父母一直在等着他的录取通知书，看着父母的脸色，他说，这次不一定考上了。父亲愣了一下，看着他，半天没说出一句话。胜男这样说，表明事情肯定黄了，是没把握的。父亲是听懂了，脸上的表情一下子急速地变化开来，红成一团，青成一堆。母亲说，要么明年再复读。胜男说，我不想再浪费钱，复读也不一定能考上。母亲的眼泪顿时流了下来，呆呆地看着他。胜男也想眼泪，却怎么也流不出，于是心里急了，手脚兀自抖动着，什么也看不清，身体慢慢地朝后倒下。

醒来后，他看见母亲坐在床头，眼睛红红的，流了很多的泪。母亲说，胜男，我们家没读书的料，祖坟没冒烟，我不怪你。胜男目光呆滞，脑袋依然昏沉沉的，嘴张了张，什么也说不出。看着儿子的模样，母亲又想哭，但忍住了。

既然书没得读了，父母就开始张罗他的婚事。父亲早留了一手，假如胜男没考上大学，魏家湾的魏招娣就是自己的儿媳妇，是与招娣父亲商量好的，互相知根知底，不需费心思去揣摩，去寻思。当然，如果胜男考上了大学，招娣父亲说，他也不想高攀，不会为难胜男的。招娣是那样的命，命里有时终须有，命里无时莫强求。招娣会一直等到胜男高中毕业，决不提前许配人家。招娣的父亲这样说，胜男的父亲就说："真是为难你了，即便胜男考上了大学，招娣也是我的儿媳妇。"

过了些时候，父亲把这意思告诉了胜男，说胜男书没得读了，我不怪你，你也尽心尽力了，算是对得起我与你母亲。不过有件事你得依了我，我与你母亲商量好了，俗话说男大当婚，女大当嫁，是到考虑你的婚姻大事的时候了。你也知道，我一直与你魏伯伯是朋友，他的女儿魏招娣跟你的年纪一般大，也到了谈婚论嫁的年龄。我与你母亲的意思是，把魏伯伯的女儿娶过来，你魏伯伯也是这样的意思。虽说魏招娣没读什么书，可人家姑娘勤快善良，能吃苦，我是看着她长大的，再说招娣也长得耐看。

胜男让这件事搞了个猝不及防，至少他还没从高考失败的阴影中走出。现在的他与从前简直是判若两人，脸上黑黑的，皮肤也粗糙了，手上长了一层茧，完全成了一个地道的农民。胜男每日天没亮就下地干活，把自己当牲口使唤，拼了命，像是想挽回什么。他不想在家成了吃闲饭的人，即便村人对他指指点点，他也不在乎，但不想做缩头乌龟。书没得读了后，他想不出自己还能怎么办？前途未卜。没想到父亲这时在考虑他的婚姻大事。胜男矜持地看着父亲，放下手中的饭碗说：“我不想这么早就结婚。”

父亲让他说得一时起火，把正吸着的一截香烟扔到地面，吼了一声：“胜男，你别得寸进尺，有本事就什么事情也用不着我管，自己管去。你以为读了几句书，就有了能耐，我告诉你，还嫩着呢！我做这一切还不是为了你好，没想到你把我的好心当成了驴肝肺。”

与父亲吵了一架后，胜男的心里像是顺了许多，脑袋也清楚了，不再昏沉沉地。他在心里发誓，一定要做出一番事业让父亲瞧瞧。他开始变得沉默寡言起来，除了干活，什么话也不说。父亲以为他的沉默是对事情的默许，于是隔了几日就把招娣领到了家中。招娣也像在自己的家中一样，该干什么还干什么，没一点顾虑，进进出出地，脸上生动妩媚。胜男明白父亲的意思，是让他看看人家。

这样的时候，胜男就觉得自己活得窝囊，一直是按父亲的想法而活着。其实，完全没必要按父亲的想法活，怎么活应该是自己的事情。

通过与魏招娣的接触，胜男感到自己既不喜欢，也不讨厌。事情就这样一直拖了下去，前前后后，他与招娣相处了两年多。

其间，胜男曾委婉地向招娣表示过自己的想法，也不知道招娣是否听懂了。私下里，胜男托村里的明嫂去毕家湾，去找高中同学毕芸香。在这前后几个村子，胜男觉得只有同学毕芸香与自己般配。胜男一再叮嘱明嫂不要声张，明嫂胆战心惊地，看着他说："胜男，瞒着你父母，将来老人知晓了，还不要撕掉我脸上的老皮。"事情很快就有了眉目，两情相悦，都是读了很多书的人，芸香的父母也便遂了女儿的意愿。

有一天，胜男向父亲宣布，他准备结婚，媳妇是毕家湾的毕芸香。父亲当场呆在那里，不明白地看着胜男，手掌高高地扬起，半天没抽下，不过最终，还是击到了儿子的脸上。

2

天还没亮，夜空中的星子晃眼。这几日，村里人都起早摸黑地干活，半夜就有人到田里收割稻子，脚踩打谷机的吼声此起彼伏，要干到早晨八九点钟的时候才歇工。相对来说，这之前的一段时间，天气不是十分闷热，之后，太阳的光芒就越来越尖锐，把人的身体烤得如同有无数细小的针在不停地扎，汗水也把人弄得像是从水塘里捞起来的一样，全身没一处地方干燥。天气实在太热，似要把人的皮肉烤焦。

　　这样的天气，更是令魏招娣心烦意乱，显得无所适从。稻子竖在水田里，不会自己长脚跑到家中来。怎么办？招娣急得都要哭了。家里只剩下她与公公，艾继中与村里人正月就外出打工，半年时间过去了，也不知是死是活，连一张汇款单也不曾寄回。

　　公公前年中风后，一直瘫痪在床，生活不能自理，完全丧失了劳动力，平日还得魏招娣照顾，端屎把尿的。

　　家里的几亩水田在春播插种时还好说，收割时却成了一个大难题。

　　招娣心里说，这完全是自作自受，是鬼迷心窍，干吗不顾父母的反对，非要嫁给艾继中。主要是她心里堵着一口气，哪怕用自己一生的幸福作赌注，也要赌上一回。不管输赢，输了是自己的命运多舛，赢了就把艾胜男踩到了脚底。艾胜男，这个遭天杀的，不得好死。招娣心里狠狠地咒骂着。在做姑娘的时候，她脸面就让艾胜男毁了。本以为与艾胜男结婚是捆绑住的事情，没想到艾胜男轻易就解开了那根绳子。解的时候得意、称心，一点也不羞愧，不内疚，不自在。似乎她是地上的扫帚，是败落的枝上花。魏招娣心中的那个恨呀！那个咬牙切齿，那个心碎，那个无地自容，只有在黑夜中她才能真切地感受到，触摸到，像一张张照片互相叠加着，清晰地凸现在眼前。想着，她的泪水开始滑落，嘴里却不发一点声音。没谁能够想得出她的绝望，她的心如死灰，她的仇恨。

父母劝她想开点，说天底下不只有个艾胜男，还有别的男人。父亲说，他与胜男父亲的友情到此为止，再没脸相互走动了。不过，事情也不怨胜男父亲，要怨就怨胜男那个畜生，倘若某天他有什么事情犯到我的手中，我会打折他的双腿。尽管父亲这样地劝着，但招娣认死理，她不是一条狗，一只猫，被人要了就要了。从骨子里讲，她是个心气高的女孩，内心藏得住，什么事从不放在脸面上，表面看文静、腼腆，底下却波涛汹涌，是个内心打架的人。

在艾胜男娶毕芸香时，魏招娣的名声变得一无是处。村里人都在对她指指点点地，议论着，似乎把她打倒在地后还要踏上一脚。那些日子，她不敢出门，出门就要遭到人们异样的目光与低低的声音。她只有缩在家中，不敢随便走动。看着她日益消瘦的身体，母亲说话的声音哽咽、抖动、打滑。母亲想当着她的面哭一场，又竭力忍住了。母亲害怕自己的哭泣把招娣击溃。于是，父母私下把家里收拾了一番，比如菜刀、绳索，平日里放在墙旮旯里的农药，不再容易看到。

唯一的办法是赶紧给招娣找人家，把招娣嫁出去。母亲托村里的凤莲到周围的村子说媒，说来说去，凤莲都跑折了腿，招娣就是不答应。

等凤莲下次来到招娣家，说艾家庄的艾支书同意招娣做自己的儿媳妇。艾支书的话说得含糊，让人摸不着头脑，好像魏招娣有什么见不得人的地方。招娣的父亲一听，当即沉下脸，明确表态，这门亲事黄了。艾支书是什么样的人，招娣父亲知道。据说艾支书喜欢拈花惹草，口碑不怎么好。艾支书的妻子死去多年，留下一个儿子，长得尖嘴猴腮的，配招娣根本就是风马牛不相及的事情。没想到，招娣也表了态，竟同意了这门亲事。凤莲心里讶然，本就是乱点鸳鸯谱，想不到事情居然成了，俗话说，拿人家的手短，吃人家的嘴软，中午在艾支书家吃酒，席上说到魏招娣，艾支书才让她来试试看，本没抱多大的希望。

事情的急转直下令招娣的父母目瞪口呆，像是不认识女儿一样。罢了罢了，在这节骨眼上，可千万别再有什么闪失。父亲问招娣："你晓得艾继中是什么样的人吗？"

招娣说："晓得，我都在艾家庄住了两年。"

父亲说："招娣，这世上可没后悔药，你就听我一句劝，何苦为难自己呢，跟自己过不去。东方不亮西方亮吗？说心里话，我可不想认这样的女婿。"

招娣说："我自己愿意的，不怨你们。"

父亲说："招娣，我知道你心里的想法，何必把自己往绝路上逼？"

招娣抬头看了父亲一眼，什么也不说。

说实话，艾继中还真是个没什么用的人，田地里的农活根本不会干，整天游手好闲地鬼混在牌桌上。面对招娣的指责与痛骂，嘻嘻哈哈，尽量缩着脑袋。招娣是怒其不争，哀其不幸，与这样的人吵架也没了意思，日子就这样往下过，过得人心里窝火，又找不到撒的地方。嫁过来那年，招娣肚皮很争气地挺了起来。挺起了肚皮，招娣就有了做女人的资本。一直以来，她还担心自己不能怀孕，那么她就连做女人的资本都没有了，就会败在艾胜男的眼皮底下。肚子大了后，招娣故意招摇地在村子里走来走去，像是示威，像是宣告，像是长袖翩翩，春风得意。这是做出来的，既然是做，就显得别扭，显得心虚气短。可肚子里的货是实实在在的，没人敢说三道四。招娣昂着脑袋，脸上的笑意如四月灿烂的桃花。

孩子生下时，落地白白胖胖的，是个女儿。招娣心里虽然稍感遗憾，但还是相当高兴，艾胜男的老婆不也是生了个女儿吗？招娣想，她头胎生了女儿，第二胎肯定会生个儿子。坐月子期间，躺在床上，看着身侧的女儿，招娣的脸上露出满足的微笑，思忖该给女儿取个什么名。女儿满月时，来了很多贺喜的人，亲戚朋友都来了，看到第一次登门的母亲，她的眼泪当即掉了下来。在房间，母亲陪她坐了很长时间，抱着孩子亲过不止。母亲让她坐完月子，去看看父亲，不要与父亲斗气。说你父亲就那么个人，气头话说说而已，过后还不烟消云散。听着，招娣一个劲地点着头。

准确地说，孩子那时还没满一个月，只有半个月。乡下人做事总是那样，喜欢提前庆祝，意思到了就行了，反正都是个仪式。村里所有的人都来贺喜，唯独艾胜男家没来人，却托人把贺礼送了过来。没有人注意到这样的细节，招娣却记在心上。

孩子满月的第二天，没想到突然发病，全身抽筋，口吐白沫，小脸紫成一团。一家人吓坏了，赶紧抱去乡下诊所。医生看后，说判断不出是什么病，得赶快送镇医院。等赶到镇医院，先要交一笔钱，他们带的钱还差一大截子，于是央求医院把孩子收下，说是马上派人去凑钱。医院却要先把钱交上，然后才接受治疗。招娣抱着孩子站在医院的门外，给医生跪了下去，医生慌忙把她扶起，给孩子进行了简单的救护措施。艾支书回家去凑钱，来回十多里地。等艾支书再次赶到医院，孩子早已不行了，死在医院的门外，始终没进医院一步。招娣的嗓子都哭哑了，差不多把孩子送到院长办公室，她的愤怒如同刀子，刀刀见血。院长见势不妙，赶紧溜之大吉，不知躲去了什么地方。

昨日的大喜，仅隔一夜功夫成了大悲。招娣觉得自己死过了一回，身体长时间都无法恢复。

当招娣慢慢从悲痛中摆脱出来后，心里也想开了，死去的女儿像是不想与她过日子，她有什么法子呢？招娣期待自己的肚皮能再次挺起，可事情往往不遂人愿，她的希望落空了，只好偷偷跑到医生那里，开了无数服中草药，吃了一段时间，却一点效果也没有。招娣就问自己，还有吃下去的必要么，认命吧！逐渐，招娣死了这份心，万事是强求不得的，也说不定哪天自己又怀上了。一切都是天意。

谁知灾难接踵而至，前年，艾支书好好的一个人，突然被人从地头背了回来，人事不省，死了一样。医生看了后说，艾支书这是中风，既好不了，也死不了，关键是服侍的人遭罪。待艾支书醒过来，果然目光呆滞，什么声音也发不出，身体也无法动弹。一个大活人就这样变残了，成了一个摆设。

一连串的事情，把招娣的脑袋搞得疼痛起来。她的头痛病就是那时犯下的，隔段时间就不定期地发作。发作时脑袋里像是有个东西在使劲地啄着，一下一下地。招娣强撑着，担心一不小心摔倒在地。时间久了，走路时眼睛发花，把一个东西看成两个，影影绰绰的。招娣接着又吃药，中药西药吃了不少，还是不见好。后来听人说用刺柏树皮烩瘦肉，吃了会好。招娣就跑到山上找刺柏树，剥下树皮，照着这个偏方吃了几次，同样不见好转。又有人说，用鱼腥草熬红糖。鱼腥草比较难找，一般生长在终年不见阳光的地方。招娣还是找了很多，晒干，碾碎，需要的时候抓上一把。吃了几次，头痛像是好了不少，又像是不见好了多少，眼睛倒像是好了。她有些糊涂，变得疑神疑鬼地，糊涂后就不再喝这个偏方。

别看艾支书瘫在床上，什么活也干不了，倒折腾得招娣够呛。比如吃饭，招娣得坐到床边，一勺一勺地喂。艾支书的嘴起初还能动，后来就动不了，喂时得把艾支书的脑袋垫起来，不能太高也不能太低。高了喂进去的没多少，低了又喂不进去，里面像堵着什么东西一样。有时，艾支书似乎在故意跟招娣作对，汤匙到了嘴边，怎么也撬不开牙齿。招娣总是自己还没吃，赶紧喂艾支书吃。有时，艾支书的食欲相当好，每餐要吃两大碗。招娣想不明白，一个瘫痪在床的人，怎么有这样的吃相。对招娣来说，喂艾支书吃饭还不算什么难事，最难的是端屎把尿。艾支书由于每天吃得好，拉得也多。经过最初的难堪后，招娣还是担负起了这样的职责。不管怎样，这都是她这个媳妇分内的事情，推是推不掉的，只有硬着头皮干。

在这样炎热的天气里，家里总是被搞得尿骚屎臭的。艾支书把屎拉在身上，招娣每日得给他换洗衣服。晚上一个人的时候，招娣躺在床上，睁眼想心思，想着，眼泪就不自觉地淌了下来。

过两天再收割稻子吧，这季节只有等别人的稻子收割完毕，才能请到割稻的人。乡下人都愿意打这样的散工，再说力气留着也是浪费，还从没听说谁有留住力气的事情。听着从田野上传来的打谷机的声音，招娣叹了口气，家里的钱已不多了，这两天得把存栏的猪卖掉，公公治病要钱，请人割稻子要钱。

从屋子的深处传来一股臭味，招娣皱了皱眉头，看来艾支书又把屎拉在裤裆里了。招娣走到院里水井边，拎着桶摇上一桶水。然后，进去给艾支书擦洗身体。每天，招娣都要给艾支书洗两次身体。

3

尽管艾胜男小心翼翼地避着魏招娣，没想到还是碰上了，不是在村里碰上的，而是在镇医院。

胜男的女儿艾梅病了，在村诊所治了几天。因为这些日子繁忙，所以胜男也没怎么放在心上，心想头痛脑热的，输两瓶液不就好了。每天放学，都是艾梅自己跑去诊所输液，吃完饭又吃一些药。胜男问女儿，是否好些了？艾梅支支吾吾的，说不清楚。一连几天，就这样好好歹歹的，让他无从判断。

这天晚上，没想到艾梅突然发作，浑身上下冷得发抖。天气炎热，艾梅却冷得打颤。胜男知道事情不妙，赶紧跑到女儿的床前，喊叫着。艾梅先前还呻吟不止，这时声音也没了。胜男抱起艾梅，见女儿的身体软如一摊稀泥，腿就站不稳，差不多要跪倒在地，发出的声音也扭曲、变形。毕芸香正在洗澡，被胜男的声音吓住，不知发生了什么事情，忙胡乱地搓洗了几下，跑出来。夫妻俩面面相觑，被突然的意外弄蒙了，胜男傻傻地抱着女儿，芸香也不知所措。还是胜男首先清醒过来，让芸香赶快拿电筒，然后抱起艾梅冲到村诊所。经过一系列的检查，诊所医生说，事情比较麻烦，叫胜男马上转去镇医院。

晚上，夜黑得瓷实，路面坑坑洼洼的，夫妻俩抱着艾梅摸黑走了十多里路，终于赶到镇医院。医生看过后说，孩子得了慢性脑膜炎，幸好来得及时，否则会有生命危险的。胜男被医生的话吓住了，心想，自己还是一个好父亲么，对孩子一点也不关心。如果真的发生了意外，还不要悔断肠子。想着，胜男无地自容起来。

事情安稳下来后，胜男与芸香的心这才落到实处，虽然病情控制住了，但还要住院观察，治疗，马虎不得。自艾梅住进医院，胜男就整日待在这里，芸香中间抽空回了几趟家，把猪呀鸡呀什么的喂好后，又急匆匆地赶了过来。上半夜，芸香不睡觉，守着女儿；下半夜，胜男轮换照顾。比如输完液，得喊值班护士；女儿要上厕所，要赶紧背去上。一连几个晚上，夫妻俩折腾得厉害，没睡个囫囵觉，迷迷糊糊地，脑袋与身体时刻分开着，即便身体想睡，脑袋却睡不着。直到艾梅的病情稳定后，胜男才让芸香回家，他一个人守在医院。家里是离不开人的，离长了时间，猪与鸡与狗什么的会跟主人生分起来，屋里会覆上一层厚厚的灰尘，气味闻着也不对劲。

医生说，再过几天，艾梅就可以出院了。

然而，令胜男怎么也没想到，正是在这几天与魏招娣碰上了面，碰得他灰头土脸的，想避也避不了。

那天早晨，胜男拿着牙膏牙刷，肩头搭着毛巾，去院里洗

117

脸刷牙。院里装有几个水龙头，主要是医院用来方便病人家属使用。走到水龙头前，胜男刚拧开开关，不容回头，就感到有两道冰凉的光射到后脑勺上。这是从没有过的感觉，也太邪门了。他的心紧缩起来，后脑勺毛发竖起，身体掠过一股寒意。随即，他慢慢转过脑袋，顿时看到一双眼睛，一双再熟悉不过的眼睛。没想到魏招娣突然出现在了他的面前。胜男不由得暗叫一声，呆在那里，脑袋乱成一团，思维空白。他从招娣的眼里看到了怨恨，看到了火焰。招娣正扶着她父亲，慢慢地朝住院部走。招娣的父亲并没看到他，眼睛直直地注视着前方。看得出，招娣的父亲病得厉害，每走一步，双腿颤动不止。胜男没去想招娣父亲的病情，而是被招娣打了个猝不及防。

直到招娣搀扶着父亲走进住院部，胜男还愣在那里，半天回不过神，感到心里长时间绷着的那根弦松弛下来，在一点点地沉落。他盯着招娣的背影，嘴角挂着牙膏沫，脑袋扭转，样子有些滑稽，表情怪怪的。怎么办？是福不是祸，是祸躲不过。面对这样的机会，魏招娣肯定不会轻易放弃的。

胜男有些后悔把芸香支回家，要是芸香在医院，魏招娣再有难耐也不敢怎么样。胜男的脑里乱七八糟地，感觉脚步迈得不稳，一抬一落间像是有什么磕碰一样。

整个白天，胜男心绪不宁，不停地抽烟，缩在艾梅的病房里，不敢迈出一步。抽烟把整个人都抽晕了，双腿也坐麻了，脑里依然空荡荡地。他盼望芸香今天能够到来，如果芸香来了，他就可以提前离开。其实，事情很简单，只要给芸香打个电话，就解决了。但他不愿意打这个电话，躲过了今天，那么明天呢？以后的日子还长着，一直躲着也不是办法，还是趁早把疙瘩解开为好。谁心里还没个堵得慌的时候，就看你用什么办法去解决。

问题是招娣真的伤心了，伤筋动骨，痛彻肺腑。自己还有理由瞧不起招娣的伤心吗？那已经不仅仅是伤心，是仇恨，是咬牙切齿。再说芸香接到电话，肯定要担惊受怕，以为艾梅又发生了什么事情。还有自己能找出什么理由呢？想来想去，胜男没敢打电话。

中午，胜男不敢去医院食堂打饭，特意跑到镇街给艾梅买了一份，害怕在食堂跟招娣撞上。食堂的地面嵌着地面砖，看上去有很多的隙缝，可那隙缝浅浅地，根本就钻不进。胜男在心里恶狠狠地骂了一句，不知是骂自己，还是骂招娣，脸上也红一块青一块。

当招娣在医院出现后，除了最初的紧张外，胜男的心慢慢平静下来，把事情从头至尾想了一遍，有些地方也想明白了。比如现在，在镇医院，他与招娣成了时间与空间上很近的人，不像在村里，大家都知根知底，因为太熟悉，反而成了陌路人。胜男觉得招娣似乎离自己越来越近，简直近在咫尺，连她的呼吸，她的气息也清晰可闻。招娣看他的眼睛，像烙在后脑勺上一样，怎么也摆脱不了。在那双眼睛面前，他是脆弱的，不堪一击的，瞬间就会土崩瓦解。招娣的眼睛就像一把寒光凛冽的刀子，劈面而来，势如破竹，凌厉无情地剔开他的灵肉，刀刀见血。招娣冷酷无情，世俗而冰霜。他根本就不是她的对手。这时候，胜男才感到了自己的软弱无力，自己的怯懦，自己的无耻。一个女人把一生的幸福都赌上了，他还有资格去嘲笑吗？想着，胜男脸部的肌肉跳动不止，像被黄蜂蜇了一样。

无 岸

一大早，天空就阴沉沉地，乌云漫漶，一些淡了，一些又浓了，散不开，让风吹得转来转去。胜男的心情如同外面的天空一样，也驻满了云脚。尽管天空布满黑云，雨却一直没有落下。

白天眨眼间过去了，夜晚很快来临。挨过白天的喧嚣，夜晚的医院逐渐沉静，病人疼痛的叫喊也消失了。不一会儿，睡意袭上艾梅的身体，刚才明明还在说话，转眼就合上了眼睛睡着了。看得出艾梅的身体还很虚弱，需要增加营养。整个白天，胜男一直惴惴不安，当夜晚来临后，他知道担心的事情马上就要发生，心里悲哀一团。

坐在艾梅的病床前，胜男双手抱紧脑袋，耳朵竖起，谛听着从住院部走廊那头传来的脚步，终于听到那独特的脚步声，他的心狂跳不已，身体似乎马上要弹了起来。脚步声很快来到门口，接着又移了过去。胜男的脸上淌下粗大的汗粒，身体像瘫痪了一样，没一点力气，颓然地坐着，从头顶升起一股热气。

再这样等下去，肯定不是一个办法，与其说是一种折磨，不如说是一种惩罚。胜男稳了稳神，走到门口，拉开门，决定去找招娣说清楚。谁知拉开门的瞬间，他吓得差不多叫喊起来，看见招娣正站在门口，鬼魅一样，直直地盯着他。胜男顿时嘴巴大张，半天也说不出一句话。

招娣说："胜男，艾梅的病好了吗。"

胜男说：……

招娣说："胜男，我们去外面，别惊着孩子。"

胜男说：……

招娣说："胜男，你躲得了吗。"

胜男说：……

招娣说："胜男，我就想问你一句，我哪样比不上毕芸香。"

胜男的脑袋嗡嗡作响，喉咙嘶哑，对招娣的问题，他想一一作答，又无法回答。他看见招娣在流泪，泪水折射着灯光，闪烁不止。他想不到招娣会哭，难道一直在门外哭？她不是要把他踩到脚底吗？

见他沉默不语，招娣撂下这几句话，转身走了。

胜男站在门口，眼睛肿胀得厉害。是啊！招娣有哪样比不上芸香？不能说招娣问得没有道理。他有什么值得与两个女人纠缠在一起呢？女人只有通过比较，才知道其中的好处，就像白菜也是不一样的，以至于要讲究肥瘦与鲜嫩，讲究节令的不同。比来比去，胜男也没比出高低，比出分寸。同样的精明、能干，口碑一样地好，家里家外拿得起放得下。如果她们不够勤快，不能吃苦耐劳，恐怕早就遭村人戳脊梁骨了。都说女人的心，绣花针，细而尖。招娣的心似乎更细，更有耐劲，她与艾继中生活在一起，不但需要非凡的勇气，还需要非凡的耐力。一般的女人是无法做到的，即使能够做到，还不是三天两头吵架。对招娣的耐力，胜男心知肚明。招娣的心深着呐！像一口井，早就冲他挖好了。

从医院回来后，胜男犹豫了几次，想对芸香说说这件事，可事到临头，还是什么也没说。本来艾梅还要在医院住几天，可胜男不想再住下去。出院那天，他结净医院的账，既没告诉医生，也没让招娣知道，偷偷带着艾梅回了家。

随着日子的流逝，胜男的性格发生了一些变化，变得木讷而沉默。现在，他害怕见到招娣，害怕见到招娣的眼神。在村里，他像是个外乡人，招娣倒成了土生土长的艾家庄人。天长日久，芸香终于发现了事情的端倪，趁机问了几次，胜男又总是答非所问。芸香就多了个心眼，对丈夫注意起来。

整整一年，胜男生活得不顺心，每天提心吊胆地，害怕从招娣的门前经过。有时情愿弯一大段路，也要绕过招娣的门口。胜男虽然时刻都在躲避，但每天都在关注着招娣。他表面不露声色，心里却作着持久而激烈的斗争。他不想让父母知道，不想让芸香知道。他觉得心里压着一个包袱，且越压越沉重，压得喘不过气来。他心里始终横着一道坎，怎么也越不过。他不知道如何向芸香开口，也不知道如何向招娣开口。招娣的一辈子都被他毁了，一旦闹起来，是不管檐塌瓦碎的。

过年的时候，艾继中随村里打工的人一道回来了。看到艾继中，胜男的心才陡地一紧，想到了招娣这一年的生活。一年说难熬也难熬，说不难熬也不难熬，而招娣分明在熬着生活，一个人既要照顾自己，还要照顾艾支书，家里家外的活全是她一个人干。季节随风一起走动，风从南面吹时，该种下的要种下，风从北面吹来时，该收获的都要收获。季节从不误人，只有人才误了季节。

这时候，胜男感到了招娣的悲苦，感到了她的不容易，感到了她的疼痛与忧伤。艾继中只晓得拍拍屁股走路，对家中的事情不闻不问。一个女人守在家中，扯着日月过生活，要多难有多难。胜男不敢设想招娣以后的生活，日子总要往下过的，招娣以后该怎么办呢？

村里又盖起了两幢新房，等过完年，胜男也想动工，盖幢新房，都请好了泥水匠。如果弟弟胜伟没外出打工，就不用请泥水匠了。当然，他也不想占弟弟的便宜，工钱是要给的。只是现在这份钱让外人挣了，他心里有些不痛快。

听说招娣的父亲病倒了，自上次从医院回家后，时好时坏地。眼下快过年了，反而病倒在床。听说这件事后，胜男觉得招娣父亲的病情与招娣的生活肯定有着某种内在的关联。招娣婚姻的不幸，完全是他一手造成的。假如招娣不嫁给艾继中，她父亲就不会病倒；又假如自己当初选择了招娣，就不至于造成眼下的局面。胜男不敢再往下想。

这样下去，肯定不是办法，而芸香也不是傻瓜，一定看出了什么，只是暂时还不想捅破。有几次，胜男都想跟芸香谈谈，又觉中间像是隔着什么，竟与芸香有些生分，有了距离，有了沟坎。他觉得太不可思议，难道跟芸香说话也要小心，太不应该了，于情于理都说不过去。但事情就是这样奇怪，一对同床共枕的夫妻，像是有了隔阂。芸香的性格温和，不急不躁，有自己的想法。在日常生活中，很容易就可以看出，比如有时他与芸香合计事情，意见都统一，然而仅隔一个晚上，芸香就推翻了自己先前的想法，一意孤行。如果两人因为一桩事情有了分歧，发生争吵，芸香就会几天都不理睬他。在生活中，谁还没个争吵呀！况且牙齿还有咬着舌头的时候呢。只能说芸香太有主见，太会算计，这样的女人更是不能伤害。

胜男担心把事情告诉芸香后，她会算计招娣。千万不能让芸香掺和其中，一旦掺和了，双方的家庭还不乱了套。

这时候，发生了一件大事，因为村小学校缺一名教师，村干部找到胜男，想把他弄进学校。胜男是高中毕业生，有知识有水平，再说也忠厚老实。交谈后，胜男有些心动，这无论如何都是一个机会，一个千载难逢的机会。天黑时，胜男去了支书艾华明家一趟，买了一条好烟，还拎了一瓶酒。艾华明留胜男吃晚饭，一再表明了村委会的态度。送他出来时，艾华明让他去找下县教育局，毛遂自荐一下。因为事情不是那么简单，而是复杂的。不是他们说了算，还得上面发文。意思有了，事情还得去跑。经过艾华明的暗示，胜男理清了思路。在这样的事情上，他的脑袋比别人机灵，懂得知己知彼，百战不殆，也懂得如何去讨好，去巴结。经过一系列的托人，找关系，走后门，事情终于明朗。这期间，他请人吃了几顿饭，前前后后花了不少钱。

　　见胜男花钱如流水，芸香十分心痛，问胜男是否真的有把握，别肉包子打狗有去无回的。其实，胜男也不知道结果，只晓得去努力，不是说谋事在人，成事在天么。眼看事情离成功只有一步之遥，谁知就在这节骨眼上，艾华明来找他，说事情还是黄了，也搞不清楚到底是哪个环节出了问题。胜男看着艾华明，倒吸一口凉气，像掉进了冬天的水塘中一样，觉得自己吃了一个哑巴亏。

　　经过多方打听，才知道村里人给县教育局写了一封信，把事情搅黄了。那个写信的人，正是艾继中。一连几天，胜男把自己关在家中，想着事情的前因后果，猜测其中肯定隐藏着什么秘密。凭艾继中是没这个能耐的，问题肯定出在招娣身上。想着，胜男吓了一跳，还以为自己看透了招娣，看透了这个一根筋。没想到招娣出手歹毒，要出他的丑，看他的笑话。招娣的目的，就是要让他没好日子过。想到这点，胜男有些慌乱，也有些仇恨。

胜男意识到这以后肯定还会有意想不到的事情，不得不对招娣的行为正视起来。他还以为招娣在往火坑里跳，以为她需要同情，需要怜悯。可招娣出手时，一点也不心慈手软，是情断义绝的。

4

过完年，正月底，胜男的房子如期开工。村里大多数年轻人都已外出，剩下的还是原来那一拨。胜男的情绪并没因为没当成教师而受影响，即便有影响，也不能摆出来。他把它压在心里，记着，他承认自己亏欠招娣，但招娣做得太绝，从背后下黑手。一个女人有这样的心机，真的太可怕了。

在给房子划地基，打桩，动土时，胜男特意放了一挂鞭炮，既是图个吉利，也是做给招娣看。动土那天，胜男请了三桌酒，把村里德高望重的老人与村干部都请来了。酒过三巡，胜男喝多了，舌头打抖，面红耳赤地，说话甚不利索，张口就是胡话，云遮雾罩的，令人摸不着头脑。说完，胜男并没立即安稳，蹲下身体，一边呕吐，一边号啕，一脸的泪水。胜男像是压抑得太久，终于找到了一个宣泄的通道。大家都从酒席上下来，围在他身边，哄劝着，叫他去睡觉。胜男把手一挥，结巴着说，不去，不去，我知道有人想陷害我，从背后捅我刀子，你们把她叫过来，叫过来，我胜男说话算数，我怕了吗？人在做，天在看，迟早会遭报应的。胜男这样说，大家都没介意，因为他喝多了。只要喝多了，谁都会胡言乱语的。

在胜男折腾的时候，村里该来的人都来了。唯独招娣不近前，站在远处看着。听着胜男的话，她满脸通红。胜男的神志还算清楚，没当场叫她的名字，但在指桑骂槐，指鸡骂狗。招娣有些后悔跑来看热闹，本以为是来看胜男的笑话，没想到搬石头砸了自己的脚。招娣告诉自己必须忍住，必须示弱，本以为把胜男伤到骨头里了，没想到他竟毫发未损，更别说伤筋动骨了。与胜男相比，她自叹弗如，胜男一出手就是狠招，招招直中她的要害。表面上看，是自己在兴风作浪，故意挑起事端，而胜男掌控了全局，正大光明，不像自己见不得人，躲在暗处伤人。其中的微妙，只有招娣明白，哑巴吃黄连，有苦说不出。

招娣的心口一阵疼痛，眼泪不争气地在眼眶中打圈，没想到，到头来没伤到胜男，反倒自己受伤严重。

正月刚过，艾继中又跟随村里人外出打工。其实，招娣也想出去打工，但胜男没出去，她就要守在家中。她这一辈子没别的愿望，只想让胜男输个干净，输得趴在地上才甘心。她要一直纠缠胜男，缠个你死我活。

回到家中，招娣的眼泪再也止不住，一串一串地掉下来。仿佛这时候，她才知道伤痛，才知道自己的怯懦。招娣坐在堂屋，脑袋低垂，压抑地哭着，不想让艾支书听见。哭了一些时间，招娣擦干眼泪，平静下来，告诉自己，千万不能跟自己过不去，在这个家，连个懂她疼她，对她知冷知热的人也没有。

招娣只有把打落的牙往肚里咽，不咽下去还能怎么办？艾胜男的房子不是刚做吗，她不会就此善罢甘休，得让艾胜男从屋顶摔下来，摔个鼻青脸肿。

隔两天，招娣回了娘家一趟。是娘家同族的一个侄子跑来叫她回一趟的，说是她父亲的病情加重了。唯一的弟弟也在外打工，所以家中没什么人能帮忙。父亲的病情时好时坏。既然娘家的侄子跑来捎信，事情肯定不妙。她的心慌乱地跳着，一边吩咐娘家侄子在堂屋歇着，一边赶紧收拾东西。这次回娘家，看来要待上几天，首先得把艾支书安排好，千万不能让公公有什么闪失。假如父亲的病情稳定，没什么大事，晚上还得赶回家。

然后，招娣就匆匆与娘家侄子上路了。

太阳已经落山，薄暮笼罩大地。天很快就要黑了，招娣听见了自己的心空洞地跳着，随起落的脚步一下一下地响。娘家侄子走得快，不时拉下一段距离，又不时在前面停下。招娣也想走快点，可每次在迈步的过程中，像有什么绊着一样，走得趔趄。当赶到娘家时，远远地，就看见家门口聚着一伙人，都是同族的大爷、叔叔、舅舅、大姑、小姑等等，更多的人在商量着什么。见这么多人聚在家门口，招娣的心里一抖，眼泪一下子流出，心忽地提到了嗓子眼上，难道父亲已撒手人寰。这个念头一出现，她的哭声就大了起来。所有的人都转过脑袋，目光如锥子一样刺了过来。母亲跑上前说，你父亲还没死，你哭什么？她这才知道自己的哭是不合时宜的，忙住了口。进去后，看见父亲正躺在床上，神志尚有几分清醒，嘴张了张却没能说出话。父亲对她点了点头，艰难地抬手指着胸口，显然是那里难受。一个月不见，父亲居然瘦脱了形，颧骨高耸，眼窝深陷，头发灰白。

从外面进来几个人，舅舅走在前面，抬着一张竹床，床上铺着一层棉絮。正声大爷说，赶紧送医院，到镇医院有七八里路，别再耽误了。说完，吩咐几个人去拿手电筒，又说，晚上路黑，大家都小心点。

"是不是很严重？"招娣问正声大爷，又立即明白问得愚蠢。

"要不干吗通知你过来。"舅舅说。

"是我叫你来的，万一你父亲真的不行了，总得有个子女在他身边吧。"母亲在一旁说。

招娣的心慌得像秋风中抖动的树叶，即便风歇了，树叶还兀自抖动不止。她心里有个不好的预兆，先前正声大爷让大家打电筒，意思是如果父亲途中死了，正好有光亮照着，那路就不黑，灵魂就会少走许多弯路，顺利地走回家。母亲也担心父亲挺不过今晚，否则不可能让自己回来。因为人死时得有个子女在身边送老，如果没子女在身边，死者就会死不瞑目，乡下人最忌讳这点。

大家七手八脚地把父亲弄到竹床上，一前一后由两个人抬着，一行人就匆匆出了家门。母亲也想跟着去，但被正声大爷止住了。正声大爷说，这么多人，你还有什么不放心的，招娣也回来了，让她在医院里多服侍几天。我明天叫人去艾家庄一趟，派人照顾好她公公。母亲这才作罢，没跟着去，只是反复对招娣说，到医院后给家里通个电话。

途中，父亲不停地喘着气，越来越厉害。大家互相催促走快点，不时有人拿电筒照了照父亲。走着，招娣冷汗湿身，心随着父亲艰难的呼吸蹿到嗓子眼上。置身空旷的夜底，招娣感到自己是那样渺小，都小成了一个点。她抬头望了望夜空，只有几颗星星在微弱地闪动，一颗流星从眼前划落，转瞬消失得无影无踪。走着，父亲的喘息加剧，"噗噗"地响着，像是只有透气，没了进气。招娣让大家停下，想看看父亲，却没人理睬。有人说，别耽误时间了，得赶快送到医院。招娣想想也对，就没再要求。隔着一道堤坝，已望得见镇街上的灯火，零零落落地散成一片。这时候，父亲急促的呼吸突然停止了，无声无息。片刻，招娣清楚地听见父亲像吞咽什么东西一样，发出"呃"的一声，又像是父亲的叹息，轻微而无奈。

走着的人愣住了，不自觉地停下来。打电筒的几个人围拢过去，齐刷刷地用电筒照着父亲。招娣伸手摇着父亲，却没一点反应。父亲的眼睛并没合上，在灯光的照射下，发出一种奇怪的绿光。招娣不相信父亲就这样离开了人世，伸手摸了摸父亲的身体，感到热气正一股股地往外扩散。招娣的心一紧，猛地哭了起来，于静寂的夜晚传得极远。舅舅摸了摸父亲的胸口，说，没呼吸了，心跳也没了。

招娣顿时哭得死去活来，这种哭不是从她嘴里发出的，而是从胸腔里直接跳了出来。接下来，一行人抬着招娣的父亲急急地往回走，电筒的光亮一前一后地照着路面。哭着，招娣的嗓子哑了，身体随即倒下，晕了过去，人事不省。有人说哭晕了，赶紧掐人中。掐了很久，招娣总算醒了过来，又哭开了，却发不出声音，不知声音到什么地方去了，只有一脸的泪水滑落。

在父亲的丧事期间，招娣的脑袋木木地，什么也不敢想，只想到父亲到底还是做了孤魂野鬼，没能死在家中。她十分后悔那晚把父亲送去医院，如果死在家里，父亲的眼睛就能闭上了。

　　该回来的人都回来了，弟弟第二天就赶到了家中，一家人免不了抱头痛哭。后来，母亲的泪水流干，不哭了，神情迷茫地坐着，像是还没从事件中回过神。直到父亲入殓，有人问母亲是否看最后一眼。母亲还没缓过来，呆坐在那里，不知道为什么叫她，叫她干什么？说话的人就走上前，拉住母亲的胳膊，往前扯，说还是看一眼吧，人死不能复生，这可是最后一眼，要不你会后悔的。母亲像是这才回过神，甩开拉着的人，冲上前，把盖在父亲脸的一层草纸掀开，手伸过去，在父亲的脸上摸着，人随即扑了上去。于是，众人上前劝慰着，拉开母亲，按住，不让她再动弹。接着，几个人动手盖棺，抬起棺盖"啪"的一声合上，然后往棺材的四个角打钉子，声音激烈。

　　直到把父亲送上山，招娣才慢慢清醒过来。作为女婿的艾继中也回来了，正好赶上岳父出殡，否则，不只是艾继中会遭到指责，恐怕招娣也会遭到唾骂。

　　丧事完毕，招娣得回去，临走那天，母亲把她叫到房里，流着眼泪说："招娣，知道吗，你父亲心里最放不下的人是你，那天就是你父亲让人去叫你的，他用手指了指你的方向，我就明白了。也许你父亲知道自己不行了，想最后看你一眼。你说你是何苦呢？别再跟自己过不去了，过段日子跟艾继中离婚吧。不是我要拆散你的婚姻，看到你遭罪，我何尝不遭罪呢。如果你不固执，你父亲可能不会这么快就走的。招娣，你就听我一句吧。"

　　看着母亲，招娣的嘴张着，不知说什么好。

母亲大概觉得自己言重了，又说："招娣，我不逼你，你自己好好想想吧。"

等回到家中，招娣这才听说了一件事情，说是艾胜男从脚手架上摔下来，把一条腿摔断了，做了一半的房子也停工了。前两天正好下了一场雨，当她从工地旁经过时，看见地上布满鞭炮屑，被人凌乱地踩进了泥泞里，屋场上流淌着一股萧条的气息。胜男家的屋门紧闭，都到镇医院去了。

招娣想，母亲说得对，干吗要缠住胜男呢？父亲的死让她有了新的思考，问题是胜男实在可恶，伤透了她的心。要想摆脱这个事实，说起来容易，做起来难。她之所以沦落到今天这样的境地，完全是胜男造成的。胜男不只是伤透了她的心，还间接地夺走了父亲的性命。看上去，父亲的死与胜男没任何瓜葛，但仔细想，之间还是有必然联系的，要不胜男为何无故从脚手架上摔了下来？正所谓冥冥中自有天意。退一步，就算她离开艾家庄，与艾继中离婚，但她真的能放下吗？她已把自己的一生都毁了，毁得什么也没有。如此看来，自己算是疯狂了，铁了心，吃错了药。没吃前，知道路该怎么走，但吃后，就没了回头路。

5

对招娣父亲的死，艾胜男是知道的。那天，他从城里买了一堆钢筋水泥，雇了一辆大卡车拉回村子。看着满车的钢筋水泥，他心里很高兴，就像看着一堆财富，虚荣心得到了极大的满足。

　　魏招娣自以为是，除了会使用一些小伎俩，还能干什么？作为男人，他犯不着跟魏招娣一般见识，那样自己就小肚鸡肠了。问题是招娣非要跟他纠缠，要把他踩到脚底，不是一盏省油的灯，换了别人同样无法忍受。一旦被这个女人打翻在地，就永远也翻过身，任她在头上筑巢，下蛋，拉屎。各家门前三尺土，招娣已动了他门前的土，并把土扬得到处都是，让很多人看了他的笑话。

　　前些日子，芸香才第一次知道他与魏招娣的是非，想打闹上门，但被他制止了。招娣在村里势单力薄，男人在外打工，家里还有个中风的公公。他可不想落下个欺负人的罪名，让人觉得是乘人之危，是落井下石，是仗势欺人。

　　回来的路上，胜男坐在车斗，高高在上，做出一种姿态。魏招娣不是笑话他吗？他要让魏招娣无地自容，颜面尽失。

　　当胜男回到家中时，才得知招娣父亲死亡的消息。还没等他喝口水，父亲劈头就说："胜男，你魏伯伯死了，我正等你回来商量事情呢！"

　　胜男的双腿不由一软，朝前一个趔趄，顺势扶住墙壁才站稳。他看着父亲，父亲也看着他。跟父亲对视了一会儿，他才憋出一句："我去买几捆冥钱，明天亲自跑一趟。"尽管他的表情茫然，仍这样说。

　　"你去？"父亲不放心地问。

　　胜男不知道父亲为什么这样问？愣在那里，想了想说："还是你去吧，不管怎样，你跟魏伯伯是朋友，一直走动了许多年，无论如何也是要去的。尽管后来因为我发生了一些矛盾，但人都死了，还计较什么呢？如果你不去，会惹人说闲话的，再说这也是送魏伯伯最后一程。"

说着，胜男有些得意，算说得滴水不漏了。看来不只是父亲在等他拿主意，芸香也在等他拿主意。然而，胜男的想法错了，并错得一塌糊涂，错得羞愧不已。

"胜男，我想好了，明天还是你先去一趟，给魏伯伯烧几炷香，磕几个头。等你魏伯伯出殡那天，我再过去送他一程。"父亲说得激动，脸上的肌肉抖动不止。

"我去是否合适？说不定魏家人会用棍子赶我出来。"胜男的话说得不好听。

"我不相信他们会赶你，虽说你让魏伯伯伤了心，但你是去吊唁，不是去看热闹。"父亲说着，朝空中挥动了一下手。

"我没脸去。"胜男说。

父亲叹了口气，说："唉！胜男，你魏伯伯的在天之灵正看着你呢！做人要凭良心，就算去弥补一下过错吧。如果你实在不想去，我也不逼你，你自己看着办吧。"

母亲也说："胜男，当着芸香的面，我不好说你什么。事情都过去这么多年了，可我心里还觉有愧啊！人一生能死几次，还不止一次，你就掂量一下事情的轻重吧。"

芸香自始至终什么也没说，等父母走后，也进屋去弄晚饭了，剩下胜男坐在那里。父母作为过来人，说得入情入理。但他心里清楚，如果他真的去吊唁，招娣一会把他赶出门的。一直以来，招娣心里憋着一口气，憋久了，就憋出了病。胜男的心里乱得厉害，如果这时候不到魏伯伯面前烧几炷香，磕几个头，恐怕魏伯伯再也不会原谅他了。

想来想去，胜男还是没敢去。

尽管没去，他的心情却异常沉重。芸香看出来了，跟他商讨了几次，认为还是去比较合适，他支吾着，始终没有答应。芸香是乡下女人，骨子里有着乡下人的善良、慈悲。世上的事，就像后颈窝里的头发，摸得到看不到，说不定灾难某天就降临到了自己身上。芸香通情达理，胸襟宽广。虽然招娣算计过胜男，但在这件事上，芸香想得开看得透，哪怕天塌下来了，也要承受得起。

隔了两天，是魏伯伯出殡的日子，父亲一大早就赶过去了，没再征求胜男的意见。早晨起来，胜男的心情不好，心神不定，于是想停工一天，想想又觉没这个必要。他有些后悔没跟父亲一块去，跟着父亲，想必招娣不会对他怎么样。只是这时候再过去，恐怕连父亲也会扇他的耳光。

站在刚搭建的脚手架上，能遥望见魏伯伯村庄的轮廓，却看不清正举行的丧仪。胜男一边跟泥水匠聊着天，一边显得心不在焉。依稀有哀乐顺风吹过来，一阵一阵地响在他的耳边，令他的心缩成一团。天空像要下雨，阴霾密布。其实，这样的天气最适合举行葬礼，就像把悲伤缝上了哀戚的花边。胜男焦躁地在脚手架上走来走去，希望天空下雨，最好大雨倾盆。俗话说，要想发，大雨泼。意思是出殡时下大雨，后人会兴旺发达。走着，胜男根本没意识到已走到脚手架的尽头，一下子摔了下来。

事后，胜男不怀好意地想，这可能就是魏伯伯对自己的惩罚。

从医院回家，已是半个月之后，胜男的房子也停建了半个月。泥水匠不可能等他家的事情做，已去了另一个村子。胜男摔断的腿还没痊愈，走路时一拐一瘸，使不上劲，像一只肥胖的鸭子，屁股往后拱着，脑袋朝前伸出，随着走动一伸一缩。即便这样，他还得去找泥水匠，买了两斤冰糖，一包荔枝干，一条香烟，好说歹说，总算说服了包工师傅，答应过两天抽几个人过来重新开工。胜男的心里很是恼火，如果胜伟没外出打工，他就用不着这样低声下气地去讨好别人，看别人的脸色行事。

然而造房子是大事，胜男对事情的轻重拎得清，这时候最忌双方闹不愉快，一旦产生摩擦，师傅就会漫不经心，不管工程的质量，也不管进展，会跟他较劲。胜男清楚这些，虽然心里窝囊，脸上却要赔着笑。

晚上，胜男睡不着，睁眼想心事。天地十分寂静，连狗也懒得叫了，月光斜斜一抹从窗口照进，光影流转。芸香知道胜男没睡着，手臂动了一下，伸过来，放在他胸口。胜男静静拿开芸香的手臂，身体侧转过去。芸香愣住了，不知道胜男什么意思。头次出现这种情况，让她有些不习惯。她知道胜男一连几个晚上都没睡着，按说这期间发生了许多的事情，胜男应身心俱疲，怎么就睡不着呢？芸香委屈地缩回手臂，即便胜男有心事，也不会跟她说的。不是不屑于跟她说，而是要独自一个人去承担。胜男自出院后，什么事也干不了，家里家外全靠她。既然胜男有心事，就让他去想吧，事情加起来就那么多，不会把人的脑壳想坏的。很快，芸香睡着了。

自回到村里，胜男还没见过招娣。在魏伯伯的事情上，胜男知道自己做得有些过分，现在连弥补的机会也没了。也许他所有的想法都错了，如果他去送了魏伯伯最后一程，招娣一定会顾全大局，不敢把他怎么样，因为她不能把报复建立在亲人的悲痛之上。

只能说招娣采取的手段超出了他的想象，他是被逼无奈，没了退路，这中间的微妙只有各自清楚。这时，胜男才看清自己又一次败给了招娣。他很是后悔，都把肠子悔青了。

这些日子，胜男想见到招娣。每天吃完早饭，就不停地在村道上走动，给自己制造机会，可招娣像是不愿意见到他，从没露过一次面。每次，从招娣的屋门前经过，胜男走得慢，不相信招娣按捺得住。他不清楚自己为什么这样做，像是没安好心，像是示威，像是挑衅。他都这样想了，招娣未必不是感同身受。于是，胜男偃旗息鼓，自责起来，不再随便去了。

谁知一段时间后，胜男从渴望见到招娣变得害怕碰面，这中间的错位让他目瞪口呆。说到底，他只是想看到招娣悲伤的容颜，看她是否被悲伤击垮。胜男没想到自己居然对招娣有了牵挂，有了痛彻心扉的感受，他都让自己弄糊涂了。

这天晚上，月色正好。胜男披衣下床，决定到院里走走。为了不惊动芸香，他尽量不发一点声响，蹑足往外走。

走到院里，他吓了一跳，双腿抖动，差点瘫倒在地。他清楚地看到招娣正站在院子里，睁眼看着他。胜男站着发呆发愣，被突然的事情搞昏了头，不知道招娣什么时候来到了院里？来此的目的？又是否每一个夜晚都来了？

胜男的嘴动了动，想把事情问个明白。他以为自己的嘴巴发出了声音，其实根本没发出。

招娣满脸笑意，眼里的光芒飘忽不定，静静地盯着胜男。招娣心里说，这时候，千万不能有任何闪失，不然就要败在胜男手中。谁这时候露馅了，谁就有可能败下阵来。

招娣也没想到胜男会深更半夜地从屋里出来，出乎她的意料之外。出来时，胜男悄无声息，否则她可以提前有个准备。胜男出来干什么？看到胜男的一瞬，她差点惊叫起来，以为见到了鬼。但她及时忍住了，把声音压在喉管的深处。

胜男讪讪地笑着，看见招娣眼里的光锥子一样地刺了过来。月光下，招娣的嘴角挂着一丝冷笑，如同霜花，绽出寒凉的味道。

看着，胜男心里有些发虚，眼睛开始回撤，感到不自在，如一节伸缩不定的弹簧，时而紧缩，时而反弹。这感觉令他难受，令他心里有种说不出的滋味。再次对峙，胜男稳住自己，既不能心虚气短，更不能抱头而逃。招娣这是何苦呢？他还从没遇上这样的女子，要把命押上，是拼了命的玩法。

谁也没说话，空气急促地流动起来。

胜男觉得有必要先开口，这样下去不是个办法，再说倘若芸香醒来，还不要跑出来找。到时就更说不清楚了，一男一女深更半夜地站在院里，即使什么也没干，也是说不清道不明的。

"招娣，在魏伯伯的事情上，我对不起你。"胜男低声说道，却说得极不自然，像是什么地方出了问题。

招娣没回答，目光依然直直地盯着他。

招娣的神情让胜男有些骇然，像要扑上来一样，把他撕成碎片。

"招娣，你别恨我，这都是命。我胜男认命，你也应该认命。命里有时终须有，命里无时莫强求。"停了一下，又说，

"招娣，我知道你的想法，这么晚了，还站在这里，千万别跟自己过不去，你怎么就这样死心眼呢？"

看上去，招娣憔悴了，脸颊深陷，颧骨高耸，浑身透出一股颓废的气息。悲伤的力量真是强大，转瞬让招娣变了一个人。在感情上，招娣就像一只飞蛾，明知前面是火，也奋不顾身地扑上去，任谁也阻挡不住。招娣就是个平常的女人，根本没什么心机，弱不禁风，他连这样的女人也要欺负。是的，面对她，他出手时，没半点犹豫，她的一生就是这样被他毁了。她不但没雪成前耻，反而又添新辱。还有谁比他做得更绝吗？招娣现在这样做肯定不是为了感情，那么到底为了什么呢？

胜男问自己，这些天，他不是一直想看到招娣吗？想看到她被悲伤击倒的面容吗？此刻，胜男对自己有些失望，原以为面对招娣时，他会怜悯她，同情她，谁知竟与内心背道而驰。

"招娣，这么晚了，回去吧。你可以恨我一辈子，但别跟自己过不去。"胜男说着，语调起伏，本是一句寻常话，却像是乞求，讨好。

既然招娣不愿意离开，他也没办法。胜男不想继续待下去，于是转身往回走。这时，他听到了招娣的哭声，细细地传了过来。

胜男止住脚步，不相信地回过脑袋，没想到招娣已蹲下身体，双手紧抱脑袋，压抑地哭着。胜男愣住了，不知道该怎么办？让这哭声吓住了，村子不大也不小，若是半夜惊醒村人，还不都跑来看热闹。无论如何，脸面还是要的。

接下来，招娣肯定会闹腾。但他的想法错了，招娣根本就没闹，反而停住了哭泣。招娣也愣住了，让自己的哭泣搞昏了头，吃惊地睁大眼睛，想不出自己为什么哭泣，忙松开紧抱脑袋的双手。

胜男的心一阵发抖，也许真的把招娣伤得不轻。魏伯伯死时，招娣肯定也哭过，但那是因为亲人的逝去。而这次不知为谁？胜男不安起来，按照招娣的性格，是不会无缘无故哭泣的。这表明招娣不正常了。胜男知道招娣从来都是个有主见的人，在他与她之间，她内心的立场坚定，不达目的不罢休。

6

几个月后，胜男家的新房终于完工。

房子是乡下人一辈子的事情，在盖房这件事情上，胜男不知吃了多少苦，遭了多少罪。上上下下全靠他一人张罗，白天要预备好建筑材料，晚上还要想好第二天请的帮工。村子里很多人家做房子，他没少出过力气。而请帮工的每一个环节都不能马虎，今天请谁，明天又请谁，要再三斟酌。随着工程的进展，力气活不同，这中间有个轻重缓急。几个月的时间，胜男瘦了，芸香看在眼里，疼在心头，但能怎么办？

这中间发生了一件事，有天乡干部跑来，说胜男在造屋前没到乡土地管理站办理相关手续，是违法的，限定日期要拆除房子，并扔下一纸罚单。胜男一下子急火攻心，抽了一个晚上的烟。第二天，跑到乡政府，好说歹说，低头哈腰，手中拿着一盒高档烟，一次次地分发着。后来，总算说好了，在镇上请了一桌酒，象征性地交了一些罚款。回到家中，胜男的火气没地方出，吃饭时，喝了半瓶烧酒，躺到床上蒙头睡觉。

因为对事情没底，其间胜男让泥水匠停了工。如果做了一半的房子真要拆，泥水匠前面的工钱要算，后面岂不是糟蹋钱？停工两天，又得去请泥水匠过来。这一折腾，把胜男弄得够呛，那位姓黄的师傅说，胜男，你做事怎么这样窝囊，房子是不能做了停、停了做的，这中间的彩头不好，你还是要注意点。我们做手艺的吃千家饭，不是吃你一家饭，你急我们不急，要是单独做你一家，我们还不喝西北风去。房子是一天天起来的，你看着就行，明天让我两个徒弟过去。

胜男想师傅的话也对，师傅不可能只盯做他的房子，别人的房子也是房子。师傅的话说得圆滑，既替他考虑了，也替自己考虑了。但师傅说他窝囊，他想了好久也没想明白。扪心自问，他真的窝囊吗？他不清楚。师傅是说他活得窝囊，还是说他做事窝囊？怎么连外人也看出了他的无用？

不管怎样，胜男在村里还是有些名望的，有点像村里德高望重的念祖大爷。胜男造房，有人问他缺不缺钱？如果缺，说一声。还有人问他，什么时候才轮得去帮工。还有人问，有什么摆不平的事情，他们替他解决。对大家的好意，胜男一一心领，并一再说，也没有什么事情麻烦大家，大家这样看得起他，他三生有幸。在村里，胜男多少算个文化人，大家都说他喝了不少墨水，差点就成了大学生。胜男虽没考上大学，回家做了种田人，可他骨子里精明呢！知道什么叫拿得起，什么叫放得下。

当然，发生在胜男身上的事有很多，说着，大家就扯到了招娣身上，说招娣是命中注定靠不上胜男。又说也不知招娣心里到底咋想，非要嫁给艾继中。俗话说，花配花，柳配柳，棒槌配笤帚。如果说没配上胜男，村里还有那么多好后生，招娣为啥偏偏看上了艾继中。长心眼的人就说，招娣是有想法的，别看她平时不吭声，听说胜男没做成老师就是她搞的鬼，她故意搬石头砸胜男的脚，好戏还在后头呢！

外人当然不懂招娣的心事，即便懂得，也只知道个皮毛罢了。最懂招娣心事的人还就数胜男，与招娣相处了两年，他都看到了招娣的骨子里。

比如招娣那时一味地讨好他的父母，根本就不在乎他的感受。相比起来，把他看轻了，以为只要拢住了他的父母，剩下的事情就好办。招娣看准了他的懦弱，他的无用。但招娣的计谋落空了，没想到他敢与父母闹翻，打了她一个措手不及。正是在这点上，他发誓不娶招娣，既然没把他放在眼里，结了婚他不过是件摆设。招娣的脑筋当时没转过弯，待想明白后，他已绝了她的退路。当招娣夹着尾巴从他家走出时，他感到她的尾巴都被夹断了。

本来，招娣还存在幻想，然而幻想是那样渺茫。她怏怏地栖在胜男家，只觉浑身不安，无论是晚上睡觉还是白天干活，她所有的自信与努力全付诸东流。其实，招娣不懂爱情，只知道付出，以为喜欢上一个人，就要全身心地付出。

前后两年，她不知给艾家干了多少活，没想到头来落得如此下场。一度，她还以为胜男因为没考上大学，心里不痛快，才整天闷着头，对她爱理不理。没想到，她就这样让胜男撇清了，成了孤家寡人，形单影只地。从喜欢上胜男那天开始，她心里就发了毒誓，要跟胜男白头到老。

被胜男彻底蹬开后，招娣才清醒过来，就像一朵干枯的

花，经水后，又重新绽开蕾蕊。仿佛经过了一生一世，还能回
过头吗？那只会是另一种人生的开始。

招娣另一种人生就这样开始了，作践自己嫁给艾继中，既
要每天生活在胜男的眼皮底下，让胜男记一辈子，记着她的
好，她的恩情。也要让胜男生活得胆战心惊，时间长了，肯定
愧疚，愧疚就如刀子一样扎进他的心里。

招娣没想到她依然错了，因为艾胜男根本就没把她当一回
事，就像两条隔开的河，各自流着，根本合不到一块。她作践
了自己又怎样？完全是自作自受，没有缚住别人，反倒缚住了
自己。谁也不清楚，她承受了多大的压力，遭到了多少人的唾
骂。就算她比不上古代的穆桂英，也要把胜男挑落马下。

自嫁给艾继中，父亲到死也没来过一次艾家庄。从前，父
亲跑得勤，与胜男的父亲喝酒、聊天。通常，黄昏时过来，晚
上又打着手电筒回去。有次，父亲喝多了，晚上回去，不但没
摔着，反而抓了一只野兔。第二天，父亲又来了，带来那只野
兔，与胜男的父亲一起烤着炭火，吃着兔肉。胜男的父亲喊来
胜男，要他当面表态，把婚事应承下来。胜男支支吾吾地，半
天不开口。父亲就说，算了，不要为难胜男了。想着这些，招
娣的心里发痛，眼泪就情不自禁地流下。也许父亲的郁郁而
终，与这些有着某种关联。

招娣坚信，世上既没有无缘无故的爱，也没有无缘无故的
恨。因为有了爱，所以才有了恨。

期间，招娣也回过娘家几次。不是她不想回去，而是怕惹
父亲伤心。眼不见为净，看不到自己，也许父亲就要省心多
了。头次回去，是因为弟弟结婚。第二次，是因为父亲病倒。

第三次，是因为去另一个村子捉猪仔，路过时到底没忍住。最后一次，就是父亲去世。是的，她生活得一点也不舒心，日子过得磕磕绊绊的。她想回娘家说说自己的苦楚、伤痛、无奈，可她开不了口。她不想让父母更是难受。无论什么样的苦楚，她只能自己默默承受。

母亲倒是瞒着父亲偷偷来过几次，主要是来看看女儿，坐不了多长时间，又匆匆撤退，连茶水也不曾喝一口。招娣不知道父亲是否对母亲说了什么，要不然母亲为什么总是匆匆而回呢？无论父亲说什么，招娣都认了。父亲的性格倔强，直到临死才想对她说什么？却发不出声音，嘴张着，眼神无助，像是抱有莫大的遗憾。前年夏天发大水，到艾家庄的路给淹了。母亲坐船过来，到处看了看，兀自摇了摇头。临走时，母亲说，招娣，你比前些日子瘦多了，该补补身子了，我知道你缺钱，今天特意给你捎了一些钱。说着，母亲从口袋掏出五十元钱，塞到她手上。她说什么也不拿。母亲生气了，把脸放下，说是你父亲让我送过来的。那天，母亲还是没吃饭，又坐船走了。母亲走后，招娣独自伤心起来，心里酸楚，受不了，这是母亲第一次说到父亲，顿时对父亲感到歉疚，感到惭愧。

今天，正是胜男房子竣工的日子，不时传来阵阵鞭炮声。招娣想得出胜男满面红光的模样。村里人大多都去贺喜了，但招娣暂时没去，不过，她又肯定是要去的。

事情到了这份上，只有继续硬着头皮往下走。她不像胜男那样做缩头乌龟，要理直气壮地去放一挂鞭炮。胜男今天请了村干部，请了乡土管所的人，请了他的亲朋好友。当着众人的面，她要把戏演下去，演得越好，胜男就越是焦虑不安。众人都会看出她的好，她的好是胜男衬出来的。对比之下，大家只会说胜男的不是，说他的小肚气量，说他的将心比心。

招娣一直等着，直等到所有的人都把鞭炮放尽后，才起身往外走，双手搂着一挂鞭炮，脸上洋溢着笑容。她像是看到了胜男被鞭炮炸痛的表情，这么长的鞭炮一定会把他炸得人仰马翻，炸得檐塌瓦碎。

招娣把时间掐得准，成了最后一个去贺喜的人。

众人都坐在新房里，等着酒席的开始。这时，外面突然响起激烈的鞭炮声，把众人拽了出来。

胜男第一个从房里走出，根本没想到会是招娣，还以为是请的客人迟来了。对任何客人，他都不能失了礼节，要迎进来。隔着那挂燃放的鞭炮，胜男站在门口，什么话也说不出。鞭炮噼里啪啦地响了很长时间，把他的脑袋炸成了烂泥。怎么办？看上去招娣来者不善，又想使什么幺蛾子。但招娣笑容满面，如四月绽放的桃花。很快，胜男就为自己的念头感到羞愧，也许招娣真是来贺喜，不是来闹事。

芸香也出来了，站在新屋的门前。房子总算建好，她激动而兴奋，再过些日子，新房就要开工装修，然后一家人就可以搬进。看到招娣，她大吃一惊，担心招娣趁机滋事。如果招娣敢在这节骨眼上让她难堪，就别怪她的巴掌抡上去。芸香摩拳擦掌，暗暗地攒着一股劲，心想只要招娣敢闹，她就冲上去。谁是谁非，大家自有公论。在这个大喜的日子里，她不允许招娣兴风作浪。

"招娣，进屋吧，快开席了。"胜男说。

"胜男，不好意思，我来晚了，你的心意我领了，酒就不喝了，家里还有事情呢。"招娣既兼顾了胜男的面子，又不亢不卑。

胜男听出了其中的别扭，半天没再作声。芸香也听得不舒服，像是有了平仄，有了提起和下压，本是一句平常话，听起来却像喝了一口陈年老醋，酸得牙痛。

芸香的手脚兀自抖动起来，想冲上去朝招娣脸上吐口唾沫，但又不敢。在这样的场合之下，她既要保住自己的颜面，也要保住胜男的颜面，无论如何，胜男的颜面比自己重要。当着众人的面，她不能搞得自己无地自容。

芸香冷冷地看了招娣一眼，对胜男说："开席吧，客人都在等着呢。"

胜男没理睬芸香，继续说："招娣，吃了酒再走不迟。"

胜男不想日后落下骂名，名声对他实在太重要了。招娣来贺喜了，就得留她吃酒，这是他的原则。

芸香上前扯了扯胜男的胳膊说："时间真的不早，该开席了。"

没想到胜男摔开她拽着的胳膊，吼了一声："你懂什么。"

芸香一子火了，胜男什么意思？莫非想重续前缘。如果搁在平时，她可能忍了，但当着众人的面，她不能忍，也无法忍，再说父亲也来了，就站在身后看着。芸香觉得有娘家人撑腰，她怕什么，于是抖了抖声音说："胜男，我是不懂，你对我吼什么？"

胜男愣了一下，扭过脑袋看了看芸香，觉得自己简直是乱发脾气。

招娣说："胜男，你开席吧，我不让你为难，这就走。"

看着招娣离去的背影，胜男心里叹了口气，招娣既不给自己留退路，也不给他留退路，依然对他怀恨在心。

一年的日子很快就过去了，转眼冬天来临，天气在一天天地变冷。入夜的村子孤寂、清冷，连狗也懒得叫一声。

吃过晚饭，招娣早早就躺到床上，却怎么也睡不着，睁眼胡乱地想心事。回忆似乎必不可少，于是从过去一直想到现在，特别是每天从胜男家的新房前经过时，她心里越来越不好受，房子已成了心头的一个障碍，成了一个物体，时刻压着她，压得她喘不过气来。

当初胜男建新房的时候，她并没觉得那是羞辱，谁知随着日子的走动，房子竟成了她的一块心病。她问自己，难道就这样被胜男击败了？她不甘心。胜男生活得惬意、开心，女儿长得惹人爱。她呢？常年在家守活寡，生了孩子却没保住。

想着这些，招娣悲从中来，不停地抹着眼泪。既然胜男建了一幢漂亮的房子，她也要建一幢，并且要建得更加雄伟。她就是要与胜男斗到底，不信打不垮他。人争一口气，佛争一炷香。她管不了那么多，即便没钱，她可以去借，哪怕负债累累，也要打败胜男。

拿定主意后，招娣就刻不容缓地动手了，就这样，走上了与胜男比拼的道路。招娣胸有成竹，打电话叫艾继中赶回来，从谋划到动工，有条不紊地操持着。开工那天，艾继中还没赶到家中，招娣只好自己点燃了一挂鞭炮，以示庆贺。艾支书躺在床上，虽然身体不能动弹，但脑袋并不糊涂，知道招娣在干什么，心里同样高兴。

隔两天，艾继中回来了，尽管带回了一笔钱，但对于建房子来说显然是杯水车薪。招娣没办法，只有开口找亲戚朋友借。说到底，都是胜男逼的。她还从没伸手找别人借过一分钱，倘若借了，就背了一个包袱，欠了一份人情。不仅要考虑到所借的数字，还要考虑到日后如何归还。招娣把账单反复地算了几遍，算得心惊肉跳，恍惚中，这些钱长出了纷乱的利爪，紧紧抓住了她。

招娣合计着，余下不够的钱该到什么地方去弄？想来想去，只有去娘家借。她心里一直觉得亏欠娘家，不知道如何开口？上半年，父亲死时，已花了一大笔钱，这时还找母亲借钱，是否妥当？这些年她对娘家根本没什么帮助，反倒找娘家伸手。

第二天，招娣早早起床，步行赶往娘家。因为来得早，母亲还没起床。自父亲死后，家里就剩下母亲一个人。弟弟把父亲的丧事办完，接着又出去打工了。生老病死是人之常事，无论如何日子都不能落下，活着的人依然要活下去。对照自己，招娣想得出母亲的寂寞与孤独。站在门外，招娣喊着母亲。打开屋门，母亲神色慌乱，以为女儿出了什么事情。

待进了屋，母亲问："招娣，你这么早赶了过来，是不是家里出了什么事。"

招娣没回答母亲，找把椅子坐下。

"招娣，千万别出什么事，这些日子我一直都提心吊胆的。"母亲的神色仍然慌乱，伸手扯着身上的衣服。

招娣说："也没什么事情，只是回来看看。"

母亲说："没事就好，我给你做早餐，你不会又急着回去吧？"母亲的话，让招娣的眼睛潮湿起来。母亲系上围裙，跑到桥台前，给女儿倒水，接着跑到灶间忙碌开来。看着母亲，招娣心里怪怪的，像是她成了一个地道的客人，而不是回到了母亲身边。也许母亲一时慌了手脚，才做出这些匪夷所思的事情。

趁母亲在灶间忙碌，招娣去了自己做女儿时的房间。很多年了，她没进去过一次，在给父亲奔丧时，也不曾进去过。弟弟早做了新屋，母亲却没搬过去住。除了过年，新屋平时空着，母亲只偶尔去开个窗，通通风什么的。母亲固执，坚持要住在老屋。母亲说，老屋住着舒心，住了一辈子，离不开了。

走进曾经的闺房，招娣像是又嗅到了从前的气息，像是重新回到了做闺女的时光。房里还摆放着从前那张旧桌，上面还放着那把断了两根齿的木梳，那张床还在，铺着木板，堆放了几床棉絮，外面套着编织袋。触景生情，招娣心里五味杂陈，呆呆地坐了一会儿。出来的时候，她把那把木梳塞进口袋。

母亲已给她做了一碗热气腾腾的荷包蛋，是用糖水煮的。母亲把碗递到她手上，嘱咐她趁热吃，转身又回到灶间。招娣没马上吃，把碗放到了父亲的遗像前。父亲的遗像放在堂屋的桥台上，相片放得很大，是父亲年轻时的相片。似乎这样父亲就能在她的面前吃上一口，在乡下这样的仪式类似于一种纪念。就像每年的清明节大家都要扫墓。家里有了亡人，每次吃饭都要这样做。招娣没有忘记。

母亲重新从灶间出来，见此情形，忙说："招娣，你看我都忙昏了头，你还记得尽这份孝心。"

母亲这样说，招娣的心里不是滋味，说明母亲与她有了隔阂，有了距离。招娣想对母亲说什么，想想不知道还能怎么说。招娣不责怪母亲，只能责怪自己。可能是自己想得太多，母亲这样说不是有意，也不是讽刺她。毕竟她回家的次数不多，也毕竟母亲老了。

"别让它凉了，趁热吃吧。"母亲又说，意思是她可以吃了，不就是个仪式么，没必要把好端端的一碗鸡蛋搞得不能吃。

"我等一会儿就回去。"招娣说，"你就不要做早饭了，家里正建新房子。"

"招娣，你做房子了，我怎么不知道，什么时候动工的？"

"已动工了一些时日。"招娣犹豫着。

母亲看出了她的犹豫，说："招娣，是不是缺钱，回来找我拿钱？"

"是。"招娣只回了一个字。

母亲就问要多少，招娣说了个数。母亲于是进里屋拿来，让招娣数一数。母亲又问，够不够？不够的话让长中再寄点。长中就是弟弟。母亲又说，家里只有这么多，你父亲死时花了一笔。等房子做好后，把她接去看看。做房子是大事，千万别累坏了自己，我知道你是急性子，别再吃急性子的亏了。

招娣数了一下，只有区区四千元，还差了一大截，但不能再逼母亲了。母亲还在那里说着，说招娣，你弟弟也很辛苦，一天到晚忙得没停。他做房子时欠下的债才刚还清，加上你父亲的葬礼，花了不少。家中刚刚缓过气来，按理你弟弟应多帮你，可心有余而力不足，你就别计较了。母亲生怕她有什么想法，所以提前拦着她。说完，母亲撇开这个话题，问招娣房子进展的情况。招娣说底层的墙已砌好，很快就要铺混凝土。母亲接着问到艾继中是否回来，一路扯着，就扯到了艾支书的病情上。说着，母亲的脸色凝重起来，言语间，愤愤不平。母亲说："招娣，我也看透了，你愿意怎么过日子是自己的事情，我不再干涉了。这两年也没见你再怀上孩子，是不是有什么问题？"

看来孩子成了母亲不能释怀的事情。招娣便说，她也弄不清楚，等房子做好，她上医院做个检查。母亲说，孩子还是要生的，在村子里，如果女人没生个孩子，会让人说三道四的。

母女俩就这样扯着，不觉中，招娣也把鸡蛋吃完了，感觉鸡蛋搁在那儿，像堵在心里一样。招娣把空碗递给母亲，又望了父亲的遗像一眼，泪水顿时淌了下来，忙别过脑袋，抬起胳膊，抹了一下。

7

对招娣的所作所为，胜男心知肚明，不由得叹了口气。招娣已拧成一股绳，也不管那绳子的粗细，哪怕扯断，也要与他较劲到底。胜男不敢再小看招娣了，清楚那根绳子的韧性，即使不把他绊倒，也要把他绊得翻个跟头才罢休。招娣的房子盖起来了又怎样？没有谁会认为他就败了，也没有谁会认为招娣有多么了不起。

在村里，胜男能吃苦，每天玩命地干着活，早就不是从前的他，脸被太阳晒得黑红黑红地，手指关节变得粗大、硬朗，那副白面书生的模样早荡然无存。他想，劳动真的能改造人，仅几年工夫，他就洗心革面，脱胎换骨了。他心中没什么别的想法，只安于现状做一个农民。晚上躺在床上，他曾有过无数的想法，但到白天都成了云烟，被风吹得没了踪影。村里的人，还不都是这样一代一代过来的，理想与现实有相当的差距呢？比如从前的他不吸烟，不喝酒，如今却每天抽一包香烟，中午与晚上还要喝几两烧酒。照镜子时，胜男对自己感到胆战心惊，竟觉格外的陌生，这副颓废的模样还是他吗？心里一阵酸楚，也不知酸楚是从什么地方泛出。盖新房时，他差不多脱了一层皮，其中的艰辛只有自己清楚。而招娣居然也要盖一幢新房，他想象得出招娣的艰辛。招娣之所以这样做，也许是自己逼的，可他真的不想伤害她，也没伤害她的意思。他总不能因为担心伤害招娣，一辈子不建新房吧，只能说招娣想多了，也想过头了。

胜男不敢往深处想，越想心里就越惭愧。他原以为自己的心已变得冷酷无情，没想到在这件事情上，竟松动了，柔软了。

每年冬季，胜男都要烧窑卖砖，这同样是件力气活，很多人都吃不了这样的苦。所有的程序算起来，前后要花几个月的时间，不瘦也要脱身皮，这个钱太难挣了。胜男因为有知识，能琢磨，私下里摸索出了一门技术，烧出的砖结实、耐用，比别的窑师傅烧得好，所以他的砖销得快。由于每年都干这样的体力活，胜男疲倦了，于是有意把自己解脱出来，不再烧窑。琢磨了一段时间，胜男终于下定决心，花几千块钱买来一辆摩托车，专心做起生意来。下半年，他专跑县城，把乡下圩里的鱼贩往城里卖。几趟下来后，他尝到了甜头，心才算彻底安定。

通常天还没亮，胜男就起来了，摸黑刷牙洗脸，然后骑摩托车出门。这天，没想到在经过招娣的屋门时，让招娣堵在了路中央。胜男赶紧熄灭摩托车。

胜男没好气地说："招娣，你想怎样？"按他的想法，招娣这么一大早起来堵他，是成心找茬。一直以来，胜男都躲避着招娣，尽量不跟她碰面，既害怕村里人说闲话，也害怕芸香不高兴。

胜男不动声色地看着，发现招娣模样怪异，脸部肌肉僵硬，嘴角翘起，像是有股力量正使劲地往下拉。胜男的心提了起来，不自觉地受到刺激，忙扭转脑袋，不敢再看。

隐隐中，胜男有些不安，甚至惶恐，没想到招娣说："胜男，我要向你借钱。"

招娣的话，令胜男大吃一惊，有点不相信自己的耳朵。

招娣又说："胜男，我找你借钱盖房子。"

"你借多少？"胜男问。

"一万。"招娣说完，昂起头。

"我手头没那么多，过几天给你凑够数。"胜男说着，心里由衷地感到高兴，即便招娣有借不还，他也愿意给这么一笔钱，就算帮她一次，既对得起自己的良心，也对得起死去的魏伯伯。

很快，胜男又迷惑了，招娣就这样认输了吗？她不是争强好胜么，不是一根筋么。也许招娣这次真的过不了那个坎，才抹下脸面来求他。

招娣不再说什么，转身走了，扔下胜男在那里发愣。直到招娣走进屋门，胜男的脚颤动了几次，还是没能踩响摩托车，于是干脆停下。这时，一个念头突然跑进他的脑袋，让他有些发蒙，也让他热血沸腾。假如自己娶了招娣，生活又会变成什么样呢？无论如何，都应该修正对招娣的看法了。胜男再次把芸香与招娣对比着，比来比去，也没觉得哪个女人更好，哪个女人更不好。两个女人都是一样的好，就像长在院里的李花和桃花，虽然花瓣不同，但一样妖媚，都在尽情地绽放。这样想着，胜男有些为招娣感到不公平，既然一样地妖媚，他干吗娶了芸香没娶招娣？

想着，胜男恍惚起来，像是对两个女人都感到羞愧。艾梅也这么大了，想这些还有意思吗？还是趁现在多挣点钱，将来女儿读大学就不用发愁了。想到女儿，胜男的心慢慢平静下来。

晚上吃饭，胜男破例多喝了几杯酒，然后洗了个热水澡。洗澡时，才想到是否把招娣借钱的事跟芸香说说，本来不想说，问题是一万元毕竟不是个小数目。日后，若因为这件事情与芸香闹别扭，肯定得不偿失。芸香是自己的老婆，同床共枕多年，无论如何也不应该瞒她。

坐在堂屋，胜男的眉头紧皱，接连抽了两根烟，然后才开口。他没直接说事情，而是拐弯抹角地跟芸香说地里的庄稼，从庄稼扯到猪圈里的猪，又从猪身上扯到弟弟的打工，扯来扯去，直扯到艾梅的读书，扯到村子里东家长西家短，最后扯到招娣做的房子。扯到招娣身上后，他心里才算呼了口气，说到招娣今天向他借钱的事情上，说招娣的确够艰难的，再说因为魏伯伯的事情，我心里很是愧疚。

芸香听明白了，胜男主要是想跟她说这件事情。拐了那么大的一个弯，费了那么多的口水，反而弄巧成拙。芸香心里不好受，这不是成心寒碜她吗？即使有了想法，芸香不挂在脸上，笑着把自己的意思说了。芸香的意思是这钱不能借，招娣不是一直在你背后捅刀子吗？不是几次拆你的台吗？她还有脸找你借钱，如果换成我，早拿裤衩遮脸走路了。芸香边说边看胜男的脸色，对自己男人她是懂的，不过，话还是要说明白，绝不能拖泥带水。

芸香的话一下子堵住了胜男，堵得他心慌意乱。芸香的话他明白，这钱如果借给了招娣等于白扔到水中，凭什么借给招娣？村里其他人借钱，她或许同意，唯独招娣。针对芸香的话，胜男找不出反驳的理由。

见胜男不作声，芸香又加了一句："招娣是自作自受，她没钱盖什么房子。"

"这个家是你说了算，还是我说了算。"胜男闷闷地说，转身往房里走。

芸香一阵委屈，泪水一下滑出眼眶。在堂屋，芸香一个人坐了很久，也想了很久，胜男脾气倔，事情还得找娘家人来帮忙。当她进房间时，没想到胜男的呼噜已响成一片。第二天，芸香醒过来，发现胜男早出了门。男人什么时候起床、穿衣，什么时候发动摩托车，她居然没听到。芸香心里莫名其妙地慌了一下，觉得事情有些不对。

从早晨开始，芸香总觉有什么事情要发生，所以没急于去娘家。她的左眼跳过不止，心口堵着什么东西一样，吃午饭时，手指竟抖动得拿不住筷子。果然，她的预兆应验了。胜男出了事。在城里被车撞了，是镇派出所警员来通知她的。派出所警员告诉她，车祸发生得比较早，因当场查不出胜男是哪里人。派出所警员让芸香赶紧收拾，到县人民医院去。

芸香呆在那里，脑袋慢了半拍，睁眼看着派出所警员。接着，她猛地大叫一声，随即晕倒在地。

等她重新睁开眼睛，看见四周拢着很多村人，胜男的母亲在那里号哭，父亲不知所措地站在那里，那名警员也没走。该拿的衣服、被褥等都拿上了警车，显然在等她醒过来，一起坐车去医院。

胜男出车祸的消息很快在村里传开，当招娣听到时，她正在自家的屋场上忙碌，手中拎着一桶泥浆。她的脑袋"嗡"的一声，泥桶脱手掉到地上，发出很大的响声，引得脚手架上干活的泥水匠回过脑袋。她的脑袋也成了一堆泥浆，双脚不由自主地动着，疯了一样朝胜男家跑去，得去看看胜男伤成了什么模样。她管不了那么多，像是胜男的亲人一样。跑了几步，又折身返回自家的老屋，翻箱倒柜地找起来。她的第一个念头是找钱，只要胜男没死，一定需要钱。招娣没有多想，拿上钱赶紧往外冲，一直冲到胜男的屋前，看见屋门已锁，才知道胜男并没送回家中。都怪自己急昏了头，既然胜男受了伤，怎么可能回到家中。

现在，招娣一门心思扑在胜男身上，脑里充斥着各种念头。也不知胜男的伤情如何？是否有生命危险？想着，她就想到了自己，这些年在艾家庄忍辱负重，心里过得没底。招娣问自己为什么还要待在艾家？其实，她心中燃着一团火，越烧越旺。这样做值得吗？她不但伤害了胜男，伤害了父母，也伤害了艾支书，伤害了艾继中。她在伤害他们的同时，也在伤害自己。

　　走着，招娣止住脚步。干吗还回家？那还是家吗？艾继中是个唯唯诺诺的人，打不还手骂不还口，只知道看她的脸色行事，把她的每一句话都当成圣旨，让他往东，他绝不敢往西，让她的火气都没地方发泄。她想不明白艾继中为什么不反抗，为什么逆来顺受，被动地承接着她的颐指气使。这还像个男人吗？她早就想离开这个家，甚至一天也不想待。问题是她已经没有了家，这是唯一的栖身之所。

　　想到这个家，想到艾继中，想到无数个苦熬的夜晚。招娣就转身朝镇街走去，心里的死结同时有了松动的迹象。

　　招娣要去县城看胜男。镇街有很多开往城里的车，来回都方便。假如今天没见到胜男，她晚上就会失眠。也许会遭到村里人的白眼，遭到芸香的唾骂，但她一定要见到胜男。她之所以还活着，就是因为有胜男的存在，万一胜男有个三长两短，她也没活着的必要。很多夜晚，她都在心里诅咒胜男不得好死，没想到真的应验了。她是那样歹毒，那样冷酷，那样绝情。想着，招娣心里感到不安。

　　现在，招娣只有一个目的，去县医院看胜男一眼。她根本就没去想家中的事情，也没想晚上是否能赶回来。房子已不重要，变得无足轻重了，与胜男相比，房子算什么？招娣有些茫然，问自己真的不要这个家吗？都豁出去了，还想这些干什么？今晚她要守在医院，守在胜男的身边。也许会遭到芸香的阻拦，但芸香是她的对手么？如果芸香胆敢挑衅，她会让芸香知道那是自取其辱，是以卵击石。

　　直到车子开进县城，招娣的脑袋才变得清醒，整个人也冷静下来。思来想去，她并没有马上去医院，而是在街上胡乱地走着。直到天色慢慢变暗，街灯亮起，才找人打听了一下医院的方向。

顺着方向走了一些时间，招娣终于找到县医院。走进大门，发现县医院太大，人来人往，十分嘈杂。医院的房子一排排的，回廊连着回廊，像迷宫一样，把她弄得头昏脑涨。每个窗口都亮着灯，她不知道胜男在哪个房间，又问了几个人，问胜男在哪个病房？被问的人都不明白地看着她，一律摇了摇头。后来，她长了心眼，不再问其他人，专问穿白大褂的医生。医生说，人在什么科？她说，我不——不清楚，只知道他今天被车撞了。医生说，那你去找外科吧，说不定正在做手术。她问，外科在什么地方？医生说，你一直朝前走，然后拐一个弯，再左拐就到了。

招娣按照医生指的方向走，心剧烈地跳动着。谁知在离外科大楼不远处，她突然停了下来。外科大楼前有一处宽阔的场地，周围放了很多的石凳、铁椅。她慢慢走过去，坐了下来。夜晚的风很凉，直直地吹着她的身体，经过的人都莫名其妙地看着她，不明白她为什么缩着身体坐在这里。虽然在来的路上，她要见到胜男的念头是那样强烈，可现在却熄灭了，如一块烧红的铁被扔到水中一样，沉入水底无声无息。

坐了一些时间，招娣走出医院，跑到门前的小摊吃了一碗炒粉。然后就近找了一家旅店，随便洗了一下，躺到床上。她感到身体很累，眼睛累得睁不开，脑里却还要想什么。听着从大街上传来的喧闹而嘈杂的声音，她胡乱地想着，精神恍惚。不一会儿，她实在支撑不住，脑袋一歪，睡了过去。

半夜时分，招娣醒了过来，却再也睡不着，于是干脆不睡，等天亮。

8

招娣的房子停工了，已建一层，上层刚砌砖，如一段断壁残垣蜿蜒着。看着招娣的脸色，艾继中不敢言语，害怕一不小心惹招娣发火。招娣的脾气变了，动不动就发火，像一只被激怒的母兽，脸垮着，相阴着，看什么都不顺心。比如吃饭时，突然把碗摔在那里；给猪喂食时，指桑骂槐的；进进出出地门都在遭殃，启合间响声不一。艾继中知道招娣在做给他看，似乎他回来后，给招娣增添了许多的麻烦，不回来更好。艾继中想不明白，不是招娣让自己回来的吗？她这是发哪门子的神经。

晚上睡觉时，他不敢再挨招娣的身体，小心翼翼地，身子一半缩在被褥，一半留在被褥之外。经常半夜冻醒，醒来后，又总见招娣在睁眼想心事，他不敢问招娣在想什么。几次后，他干脆临时支了一个床铺，不再跟招娣睡在一起。艾继中想，不招惹她总行了吧。他是窝囊，是不争气，是个没什么用的人，但与招娣也有过一段恩爱的日子，招娣这样对待他，无论如何都应该接受。

既然是夫妻，有些义务还是要尽的，问题是招娣根本不让他拢身，这样的情形已有三年。他还回来干什么，婚姻都名存实亡了，谁知道他的苦衷？倒不如在外自得其乐。他清楚自己是男人，有时也想动粗，然而那只会让招娣更是瞧不起自己。

艾继中想着的都是这些表面的事情，从不往深处想。

不过，艾支书对此心知肚明，也逃不过他的火眼金睛。清楚招娣在为胜男伤心呢！招娣一直让胜男挂着，挂久了，就别想找个台阶下来。就像一个人本来不想爬上去，结果还是爬上去了，回头一看，底下的梯子没了。还下得来吗？

艾支书想，幸好有了魏招娣，自己中风了，成了废人，难得招娣尽心尽责地服侍，端屎端尿的，换作他人，肯定早跑了。家里家外全靠招娣一个人，继中也算是有福之人了。对这样的媳妇还有什么不满意吗？招娣的忍辱负重是高高在上的。艾支书的心中惭愧，这些年，他一直拖累着招娣，拖得越久，心中越是难受。这样的日子，没个尽头，总有一天会惹招娣讨厌。其中的枝节，他本来想与儿子说说，想想又没这个必要。招娣嫁给继中，心里委屈啊！原是没指望的事情，偏偏南瓜秧上长西瓜，石榴树上结樱桃。艾支书知道招娣迟早要离开这个家的，也对得起这个家，对得起他与艾继中。假如招娣现在就离开，他也毫无怨言，人心都是肉长的，他没资格去埋怨。

然而，当招娣动手盖房时，艾支书认为自己想错了，搞不懂招娣唱的又是那出戏。但戏才开场，离结束还早。尽管艾支书每天躺在床上，却眼观六路，耳听八方，把招娣的一举一动尽收眼底。他把脑袋想疼了，也想不出招娣为什么要盖房子，劳神费力不说，还要借很多债。如果招娣真的想走，到时就什么也没有了，可以说生活也没个着落。看到招娣这样，艾支书有些伤心。

听说胜男已从县医院转去市医院了，这几天，村里人都去县医院看望胜男，唯独她没去。她也想去，比如在胜男出事的当晚她就去了，但没勇气去见胜男。如果当时见了胜男，会让芸香以为她是落井下石，是去看笑话。其后，她就更不能去，弄不好会授人以柄，说她是装模作样，是猫哭老鼠假慈悲，说不定心底正暗暗高兴呢。一连几个夜晚，她想啊想，怎么也想不出胜男如何把自己撞上去的？因为交警大队在经过一系列的勘察后，得出的结果是胜男故意撞上去的，故意把自己撞飞到空中，肇事者只负次要责任，胜男负主要责任。

胜男是不可能故意撞上去的，只能说明他心里当时有事，所以发生了车祸。最后，招娣把责任归咎到自己身上，她不是找胜男借一万元钱吗？有可能胜男正是为这事烦心，才导致事故的发生。接连几天，招娣把自己都想失眠了，也想麻木了。

已有一个月，胜男还没从市医院回来，听说胜男虽然保住了命，却残了一条腿。招娣让这个消息吓住了，胜男少了一条腿，还不要了他的命？这跟要了他的命有什么区别？招娣不敢想，如果胜男没了腿，怎么走路？想着，招娣的眼泪流了下来，不知等胜男回来后，她该如何面对？

招娣知道，如果胜男残了，她的新房可能一辈子也无法完工。

又有消息说，过不了几日，胜男就要回来了，但变了一个人，成了一个你根本不相信的人。胜男不再是原来的胜男，都瘦脱了形，颧骨高耸，脸色发青，剃着一个光头，神情痴痴呆呆地。果然，招娣看到胜男的母亲这几日在翻晒被褥，家里也打扫得干干净净，在做着迎接的准备。胜男的母亲对她倒没过多的指责，相反说："招娣，这是命，你就认命吧。"说着，胜男的母亲晃了晃脑袋，脸色悲哀一团。招娣点了点头，什么也不说，也不知说什么好，连一句安慰的话也说不出口。

这期间，艾支书的病情突变，看不出是好是坏，是喜是忧。有天晚上，艾支书突然开口说话了，说他想喝粥。突兀的声音把招娣吓了一跳。

艾支书躺在床上，一只手举起动了动，对招娣说："招娣，我想喝粥，你给我熬点粥吧。"由于事情发生得突然，招娣一时没反应过来，等反应后，忙点了点头。

艾支书枯木逢春，突然开口说话，事情远远超出了人们的想象。第二天，很多人都来看望艾支书，大家奔走相告，把老屋围得水泄不通。

村人一个个地与艾支书打着招呼，说笑着。艾支书脸上也自始至终挂着微笑，由于笑的时间长，就怎么也收不拢，渐渐僵在那里，变得皮笑肉不笑。艾支书想收住笑容，努力着，可那笑意如一朵枯萎的花，颜色不对了。艾支书不时说着什么，村人连一句也听不懂。招娣心里奇怪，公公虽然开口了，但不是真正意义上的说话，发出的是孩子牙牙学语的声音，连一个音节也吐不清。除了刚开口时那句想喝粥，别的就再也无法说清楚。直到所有的人都走后，艾支书脸上的微笑还挂着，滑稽而怪诞。

看着艾支书脸上肌肉错位的笑容，招娣有种恶心的感觉。艾继中也被父亲的笑意吓住了，痛苦地看着，在堂屋里转来转去，像走夜路撞上了邪气，慌乱得不知所措。

招娣心头隐隐不安，不知事情将如何发展。谁知两天后，艾支书的笑意还那样挂着，没退下去的意思。事情发展到了极致，太可怕了。艾支书微笑的肌肉在慢慢扩大，像一只趴在上面的蜘蛛，四周的笑纹是蜘蛛吐出的丝，胡乱地密布着。

中午，招娣请来医生艾唐初。艾医生看后说，可能搭错了神经，他是治不了，得到大医院看。艾医生又说，按正常的中风来说，病情显然发生了质变，太让人不可思议了。

既然发生了病变，招娣就想去大医院，说不定公公的病能治好。如果治好了，自己今后不用再服侍，也避免了难堪与羞愧。公公年纪不算大，能够活多久，谁也说不清楚。就这样躺在床上等死，公公肯定不甘心。

就在招娣准备把公公送往市医院时，公公的病情又有了新的变化，居然可以下地走动。大家都被这个奇迹惊呆了，再次一个个地前来探望，说艾支书托了贵人的福，真是福人有福气。大家不停地说，嘴就不停地张着，又半天合不拢，因为都看到了艾支书身上的另一种反常。艾支书直勾勾地盯着地面，眼神呆滞，手不时在眼前晃动，对村人的话没半点反应。一个人的病好了，却有了新的病情。尽管手脚都能活动，但动作木木的。事情真够邪门，就像一台老化的机器，好了这个零件，坏了那个零件，永远也别想发动。大家说着，脸上一律是瞬息万变的笑意，不曾料到艾支书变得面目全非了，无法区分哪种情形更糟糕。

招娣站在大门口，给村人分发着烟卷，出来的人都叹着气，说艾支书这回怕是成了傻子，傻子是没法治的。艾支书像是知道村人在说什么，脖子扭转，固执地朝门外望，眼神发愣。即使这样，大家还是说得不客气，一点也不忌讳。

大家都劝招娣别把钱往水里扔，说艾支书的病根本是没指望的，你能把一个傻子变成一个正常人吗？大家越是这样说，招娣就越是觉得公公的病情不能再往后拖。她的心本来一直悬着，整日像走在钢丝绳上一样，由于重量的递增，某一天终会压断。而艾继中根本靠不住，是个完全没主张的人，碰上这样的事情脑子就发蒙。

艾支书真的傻了，每日坐在床上，呆呆地想着什么，又像是什么也没想，只是盯着地面看。整天保持着一个姿势，一动不动。端给他吃他才吃，端给他喝他才喝，还得招娣服侍。有天晚上，招娣起床，拉亮灯后，吓了一跳，看见公公不知什么时候坐在黑暗中，还那样死死盯着地面，面对突然亮起的灯泡，没任何的反应。每天吃完晚饭，招娣把公公哄上床，让继中给公公脱衣服，盖被子。艾继中回来后，招娣倒是省心了不少，不用再给公公端屎把尿了，但依然要操心，每当看到公公不安地扭动身体，就知道公公要大小便，赶紧吩咐艾继中去护理，有次因为不及时，公公把屎拉在了裤裆里。

招娣心挂两头，一头是胜男还没回来，村人几次说到胜男快要回来，却总也不见回来；另一头是艾支书的病不是好了，而是更坏了。新建的房子也停工了，如被秋雨淋得缩着脑袋的麻雀一样，没一点生气。每天早晨，招娣都要去建筑工地看看，走走，然后坐在空荡的墙角，搂着双腿流泪。

接下来，招娣不知该怎么办？哭了一阵后，心里总算平静下来，又擦干眼睛走出，重新恢复原来的形象。

没想到事情到底还是发生了，也不是招娣所能控制的。一天早晨，她按惯例先去公公的房间，想问公公吃什么。多年来，她都是这样做的，尽量满足公公的愿望。刚走近公公的床前，她就发现事情有些不对头。公公的身体笔直地躺着，眼睛紧闭，嘴巴大张。慌乱中，她不慎打翻了桌上的茶碗，碎裂声吓了她一跳。她伸手在公公的鼻底试了试，冰凉一片。接着，她看到了洒落一地的老鼠药。家里平时都要藏几包鼠药，用来灭鼠。没想到艾支书用鼠药灭了自己，公公的手中还捏着包鼠药的锡纸。招娣想不明白，公公是从什么地方找到鼠药的。

艾支书的死亡令村人唏嘘不已，看来他并没有变傻，反而更清醒了，清醒得完全是个正常人。一个正常人居然选择了自杀。艾支书为什么要自寻短见？村人百思不得其解。招娣同样想不明白，也许艾支书早就有这样的念头，却一直无法实施，当他的身体稍有好转，就毫不犹豫地选择了死亡。

艾支书的尸体放在堂屋的一侧，身上覆着一块白布，只露出一个脑袋，满头灰发，嘴巴依然大张，怎么也合不上。

坐在堂屋，招娣披头散发，哭得伤心欲绝。没有人怀疑她的哭泣，凄凉而悲怆。招娣的哭泣，一半是因为公公的死亡而哭，一半是为了自己。这次，她不用再偷偷摸摸地哭泣，哭成了一件奢侈的事情。双方的亲戚朋友都来了，招娣的母亲也来了，待了一上午又匆匆离开，走时反复劝说招娣别哭坏了身体，人既然死了，哭也没用。招娣的脑袋空荡荡地，只好胡乱地点着，依然不停地哭泣。

剩下的事情由村里德高望重的念祖大爷出面，张罗后事。人死了，得尽快入土为安。家中除了招娣，连个支撑的人也没有。艾继中的姑姑跑过来，在灶间忙上忙下，有吊唁的人来了，又忙去招呼。主要的亲戚与村里帮忙的人都不能走，一日三餐吃住在一起，吃完饭接着商量事情的程序。亡人一般在家中停放三天，每天傍晚一行人到村路那头接亡人回来喝茶，哭声一片。晚上，族里几个人与招娣与继中在尸体旁边守夜。亡人躺在门板上，脑袋的前面放着一张小桌，桌上点着一盏长明灯，灯没油了，要赶紧注满。

自始至终，招娣只说了一句话：做道场，请道士，送冥包。念祖大爷只好遵照招娣的意思办，让艾继中去大屋朱村请道士，如此这般面授一番，主要是担心艾继中办事不利索。

道士请来了，并带来两个徒弟，到半夜就开始唱堂，送冥包。锣鼓喧天，道士首先以一曲《探亡灵》开始：一探亡灵往西行，生生死死不留情。堂前丢下妻和儿，哭断愁肠悲断魂。长明路上照亡灵，从此下到地狱门。生的莫挂死的人，死的要牵生的人。阎魔路上常回转，家中一切望太平。从此今夜离别去，要想相见万不能。棺木恰似量人斗，黄土从来埋人坟。人人走在黄泉路，任你儿多空牵魂……

一探唱完，听的人都泪流满面。招娣想蹲下身，给公公上炷香烧刀纸，却无法动弹。她的嗓子哭哑了，脸上只有泪水一个劲地淌。道士的唱词如一把钩子，牢牢勾住了她的心。

出殡这天，天空阴沉，像要下雨。招娣对念祖大爷说，要热热闹闹地，公公一辈子不简单，一辈子不甘心，一辈子不容易，走时我不想让他孤单。念祖大爷只好请了两班哀乐队，一班打小锣，一班打大锣。道士同样又唱又打，哀乐吹得震天响，锣鼓唢呐齐鸣。村子里的男女老少全来了，杠夫正在那里祭酒，道士在行使最后的职责，围着黑红的棺材唱《送亡灵》。棺材旁边的篾箩里堆放着早已剪裁好的孝布，一律三尺长，一尺五寸宽。不管是大人小孩上完香后，每人分发一块，戴在脑袋上。悲哀的场面过于浩大，人头攒动处一片白，哭声一阵压着一阵。招娣的眼泪哭干了，眼神空洞，形容枯槁。艾继中的姑姑与她一双女儿拉住招娣，让她别再哭，说是再哭下去身体会垮的。

"招娣，马上就要出丧了，我扶你过去。"艾继中的姑姑说。

招娣动了动身体，却无法站起来。

两个人只好拉起招娣，一边一个，搀扶着往棺材旁走。招娣挣扎着，想提起劲，却没成功。她的脚上穿着缝了白麻的鞋，在走动的过程中脱落了一只，她蹲下身，想重新穿好那只鞋。扶住的人赶紧松手，谁知她竟支撑不住，一下子瘫倒在地。姑妈吓了一跳，赶紧帮她穿上，再次把她扶起。

走到棺材沿，招娣一头栽上去，额头顿时鲜血直流。念祖大爷赶紧叫人把招娣拉开，拉得远远地，招娣又跌跌撞撞地往上冲，拉的人只好拼命地使劲。招娣的悲痛是这样真切，这样沉浸其中。

公公死了，家里就真正冷寂了。这么多年，她任劳任怨地服侍公公，即使心有怨言，也放在肚里，从不说出。从今以后，家里就剩自己了，孤零零地守着一幢大房子，公公是她心里最后的依靠，现在连这个依靠也坍塌了。从此，她成了无根的草，随风飘动。招娣越想越悲伤，哭声更大，忽然不省人事地晕了过去。大家忙跑过来，有的掐人中，有的掐胳膊、大腿。出殡这天，招娣娘也过来了，慌慌地跑到女儿面前，发了疯一样地拨开众人，搂着女儿哭声震天。大家都在焦急地等着，出殡时间是道士的课书早就安排好的，千万不能误了时辰。念祖大爷也有点急，叫艾唐初回家拿药。艾唐初说，药物是没用的，只有掐人中，越用劲越好，很快就会醒过来。

对招娣的表现，大家感慨不已。虽然在很多的事情上，大家还没看透她，但在这件事情上，她的表现无可挑剔。

招娣终于醒了，看了看围拢在身边的人，继续号叫起来。念祖大爷忙叫人扶好招娣，大吼一声：发丧。招娣就倚靠在扶着的人身上，慢慢地往前移动。按乡下的惯例，她应该去吊丧的，可她连自己也照顾不了，更何况吊丧。招娣走得歪歪倒倒，摇摇晃晃，扶着的人就格外地小心。

丧事办完，招娣大病一场。因为艾支书还要做七，亡人共有七个忌日，七七四十九天。母亲对招娣放心不下，于是跑过来侍候。如果把女儿接回去，肯定恢复得快，问题是艾支书忌日在前，母亲不能这样坏了规矩。

正是这时候，胜男终于从医院回来了。

听说胜男回来后，招娣问母亲："胜男怎么样？是不是废了一条腿？"

看着招娣，母亲知道女儿的心事还在胜男的身上，心里不由叹了口气。

"我暂也没有见到。"母亲边说边看着招娣，又补充说，"招娣，养病要紧，我劝你想开点，世上没有过不了的河。"

"胜男废了一条腿，以后该怎么生活呢？"招娣自顾地说。

"招娣，胜男的良心叫狗吃了，你父亲死时，他都不去看一眼。"

"我知道胜男的难处，别怪他。"招娣说。

"你还在说他好话，他有什么难处？倒是你艾伯伯明事理晓大义，送了你父亲最后一程。"母亲说。

招娣不再说什么，心想，胜男果真废了一条腿，今后将如何生活？

胜男重新变得一贫如洗了。过了一天，听人说，为了装假肢，胜男准备卖房子。如果胜男把房子卖了，一家人又要回到老屋生活，生活并没有前进，而是回到了从前。相比而言，胜男应是比她更惨的人。

看上去，招娣有些痴呆，也许都是命，只有承认命运的安排，接受命运的算计，这跟人的算计没有任何关系。

9

胜男回来的当天，就让芸香去找艾继中。他的确残了一条腿，拄着拐站在村道上，冬日的阳光照在他脸上，毫无表情。虽然胜男变得白皙了，但瘦了。

先前，村里人都去探望他，站在那里，嘴里说着问候的话，眼睛不敢看他的腿，不小心看了，又赶紧挪开，目光瞟向另一处地方。大家尽量不说胜男的腿，说一些无关痛痒的话。胜男那支空荡荡的裤管，成了一个障碍，成了他人不敢碰的地方。胜男明白大家的心事，村人越是这样，他越是感到难受。大家来看他，表面上是出于礼节，出于邻里间的关切，其实都是冲他的腿而来，想在第一时间看他到底什么模样，像是他已成一个怪物。

对大家的话，他一句也没听进，左耳进右耳出，似乎是风在耳边不停地吹动。他太想听到大家问到的腿，如果问了，事情就结束了，偏偏没一个人问起。连进来的孩子，也不问起，孩子们显然都听从了大人的嘱咐，知道什么该问什么不该问。虽然孩子们充满好奇，但大人站在背后看着，就不敢胡言乱语。孩子们有的叫胜男伯伯，有的叫哥哥，有的叫叔叔，按族里的辈分排，不分年龄的大小。

胜男在市医院待了三个月，从小到大，他从没到过市里。躺在病床上，他每天的想法不同，芜杂而纷乱，想得脑袋都要胀裂。看着那些病情危重的病人，他对自己没感到多大的悲痛，至少自己还活着。与他们相比，他反而有种庆幸。可一旦回到村里，回到原来的生活轨道，他一下子清醒了，因为村里没有谁像他少了一条腿，他是个异数。于是，胜男的目光有些惊慌，有些躲避，有些矜持，茫然地到处张望，像是还没回过神。大家说，胜男，别多想，只要活着，日子还是要往下过的。胜男想，大家这样说，好像是他不想过日子，过不下去了。他只好不停地点头，什么也不想说，呆然地看着大家。

胜男的父亲坐在一侧说，谢谢大家，你们的好意我心领了。芸香与胜男的母亲忙给大家端茶、倒水，茶杯不够，赶紧到邻居家去借。大家一边抽着烟，一边喝着茶，神情轻松，有说有笑，营造着类似于节日的气氛。意思是胜男回来了是一件喜事，是值得祝贺的，就像当初祝贺胜男盖了新房一样。

艾梅站在一群孩子中间，眼睛盯着胜男的腿，搞不清楚父亲为什么少了一条腿，只能坐着，不能站起。尽管艾梅满脸的疑问，却不敢说话。芸香注意到了女儿的表情，害怕女儿一不小心说出什么，忙把艾梅拉到一旁。胜男自从住进医院后，话少了许多，沉默成了他突出的表征，芸香不知道胜男心里到底在想什么，又不敢问，怕不经意重新揭开胜男的伤疤，也怕胜男不给她好脸色。

没想到她拉艾梅的动作还是惹了胜男。胜男咳嗽一声，压着声音说，你拉艾梅干什么？芸香愣住了，慌乱地看着。大家也愣住了，没想到胜男这时会发火。大家就不再说什么，尴尬地坐着。坐久了，有部分人觉得浑身不安，只好告辞，脚步乱乱地往外走。大家都怕自己某句话不慎再惹胜男恼怒，什么话该说，什么话不该说，心里都没底。言多必失，场面顿时清冷了。余下的人都没坐多久，也一个一个地走了。堂屋里顿时安静下来，桌上横七竖八地放着茶杯，有的还冒着热气，走的人连茶也没喝一口。胜男的父亲、母亲没料到出现这样的场面，又不好埋怨胜男，心里兀自叹气。芸香也强作掩饰，没想到眼泪还是掉了下来。

看到芸香掉眼泪，胜男不由得吼起来，我还没死，你哭什么？胜男父亲再也忍不住，把手中的茶杯摔到桌面，杯盖翻跳到桌面，发出咚的一声。父亲说，胜男，是我还没死。

胜男抬起胳膊扫了一下桌面，茶杯纷纷掉下，碎裂声一片。父亲被胜男气坏了，身体抖动，嘴张了几次，终是什么话也没说，悻悻地往外走，边走边说，胜男，我这张老脸都没地方放了。

猛然间，胜男低下脑袋，号哭起来，扯来扯去，扯得芸香也号啕起来，母亲接着也哭。艾梅看到大人哭，跟着哭。谁也没想到胜男这时会哭，一屋子的人心里都不好受。于是，一屋子的哭声，哭得人心悸，哭得惊心动魄。

已走到门外的父亲，愣在那里，又折转身，说着胜男刚才的话，我还没死，你们哭什么？艾梅可能有些懂事，止住哭声，抽噎着，低下头，看着地面，不敢看父亲，也不敢看母亲。

……

正是下午时分，经过胜男身边的人，不时与他打着招呼。胜男的胳膊底下夹着几刀黄表纸，一只手拄拐，另一只手捏两把香。他上午回来就听到了艾支书死讯，下午无论如何也要去艾支书坟前烧几炷香磕几个头。胜男叫芸香找到艾继中，让艾继中领着他去上坟。才短短的几个月，村里就发生了很多事情，胜男第一次感到了人世的无常，一个人说走就走了，并走得悄无声息。俗话说烧死人的香，看的是活着人的面。他虽然少了一条腿，但还有另一条腿。这几年，村里每年都要死人，翠婶的三儿子是去年死的，在上海的建筑工地打工，从十几层楼的脚手架上掉了下来。村干部庆华与翠婶另两个儿子一起去上海，回来时拿着一个骨灰盒，村人想不明白一个人怎么用一个盒子就装下了，还不在里面憋着。翠婶让大儿子打开骨灰盒，看到一小堆灰尘，顿时口吐鲜血，不省人事地倒在地上。念祖大爷赶紧叫人到镇街买来一口棺材，把骨灰置放在一块白布上，装殓进去，厚葬了。这样想着，胜男觉得自己的命硬，在鬼门关上走了一回，捡回了一条命。豁然处，他似乎想开了，问自己还有必要跟扫娣计较吗？他可以认输，可以妥协，可以示弱，可以缴械。

一行三人朝村口走去，路上的风很大，骤降的气温让道路显得硬朗。一路上谁也没说话，只有胜男击打在路面的拐，响得揪心，一下一下地。艾继中不时回转过脑袋，看胜男一眼。

越过一片田野，翻过一道山坡，胜男一眼望到了艾支书的新坟，坟前花圈的颜色簇新，刺得他的眼睛生痛。艾支书的一生既风光无限，又十分窝囊。从艾支书的身上，胜男想到自己，眼睛不禁湿润起来。顺着吹来的北风，他抬手擦了一下。来到坟地，胜男一条腿跪下，恭敬地对着坟头磕了三个响头，磕得坟头悉悉窣窣地掉土，像是艾支书在黄泉有知。按胜男的想法，招娣今天肯定会跟着一块来，没想到艾继中说招娣病了。听到招娣病了，他心里一阵发紧，心情片刻阴霾得如同这冬季的天空。

不知什么时候，天空飘起了雪花，一片一片地，飘了一阵，又停住，只有风吹着光秃的树枝发出琳琅之音。

站在艾支书的坟前，胜男抬头仰望天空，脸上布满泪水。

往回走时，风更大了，天空又开始落雪。

自这天给艾支书上坟后，胜男就再没在村里露过面。于是，对他的种种猜测就不胫而走，但大家又都不好再去探望，只好每次走过他家门前时，朝门里望一眼。

难道艾胜男真的成了一个废人？

面对整日闭门不出的胜男，芸香隐隐有种担心，想问又不敢开口。胜男经常整天枯坐，脸色阴沉，双眼盯着屋顶，一言不发。每次吃饭，芸香总是蹑足端来饭菜，然后蹑足退出。胜男的状态让芸香的心悬在半空，落不到一个实处。

到目前为止，招娣还没能见上胜男一面。当第一场大雪落下时，村人都围着火炕缩在家里。入夜，外面白茫茫一片，夜深人寂时，招娣坐在床上，望着窗外的雪光，心里默默地想着胜男。天亮后，她爬起床，第一个在村子里走了一圈，经过胜男的房前，她几次鼓足勇气，想进去看看，但几次都无功而返。

胜男知道招娣肯定会走进他的家，耐心地等待着。对招娣他不再有恨，不再咬牙切齿，不再想拼个鱼死网破。他等着，知道招娣按捺不住，再厉害的女人都是装腔作势，如春日的桃花，要想始终艳着，是不可能的事情。也许招娣想来，可芸香成了一堵墙，这堵墙既是招娣砌的，也是芸香砌的。谁都可以来看胜男，但招娣不能来。招娣又一定会来的，不然芸香就少了一个对手，即使胳膊抡得再高，击打的也只能是空气。胜男不想掺和在两个女人中间，她们的事情让她们自行了断。

招娣开始夜不能寐，因为看不到胜男，心里没底，如从悬崖坠入了深渊。她太想见到胜男，心里始终被一个坚硬的东西堵着，时间长了，那东西慢慢膨胀开来。胜男，这个遭天杀的，难道一直这样下去吗？不给她任何见面的机会吗？她已听到了村人的各种议论，有的说胜男的腿出了新的问题，要不干吗不出来见人呢？有的说胜男至今都想不开，寻死觅活的，胜男的父亲只好把他关了起来。有的说胜男想接假肢，正准备把房子卖掉。对这样的议论，招娣分析其中可信的部分，分析来分析去，得出的结论是胜男卖房子可能是真的。胜男得重新站起来，拄着拐度过余生的日子，肯定不是他的选择。招娣想，房子是胜男的心血，他前半辈子的心血，卖时容易建起来难。一家人搬到新房子不到两年时间，也未免太残酷了，差不多是在用刀子捅胜男的心。假如胜男真的想卖，她一定会阻拦，只要没人买，就卖不出去。如果说她拦不了胜男，难道还挡不住村人吗？她会给胜男想办法的。

想着，招娣变得疯狂起来，不只是想法疯狂，人也变得疯狂了。胜男不是腿残了吗？她同样有责任有义务去服侍他，那不只是芸香的事情，也是她的事情。她不再在乎村人的议论，早就豁出去了。一旦胜男死了，她也不活了，也没活的必要。她生不是胜男的人，死可以是胜男的鬼。

在村里，没有谁敢这样做，但她敢这样。哪怕她这朵花已开过，凋谢过，依然可以重新开一次，这次就要开在胜男的院子里。

这天早晨，谁也没想到的事情发生了。招娣拎着一个包裹，跑到胜男家的院门前，敲开了院门。看着芸香，招娣说，她要来服侍胜男，胜男的腿残了，她也脱不了干系，请芸香答应她，她会与她和睦相处的。

芸香站着，迷茫地看着招娣，不知道什么意思？

醒悟过来后，芸香气得手脚冰凉，身体抖动，脸扭曲变形，冲上前扇了招娣一巴掌。芸香心头一直压着一团怒火，招娣正好送上了门。天底下还有这样不要脸的女人吗？这个骚货，芸香恨得咬牙切齿。对芸香的巴掌，招娣早想到了，还怕芸香不动手呢。既然动手了，事情就好办，她就是要步步相逼，逼得芸香走投无路。她不可能白白承受芸香的巴掌，两人于是扭打在了一起。芸香比招娣高出半个脑袋，所以招招置招娣要害，招娣也毫不示弱专攻芸香的下身。俩人旗鼓相当，势力伯仲之间，芸香扯招娣的头发，招娣的手也反扯芸香的头发。两人都失去了理智，谁也不相让。

胜男的父亲跑出来，把俩人隔开，想不出俩人间到底发生了什么，非要拼个你死我活。胜男也给惊得走出，瞠目结舌地看着。早起的村人围了一圈，指指点点地。芸香在哭，招娣也在哭。

等弄清楚事情的原委后，村人目瞪口呆起来，半天也没能说一句话。

最终，招娣拎起包裹，整理好衣服走了，什么话也没说，表情刚毅。

四周的人幸灾乐祸地说，招娣的脑袋肯定出了毛病，这个女人疯了，只有疯子才会做这样的事情。

站在堂屋的门口，胜男盯着招娣离开的背影。有那么一段时间，招娣死死地盯着他，目光冰冷，看得他心里发抖。招娣的眼睛落在他腿上，空荡荡的裤腿掉在那里，被风吹得晃来荡去。自回到村里，胜男也是第一次见到招娣，他看到招娣瘦了，脸颊黑陷，眼睑浮肿，头发干枯。招娣这样的一副形象是胜男没想到的，同时也没想到，招娣今天会做出这样的行动。招娣的意思人人都看得懂，怪不得芸香受不了。换成任何一个女人也都受不了。招娣居然要来服侍他，看来已对艾继中彻底死心。招娣这无疑是把自己往火坑送，是一种粉身碎骨的行为。

事情闹开后，艾继中的脸面荡然无存，不再轻易去建明家打牌。因为在牌桌上，艾军讯笑他没出息，说招娣都不要他了，碰上这样的女人，不如趁早离婚。

胜男吓住了，难道自己一生注定要纠缠两个女人么。他承担不起，也接受不了。他心中的确对招娣愧疚，但他爱芸香，也爱女儿。根本是没指望的事情，招娣偏偏做了出来。看来招娣真的糊涂了，他不值得她这样做。他还是原来的自己，没有就此成了另一个人。对招娣心里的想法，胜男很是清楚，招娣的意思是即使他残了，她也不嫌弃。

不只是胜男吓住了，村里人也吓住了。招娣不再望回头路，斩断了后路。如果一个女人连退路也不考虑，表明她已横了一条心。事情有些棘手，招娣把戏演完了，走了，接下来会怎么发展呢？大家都想不出来，但都担心招娣想不开，自寻短见，步艾支书的后尘。

胜男也想到了这一点，看着站在面前的父亲与念祖大爷。三个人你看着我，我看着你，似乎都想找出一个答案。念祖大爷说，胜男，我去找了招娣，但她不说话，就是用棍子也别想撬开她的嘴。胜男，事情还得你解决，其他人都没用的。父亲说，胜男，这是火烧到了眉毛的事情，拖不得，迟了可能会出事，你去招娣那儿一趟吧，我已做好了芸香的工作。听着念祖大爷与父亲的话，胜男想，你们都想不出一个办法，我又能想出什么办法。

做女儿时，是招娣一生最快乐的时光，等到嫁人后，她的日子似乎从没顺利过。她对他的情感村人都知道，也知道她一直在等他。哪怕等到年老鬓白，她也要跟随他的。年老鬓白又如何？否则就不是魏招娣了。她一门心思扑在他的身上，谁都动摇不了。她虽被他伤心无数，流泪无数，但全忍了。她什么办法也没有，只能跟他比拼，他过什么样的日子，她也一定要达到。眼下，他正走下坡路，她还比拼什么？

胜男日思夜想，人恍惚了起来，晚上尽做噩梦，一会儿见到招娣的父亲，一会儿见到艾继中的父亲。两人都在看他，看他到底怎么办？在梦中，胜男对招娣父亲说，魏伯伯，请你原谅我，来生我肯定娶招娣，求你别这样看着我。他又对艾支书说，我可从没做对不起你的事情，你是看着我长大的，应该晓得我胜男的为人，你劝劝招娣吧，再这样下去，大家都得疯。

胜男从梦中醒来，一身的冷汗，坐在床上发呆，看着屋外的光亮，顿时心惊肉跳，仿佛两个亡人正站在窗外，看着自己。

自医院回到家中，胜男除了给艾支书上坟，就再也没有走出家门一步。今天，是他第二次走出家门，还拄着那根拐。冬日的阳光散发出慵懒的气息，暖暖地，有点挠鼻。因为在屋里待久了，面对这刺眼的阳光，他的眼睛有些涩胀。走在村道上，村人不时与他打着招呼，他回以淡淡的笑。回想起来，这些年在他身上发生的事情实在太多，先是读书，后来是结婚，接着是建房子，再接下来是车祸，没哪一桩不牵动村人。不是他故意弄出这么大的动静，是命运让他走上这条路，他就别无选择。命运像一只无形的手，看不见摸不到，在身后随便推动一下，他就得乖乖走下去。胜男想不明白，怎么村里其他人从不发生如此多的事情，凭什么发生在他头上，还要他承担？他承担的事情真的太多了，其实车祸跟招娣是有某种关联的，那天晚上他与芸香商量招娣借钱的事情，芸香没同意，他心里的确难受，脑袋乱糟糟地，第二天是他把摩托车开到人家卡车上，怨不得他人，要怨只能怨自己。这事他没跟任何人说起，包括芸香、父母、招娣。他清楚自己欠招娣的太多了，受一回惩罚是应该的，不能有任何怨言。

这些年，他与招娣一直在暗中争斗，尽管别人不明白，他与招娣却心知肚明。只是这样的争斗还有意义吗？早就没了意义。他与招娣已伤筋动骨，伤得双方不敢再伤下去了。这次，看得出招娣考虑周全，与算计，与歹毒，与阴谋无关，是发自内心要来陪伴自己。招娣根本没疯，清醒得很呢！

现在，胜男急于见到招娣，心情急切。回来的路上，碰到艾晓生，才得知招娣回了娘家。艾晓生与招娣是邻居，说前两天招娣一大早就回了娘家。听说后，胜男心里总算松了口气，还以为招娣出了什么事情，只要招娣平安就好。

回到家中，看到芸香在轻手轻脚地干活，不时看一眼他的脸色。胜男知道芸香有话对他说。果然，芸香停住手中的活，试探地说，胜男，你知道吗，村里人都在看我们的笑话，要不，也让招娣进这个门吧。胜男皱了皱眉说，扯淡么，招娣来了不更是让村里人笑话吗？

芸香听出，胜男还算清醒，没有疯狂。问题是这次招娣在拼命，完全不计后果。拼到最后，一定会鱼死网破，头破血流，这才是招娣最可怕的地方。

隔了两天，招娣从娘家回来了，然后与念祖大爷、艾继中一起来到胜男家。因担心到时会起冲突，胜男父亲把芸香叫走，说是这时候无论发生什么，她都要忍住，也是要回避的。

招娣他们坐在堂屋，都没贸然开口，喝着茶，抽着烟，茶喝好几碗，烟也抽了两包。后来，胜男终于开口了，说艾继中，你别往坏的地方想，大家都清楚的。胜男的话，说得模糊，大家清楚什么？似乎他与招娣真有什么见不得人的事情。念祖大爷说，胜男，招娣今天是来向芸香赔礼道歉的，芸香去了什么地方？父亲忙扔掉烟头，说招娣，你心里的苦我知道，看在我的面上，你饶了胜男吧，我没有别的意思，胜男不仅对不起你，也对不起你父亲，胜男废了一条腿，我今天让他用另一条腿给你跪下，给你赔礼。

胜男父亲的话，说得入情入理，像是假如胜男不跪下，他会当着大家的面，打折胜男另一条腿。

听胜男父亲这么说，招娣的眼泪淌了下来。

招娣说，胜男已残了一条腿，不是他欠了我，而是我欠了他。今天，当着念祖大爷的面，我把话说明白，艾继中，你听好了，我与你再也不会生活在一起了，我不只是丢了自己的脸，也丢了你的脸。不过，我算对得起你父亲，对得起所有的人，我行得正坐得直，从不做亏心事，念我们夫妻一场，好合好散吧。招娣避重就轻，把话题转到离婚的事情上。既然招娣主意已定，大家也不好问为什么。艾继中不相信地看着招娣，慢慢蹲下身体，用手使劲地揪住头发。

事情像是说清楚了，又像是没说清楚，这就是要达到的效果，表明事情不会走上歧途，而是朝着大家设想的方向前进。谁都不再多言，念祖大爷与胜男父亲站起身，默默地朝门口走去。招娣也直起身，走了出去。艾继中抬头，看到屋里只剩胜男，这才快步往外跑。

胜男也走到外面，看到天空又在下雪，已下了厚厚的一层。雪地上有几行脚印，凌乱成一团。干冷的风从敞开的院门吹进，砭人肌骨，他紧了紧身体上的衣服，倚在门框上，看着落在院地腾起又落下的麻雀，眼睛一阵酸痛。

10

快过年的时候，招娣回了娘家，是腊月二十八回去的。按照当地的风俗，二十八过小年，三十晚上才过大年。小年的意思是提前把喜庆的气氛烘托出来，让热闹有个准备。

腊月二十八早晨，招娣一早起来，站在新屋的门前，看了很久，把腿都站麻木了，把眼泪也站了出来。新屋颓废而灰暗，一方面因为停工，另一方面因为没人气。其实，不管房子如何低矮，如何破败，只要聚了人气，房子的活气就出来了。

地上的积雪虽已融化，但天气阴沉，偶尔从云层中透出淡淡的阳光，如同从天空垂下的舷梯，气势恢宏。搭建的脚手架耷头缩脑，歪向一侧，由于雨水的浸泡，它的根部松动了。

现在，招娣彻底放弃了继续建房子的打算，如果艾继中有本事，不妨让他去建好了。招娣已想好，等过完年，就与艾继中离婚。考虑到公公没死多久，离婚的事情只能暂缓。人多少还是要脸面的，缺德的事情不能做，亏心的事情更不能做。她本来就惹人注目，如果惹众怒就犯了大忌。

想着，眼前一片模糊，她抬手擦了一下眼睛。村道上一片泥泞，走的人多了，地面泥浆稠稠地，蔓延地流淌。她本来想进去看看，可还是忍了，没进去。屋场上东倒西歪地堆放着砖块，黄沙与石灰浆散成两堆，一堆黄色，一堆白色，形成鲜明的对比。四周萧条而凄凉，被阴霾的天空笼罩。招娣的心里涌出一种无以言说的味道，似乎这就是她真实的生活写照。

自嫁给艾继中后，招娣从不回家过年，但今年必须回去，因为弟弟今年不回来，说是还没从老板那儿结到工钱，剩下母亲孤单一人过年，他放不下心。弟弟这么说，招娣就没任何理由不回娘家过年。只是剩下艾继中过年，同样令人心怜。

这天上午，招娣独自跑到艾支书坟前，点亮一盏灯笼，里面放着一盏油灯，以便照亮艾支书回家的路，好与亲人团圆。

油灯是用酒瓶做的，灌满煤油，足以燃到元宵节。招娣坐在坟前，对艾支书反复说着，意思是对不起公公，对不起继中，请公公原谅她，她不能与继中一起过年，叫公公回家陪继中。这些年，她心里苦，从没向人诉说过，今天向公公诉说，在生不能说，死后才说。因为她知道公公在土中看着她，也听得懂她的话。公公，继中往后全靠你的保佑，他也是个可怜之人。今天可能是最后一次来公公的坟前，以后就再没这样的机会了。不是她不想来，是不能来。招娣一直说着，说得嗓子发干，喉咙发紧，全身没一点力气，跪着的双腿软成了一摊泥，怎么也起不来。突然，她听到了一阵声音，吱吱嘎嘎，像是从坟底发出。她愣住了，但确信真的听到了，像一个人沉重的叹息。风吹过后，就什么声音也没有了。招娣明白公公听懂了她的话，公公的叹息说明了一切。公公知道拦是拦不住的，让她放心去。

招娣叩拜着，磕头不止，双腿也慢慢有了力气，直了起来。

对招娣突然回来过年，母亲根本没想到。看着招娣，母亲心里很是不安，这完全是搭错了哪根筋的事情。从来都是嫁出去的女儿，不回娘家过年的。

母亲忐忑着，既没眉开眼笑，也不指责，语气缓和地问招娣，是不是跟继中吵架了？母亲心里充满各种疑问，艾支书才死不久，这应该是个相当冷清的年。招娣这时候回来，会遭人唾骂的，会骂招娣忘恩负义，良心叫狗吃了。母亲对世事了然于胸，暗暗为招娣担心。母亲的意思是夫妻间如果吵架了，小年可以在这里过，明天还是回艾家庄。夫妻没有隔夜的仇，过了一晚，应该冰释前嫌，在一个屋檐下过日子，相互间还没个争呀吵的，何况牙齿还有咬着舌头的时候呢。想了想，母亲又觉得事情不是如此简单，因为在大是大非的事情，招娣还是分得清的。

招娣只是说，弟弟给她打了电话，说是今年不回家，叫她过来陪母亲一起过年。针对她的说法，母亲根本就不相信，狐疑地看着女儿，又不好说什么。招娣没对母亲说要离婚的事情，先前母亲叫她离婚，她还固守着，现在要离婚，又解释得通吗？

小年一过，腊月二十九天晴了。冬日的阳光金贵起来，令母亲与招娣的心情有所好转。母亲劝招娣，明天还是回家，要知道艾家庄的人都看着呢。母亲又说，她已习惯了一个人的日子，跟平日相比，过年也没什么不同，无非多了些大鱼大肉，但她再也吃不动了。

招娣知道母亲在驱赶自己，如果继续隐瞒，母亲明天肯定还要驱赶。招娣就不再隐瞒，把自己去胜男家闹腾的事情告诉了母亲，说到伤心处，眼泪又流了一脸。母亲听着，脑袋不停地晃动，是招娣自己走了绝路，她还能怎么说呢？母亲只好说，招娣，你劝你还是对胜男死心吧，他家庭美满幸福，你一直搅在中间，这唱的是哪一曲戏文啊！不过，你要与继中离婚，我不反对，大家都说，不是一个屋檐下的人，不进同一家门。不瞒你说，在你的事情上，我跟你父亲的态度是一致的，你是上错了花轿嫁错了郎。招娣，我心里难过啊！我知道自己在煽风点火，可这把火不烧起来，你一辈子就毁了。

母女俩不再说什么，默默地坐了一会儿。之后，母亲坐在院里晒太阳，招娣里里外外地打扫着，把桥台、桌椅、柜子擦洗了一遍又一遍。打扫完老屋，招娣又去打扫弟弟的新屋。干着活，招娣暂时忘掉了痛苦，忘掉了艾家庄，忘掉了艾继中，忘掉了艾胜男，也忘掉了家中停工的房子。她的心情愉快，出了一身汗，额头也渗出细碎的汗珠，闪闪发亮。

年三十晚上，招娣陪母亲放鞭炮，辞旧迎新，然后坐在炭火旁陪母亲守岁。堂屋里点着两支蜡烛，不时爆响一下，灯花就落了下来。母亲与招娣一直说着，从很早的时候说起，说招娣出生时因为奶水不足，没少吃村里婶娘们的奶。说着，母亲就说到了父亲，说到招娣的弟弟，说到胜男的父亲，一直说到天亮，事情还没说完。暗夜中，村里不时响着鞭炮，尖利的啸声划过清冽的空气。

正月初一，招娣回了艾家庄，路过新房子前，看见地面铺着一层炮屑，红红绿绿的。招娣以为是艾继中燃放的，后来才知道是胜男叫女儿艾梅放的。

正月初四，村里的年轻人又外出打工。艾继中对招娣说，还是要出去打工，不是没钱盖房子么？招娣说，等过几天再出去不迟。她想稳住艾继中，准备过了正月初七就去离婚。

当艾继中看出招娣的伎俩后，才知道离婚是板上钉钉的事情。艾继中心里闷着一口气，慢慢地，那口气越来越紧，成了一块石头，沉甸甸地压着，压得他喘不过气。于是，他尽量躲避招娣，不与招娣见面。招娣已给他下了最后通牒，等正月初七工作人员上班后，就去镇街办理离婚手续。

艾继中惴惴地等待着那一天的到来。招娣年前要搬去胜男家的行为，太令他吃惊了，吃惊得双眼大睁，手脚冰凉。招娣一而再再而三地出他的丑，他毫无办法，除了愤怒，他还感到羞愧，吃不好睡不着。问题是招娣与他离婚了，能嫁给谁呢？艾胜男根本不可能接受，即使接受，也没资本，况且还少了一条腿么。与艾胜男相比，他的优势明显。对艾胜男，他没什么情面可讲，他所受的屈辱也全是艾胜男强加他头上的。艾胜男算什么东西，不正遭到报应么。如果一个人作孽太多，迟早都会遭到报应。艾继中每次这样说，都兴奋而激动，情绪溢于言表。像是招娣嫁给他，不是吃了多大亏，而是占了很多便宜。艾继中口无遮拦，听的人笑了笑，有些鄙视地看着他。

有次，招娣正好听到艾继中这样说，并没声讨，转身离开了。这时候，就让艾继中有种虚假的优越感吧，他一直生活在胜男的阴影下，也该做一回男人了。每天，招娣都做好饭，端上桌子，倒上酒，陪艾继中一起吃饭。说到底，招娣心中有愧，像在弥补什么，努力尽着做妻子的责任。再过几天，她与艾继中生活的日子就要结束了。俗话说，一日夫妻百日恩，百日夫妻比海深。她并没感到多轻松，心中反而一片苍凉。

这些年，她守着这个不像家的家，当艾支书死后，她才算彻底解脱。如果公公还活着，她不知自己是否有离婚的勇气。这个念头一旦生出，招娣立即对自己羞愧起来，像是她一直在盼着公公死亡，而她的行为也像证明了这一点，令人不得不往这方面想。

初一早晨回艾家庄，母亲一直把她送到村口。临别时，母亲说，招娣，离婚后，你回来住，别再住在艾家庄了，艾继中靠不住，艾胜男同样靠不住，他是有家室的人，你就别再做梦了。招娣，就当你从来就没出嫁一样，我陪你一起生活。母亲边说眼泪边簌簌地往下掉。

招娣还没拿定主意，是否回去跟母亲住。她打算离婚后，什么也不要，艾家庄的一切她带不走，哪怕一把椅子、一张桌子，更别说房子了，她把一切全留给艾继中。艾继中有了家业，说不定以后还能成家，她心里就少了许多的愧疚。

随着时间的走动，明天就到了正月初七。然而这天，令招娣意想不到的事情发生了。一大早，艾继中跪在她面前，哭着喊着，让她别离婚。艾继中闹得凶，把脑袋磕得咚咚响，寻死觅活的。

动静闹大了，村人都过来看热闹，一些人拉起艾继中，很是同情；一些人劝招娣再想想，劝的人言语闪烁，言不由己。招娣不作声，坐在那里冷笑，如果艾继中真想寻死，她还看得起他。但艾继中只是虚张声势地闹着，一边闹一边还注意她的表情。招娣神情悲伤，目光如刀，朝村人捅过去。艾继中跌坐地面，涕泪纵横，又不时抬手抹一下，仗着族人在场，对招娣百般羞辱地骂着。有些话十分恶毒，连村人听了也摇头。艾继中骂累了，坐在地面直喘气。大家只好拉他起来，而他又不愿起来，非要坐到地面一样。一次又一次，大家都让他的这种行为弄烦了，不再去拉，让他兀自坐着。在艾继中的咒骂声中，招娣成了一个乡下迷信中的克夫女人，不仅克死了自己的父亲，克掉了艾胜男的腿，还克死了艾支书，现在又要克死他。艾继中这样的咒骂已背离了事物的本质，简直风马牛不相及。招娣听着，脸上青一块紫一块，嘴唇不停地哆嗦。没想到老实巴交的继中会说出这样的话，算是杀人不见血。

招娣僵住了，呆呆地看着艾继中。大家也僵在那里，目瞪口呆地看着。后来，招娣实在忍不了，为了制止艾继中的胡言乱语，伸手抓起热水瓶摔到地上，水瓶发出一声巨响，流了一地。大家都劝招娣别跟艾继中一般见识，也别往心里去，就当艾继中在喷粪。这一刻，招娣是那样可怜，那样懦弱，艾继中反而成了无须同情的对象。最后，大家一个个散去，没人再去拉起艾继中，任由他继续坐在那一汪水洼里。

本来说好初七去镇上办离婚手续，结果艾继中这么一闹，招娣就不想再等了，决定当天下午就去。招娣不再感到愧疚，觉得自己对得起艾支书。等来到镇街，才知道镇政府还真没人上班，打听来打听去，说是要到明天才有人上班。

回来的路上，招娣没回艾家庄，直接去了二姑家。这些年，她还是第一次去二姑家，加上平日与二姑家也没什么来往，还以为二姑不高兴，没想到二姑根本就不计较。小时候，她倒是经常去二姑家，与两个表妹一起玩。晚上，在二姑家，还真的见到了两个表妹，衣着光鲜，显然日子都比她过得殷实。

整个晚上，招娣思前想后没睡着，第二天一早就来到镇街上。艾继中也守时，没再为难她，一大早赶来了。民政所的工作人员没想到上班的第一天，就有人来办理离婚。工作人员的嘴巴大张，怀疑两人是否吃错了药。工作人员叫招娣先把结婚证拿出来，招娣不知道办理离婚还要带结婚证。第三天，招娣只好与继中又去了一趟镇街，办离婚的是个年纪大的妇女，劝了几句，但见招娣态度坚决，还是爽快地给予了办理。

离婚后，艾继中并没留在家中，像是也不想要这个家，依然外出打工去了。倒是招娣没急着离开，趁着天晴，把该晒的东西全晒了一遍，无论是艾继中的，还是自己的。她想在离开时，把家收拾好，收拾得清清爽爽，窗明几净。离开艾家庄的那天，她会把屋门钥匙交到念祖大爷手中，再让念祖大爷转交艾继中。

不过，招娣的心中还牵挂着一件事情，整个正月她只见过胜男两次，一次是胜男正月初一给长辈拜年；另一次是离婚回来的当天。她离婚后，不是与胜男走得更近了，而是走得更远了。其实，她与胜男心里都明白，年前是她最后一搏，假如芸香允许，她会毫不犹豫地选择服侍胜男一辈子。招娣觉得自己半辈子就像活过了一生，压在心里的重担终于卸了下来。

离开艾家庄的头天晚上，招娣来到胜男家门口，站在那里。夜空深邃无边，星光璀璨，大地苍茫。她没别的意思，只是来向胜男告别，她是个苦命人，胜男也是个苦命人。她与胜男就像河对岸的树，由于生长的位置不同，所以根本就不可能走到一起。她与胜男的争啊斗啊没任何意义，只是为了心中的那口气。从此，她不会再纠缠胜男。

从此，她将撇开艾家庄，撇开这个给她留下无数伤痛的地方。不是艾胜男不留她，是艾家庄不留她。

11

招娣离开艾家庄，胜男是知道的。听说村人都去送她，念祖大爷也去了，念祖大爷说，招娣，希望你有空经常来艾家庄看看，艾家庄是你的家，艾家庄的人认你。

招娣的离开令人伤心，一个在村里生活多年的人，突然的离开就像一件东西突兀地消失，通常会令人不知所措，站在原地转圈。

天气已转暖，气温日比一日地往前蹿动着，从大地深处钻出了尖细的小草，远远地，能看清那浅浅的一层嫩绿。过不了多久，花红柳绿的日子就会到来。

艾胜男根本没想到，招娣的离开会对他产生严重的影响。一度，他怀有深深的自责，觉得是自己逼走了招娣。他的无情、冷酷、残忍，在世人面前暴露无遗。从头到尾，胜男怎么也想不明白，自己当初为什么要拒绝招娣？所有的理由都不是理由，所有的借口都成了托词。问题是招娣太固执，非得斗个你死我活，非得把他踩到脚底才罢休。

胜男让自己弄糊涂了，不知自己的选择到底是错是对。他把芸香想了想，又把招娣想了想，把脑袋都想疼了，也没想出个对错。这段时间，胜男不停地追问自己，陷入其中，不能自拔。按说招娣走了，事情也该结束了，也许过些时间生活又会回到原来的轨道。他不欠招娣，招娣也不欠他，以后见着面，还得打招呼。谁知他越是不去想招娣，越是要想，吃饭的时候想，睡觉的时候想，走路的时候想，做梦的时候也想。睡梦中，他看见招娣还是从前的招娣，圆圆的脸，饱满的胸，粗粗的辫子，笑起来眉毛上挑。从前的招娣妩媚、活色生香，不像现在这样面目全非，颧骨高耸，脸色泛黄，身体瘦得脱了形。招娣这两种形象交叠着，在他的脑中出现，越来越清晰，简直呼之欲出。

胜男知道自己不能再想招娣，要想今后的生活。于是，胜男去找艾唐初，怀疑自己病得不轻，再这样下去，精神会出问题。他疑神疑鬼的样子，让艾医生大笑不止，忙给他开了一些中药，嘱咐每天熬一小袋，一天喝三次。说是如果情形不见好，他也治不了。

可能是心理作用，喝了几天药，胜男感觉症状像是有所好转，晚上也不再做噩梦，但人却给弄得迷迷糊糊的，连走路都像梦游。胜男没料到治出了一堆的麻烦，自己比先前更像一个病人了。对此，胜男不敢再喝，把剩下的一大包草药扔进了厕所。

偶尔，艾唐初碰到他，问胜男，你很长时间都没去诊所了，是不是治好了。艾唐初的话有些炫耀，似乎医术精湛无比。胜男笑了笑，没作答。艾医生很不满意，说胜男我把你治好了，别不承认吗？胜男还是笑，把艾医生气得悻悻而去。

有些事情，胜男不好跟芸香说，怕说多了会惹芸香不高兴。为了自己的腿，胜男还是决定换假肢，把拐彻底扔掉，整日在村子里晃来晃去，都弄出了很大的声响。但换假肢要一笔钱，胜男没办法，只有卖新屋。

把风声放出后，胜男在家中等着，却没人前来商谈买的事情。胜男掰着手指，一个个地排着村子里能买得起他新屋的人。艾明生算一个，艾春牛算一个，徐连达也算一个，总共就三个人。胜男知道等是等不来的，这时候谁也不愿意落井下石。即使他们心中想买，也不会来谈。胜男没有办法，只好主动出击，一家一家地恳求他们把房子买下。最后，三个人都表示他们可以借钱给胜男，至于房子就不买了，他们有房子住，还买干吗？胜男说，他的新房空间大，光线好，装修得漂亮。三人都摇着脑袋，连声说，这就更不能买了，缺德的事情不能干。胜男无奈，能生出钱的就只有房子，可没人愿意买。

胜男没想到自己的愿望还是落空了，只好缓一缓，不再对芸香提假肢的事情。

一个月后，胜男总算变得清醒了，为自己卖房的事情感到好笑，想不出当初怎么会有那样的想法，像有什么东西在身后逼迫一样，一方面可能因为村人的怂恿；另一方面可能因为心理原因。招娣已离开艾家庄，他换假肢谁看呢？在他心里，所做的一切其实都是做给招娣看的。回想起自己做的每一件事，多多少少都有这么一层意思。当初做时并没多想，现在才觉出了事情的微妙。胜男猛然醒悟，原来自己对招娣的伤害太深。比如招娣拼命粘上自己，而自己一直躲避，如果主动化解，也许不会造成今天这样的局面。

想着，胜男几乎落泪，心情郁闷，独自发呆。因为残了一条腿，什么也干不成，他便闲了下来，有时间想过去的事情。想累了，他就到村道上走走，有时走到招娣停建的新房前，站在那里，看着，直到眼睛发酸，也不离开。招娣的房子成了他的一块心病，被无限地放大，大得他无法直视。事情被他推到极致，从房子幻影上，他看到了魏伯伯，看到了艾支书，看到了招娣。他知道自己不能再去，去多了，就会发疯。可他还是忍不住，每天照旧去场地上转悠，把场上的砖一块一块码好；把黄沙堆成团，四周用砖围住，免得下雨随水流走；把石灰浆用塑料布盖好，免得被太阳晒坏。把这些做好后，他的心才稍稍安定下来。

对胜男的所作所为，芸香既不反对，也不支持。看到胜男高兴，她也放得下心。胜男愿意干什么，随他去吧。招娣都离开了，她还能说什么呢？芸香知道，胜男心里难受，总得找个发泄的地方吧。

自招娣离开后，胜男觉得父母也跟他生分了，从心底瞧不起他。在村里，父母都是要脸面的人，把脸面看得比什么都重要。脸面是什么，是骄傲，是光彩，是不亏欠别人。而他的所作所为，让父母觉得脸上无光。艾家庄的人都亲眼看见他们欠了别人，也看见了他们的心怀鬼胎。连父母也要低着脑袋，看别人的脸色行事。这一切的一切，都是他造成的，是他强加在父母头上的。

于是，胜男轻易不再见到父母，像外人一样，即使外人恐怕也比这好得多，互相还串个门，借个东西的。他断了一条腿，不能说父母不伤心，可与脸面相比，一条腿算不了什么。

很快，又到了农忙时节，胜男偏偏成了一个闲人，闲得心里发慌。家里家外全靠芸香，每天忙忙碌碌地。

很长时间，胜男都没得到招娣的消息，不知招娣现在怎么样？招娣已彻底从他的生活中销声匿迹。胜男生出一个念头，什么时候去看看招娣。一旦生出念头，恨不得马上去，简直越快越好，似乎再不去就看不到招娣一样。胜男清楚芸香肯定不同意，但他管不了那么多，说起来这既是芸香的伤心事，也是他的伤心事。自招娣离开后，他的心一直都放不下，空荡荡地悬着，可又想不出自己究竟放不下什么？这个念头是如此让他寝食不安，像是见到了招娣，他的心就踏实了。有几次在饭桌上，他张了张口，可每次又无法开口。无论如何，事情还是要告知芸香的，否则他就成了个无情无义之人。也许在芸香看来，他的想法十分幼稚，脑袋出了问题。因为只要是正常人，根本不会生出这个念头。于情于理，他都在伤害芸香，芸香本来就伤痕累累，他还要往她的伤口撒盐。思来想去，胜男始终拿不定主意，不过，他知道自己迟早都要去的。后来，经过反复考虑，他觉得还是瞒着芸香稳妥，免得到时节外生枝。除了看望，胜男还有一个心事，想好好地陪招娣说说话，虽然与招娣相处过几年，但相互间很少说话，偶尔几次，掰着手指也数得清。

胜男暗自计划着，两个村子的距离不算太远，就那么几里路，他还从没拄拐走过这么长的路。胜男有些担心，他能否走到魏家湾？招娣是否欢迎他？对此，他没一点把握。隔这么多年，他再次上招娣家的门，村里人定会说闲话，嘲笑他。他已经丢了一次脸，多丢一次也无妨。即使大家笑话他，招娣母亲撵他，他也要去。他必须了此心结，必须为自己争口气。

一直以来，胜男觉得自己活得窝囊，没一点骨气。这次，他要为自己活一回。很多东西不是说放下就能放得下，它们成了一个包袱，压在他的胸口。而这个包袱就是招娣，越压越重。不可否认，在艾家庄，他是众人耻笑的对象，没有谁同情他。他念了那么书又怎样，脑袋还不同样进了水。村里人都说，天底下再也找不出招娣这样的女人，招娣傻啊！居然要为一个抛弃她的男人耗一辈子。胜男告诉自己，如果再不去魏家湾，他可能永远都去不了。因为随着时间的推移，不但没说服力，还没任何资格。很多事情，时间长了，就无法说清楚。胜男想，这次注定要豁出去了，他不是早没了脸面吗？就像债多不愁虱多不痒，多丢几次脸同样要活着，哪怕芸香跟他闹，哪怕父母捶胸顿足，哪怕村人看不起，他也一定要去。

然而，仅仅过了一晚，胜男又问自己这样做还有意思吗？

无非是想对招娣表明什么，同时也给自己一个交代。这与骨气挂得上钩吗？完全是自欺欺人的行为。招娣的生活本已恢复平静，他不是成心去搅乱吗？世上还有比他更歹毒的人吗？

对胜男的一举一动，芸香看在眼里，也慢慢明白过来，问他是不是想去看看招娣？整天魂不守舍的，既然想去就去吧，她绝不阻拦。

听起来，芸香的话合情合理，可往深层想，明显包含了另一种意味。芸香隔岸观火，态度明朗，意思是我允许了又如何，未必你还真的敢去？是叫他别再瞎折腾，别弄得家不像家，人不像人。

胜男叹了口气，芸香自有她的想法，他是猜不到的。比较而言，也不见得他的理由有多充分。芸香毕竟是自己的妻子，这段时间忙上忙下的，十分劳累，他还想怎样？

于是，胜男只好熄灭心中的念头，想不到自己的决心与勇气，在这一刻荡然无存。

接下来的日子，胜男变得麻木了，整日坐在门前晒太阳。胜男觉得自己老了，如一个老人，每次芸香喊他吃饭时，要过半天才有反应。也许自己真的老了。这样想着，胜男很是吃惊，眼睛湿润起来。随着时间的流逝，他原以为招娣的形象会一点一点淡化下去，没想到却越来越清晰，就像一张底片，看久了愈发清晰。招娣的一颦一笑，招娣的容颜、气息整日围绕在他的身边。

日子久了，胜男觉得自己真的成了一个多余人，村里大家都在忙着生活，没谁再在意他。

即便这样，胜男还是心神不宁，隐隐觉得什么地方不对

193

头。这些日子，他每天晚上都要做噩梦，又总是在梦中见到魏伯伯与艾支书。魏伯伯冷冷地看着他，射出令他不寒而栗的光，在这样的目光下，他羞愧得连头也不敢抬。当他抬起时，顿时看到了艾支书，艾支书同样冷冷地看着他，眼神充满怜悯与同情。胜男明白，魏伯伯与艾支书都在质问他，他不但毁了招娣，还把招娣推上了一条绝路。招娣以后的生活怎么办？

虽然这么长时间没有招娣的任何消息，但他希望招娣有个好归宿。假如招娣依然生活得不如意，他一辈子也别想活得舒坦、踏实。表面上看，招娣并没伤害他，而不自觉中已伤到了他的心里，伤到了他的骨头里，伤得他吃不好睡不好。

这期间，招娣母亲来了一趟艾家庄，说是有事情找胜男父亲。招娣母亲来时，胜男也看见了，讪讪地打了个招呼，老人也不冷不淡地回应了。他想问问招娣母亲，招娣现在的情况怎么样？但见老人态度如此，还是没敢问。

他不知道招娣母亲有什么事情，心里忐忑，又不好直接去问父亲，只好在村道上来回走动。直到走得拄拐的手酸痛了，才找一处地面坐下来。村道上很安静，不见一个人影。

他坐在一个偏僻的地方，既不想再看到招娣母亲，也不想让招娣母亲看到自己。这种相见的尴尬无以言说，除了增加相互间的生分，没有任何好处。

招娣母亲待的时间不长，一会儿就匆匆离开了。等胜男回到家中，根本不用他开口，父亲就过来喊他。父亲站在老屋门口，他站在院门外，很奇怪地隔着一段距离。因为这段距离，他的心慌乱地跳动着。

父亲毫无表情地说，胜男，招娣母亲来了，想必你也看见了，别以为老人过来有什么好事情。胜男，我的脸都让你丢尽了，按说你的一条腿都没了，我还要指责你，太不应该，但我一辈子耿直，眼里容不得沙子。招娣母亲过来说了两件事，第一，再过几天就到了清明节，招娣母亲让你祭祖时，顺带给艾支书烧几刀纸。艾继中不是在外打工吗，家里连个烧纸的人也没有。艾支书生前可怜，死后同样可怜。这事说起来简单，但我心里不好受，因为无论如何也轮不上你，你凭什么给艾支书烧纸，既不是他儿子，也不是他的后人。然而这是招娣的意思，招娣说了，本来她要来烧纸的。问题是一个女人清明节来烧纸，肯定会惹人笑话的。按我们这里的风俗，也的确没见过女人在清明节扫墓。艾支书死了，在阴间也要钱花，得给他烧过去。胜男，你这样做了，心就安了，不然会成为一块心病。艾支书是单传，艾继中也是单传，如今招娣一走，可能要绝户了，想起来够凄凉的。艾支书在世时，没少照应我们，该做到的都做了。你跟招娣也算是前世有因，才有了今世的果。有些事情无法解释，越解释越糊涂，比如我想让招娣做儿媳妇，谁知你偏偏没看上。对芸香我也不嫌弃，不能因为芸香就伤了招娣。胜男，我今天跟你说这些，不是埋怨你，而是觉得自己也是快要去见你魏伯伯的人了，有些话说了，心里就松了一根绳索。我一次次想原谅你，可就是原谅不了，实在没办法，也不是故意跟你作对，而是我活成了这个模样。第二，招娣病倒了，自与艾继中离婚后，就一直病恹恹的。招娣母亲希望你有空去看看，没别的意思，是招娣还惦记着你，非要在你这棵树上吊死。我也想不透，这算哪门子的事情啊。碰上这样的事，多数女人还不早想开了，招娣却不回头，把大家都逼上了绝路。世上的事情如流水，流着就不知到了什么地方，水流得比人走得比人走得快，人永远都跟不上。胜男，响鼓不用重捶，我也不想再说，说多了就什么也不是。

胜男认真地听着父亲的话，听得泪流满面。胜男知道自己这时说什么都是多余的，招娣已成了他一生解不开的疙瘩。

转身时，胜男感觉脑里有个钉子在使劲地往里钉着，剩下的那条腿抖动不止，无法支撑。手中的拐也沉重起来，每提动一下，都格外艰难。他脸色苍白，手脚冰凉，父亲的话如石块一样砸向他的心窝。

在胜男的意识中，从这儿到大门口只有几步路，很近的，没想到却像隔着遥远的距离，每走一步，房子就朝后退一步。他不停地走，房子就不停地后退，没个尽头。

他终于走累了，再也支撑不住，慢慢跌坐到地面上。

12

回到娘家，招娣的生活恢复了平静，是那样安宁，那样无所牵挂，整日什么也不用想，开开心心的。虽然离开了艾家庄，离开了艾胜男，但她心里还是有种说不出的滋味。她在那艾家庄做牛做马多年，没有谁可怜她，同情她，她所做的一切是自作自受，怨不得谁，也恨不得谁。在生活中，每个人都想把日子过得活泛，没谁愿意过成一潭死水。只有她是一根筋，一条道走到黑，换成他人早就想开了。天底下除了艾胜男，好男人多的是，为什么非要与他以命相搏呢？

想了无数遍，招娣还是没想明白这个问题。她一次次地打比方，对照别人，不时假设事情发生在别的女人身上，又会怎么做？所有人都说她傻，她呆，她痴，竟拿一辈子做赌注。现在，她输了，输得极惨，也输得心服口服。

想着，招娣泪水流了出来。即使自己千般委屈又如何？这样的酸苦根本不能向他人倾诉，弄不好人家会说她神经病。

没事的时候，招娣把这些年发生的事情前前后后地想了一遍，这才猛然发现自己活得一点也不真实，十分虚幻。往事如默片，纷乱地呈现在眼前，依然历历在目。可这种活法，从来都不是为自己而活，全是为胜男而活。

招娣回来后，母亲彻底闲了下来，什么也不用干。招娣很是霸道，蛮不讲理。只要母亲干活了，就不开心，埋怨母亲整天。母亲本来的生活习惯与节奏，一下子全让招娣打乱套，经常表现得不知所措，发蒙地站在那里，说也不是，不说也不是，令母亲有些无所适从。一日三餐，招娣都做好，家里家外的活，根本不允许母亲插手。如同在艾家庄一样，通常，天还没亮她就起床，扫地，擦桥台与桌椅，然后拎衣服去池塘洗，再回家弄饭。

母亲知道招娣心里空，空得什么也没有。这不是一个好兆头，于是，母亲偷偷跑到村头的土地庙，又是烧香，又是磕头，嘴里念念有词，一遍遍地求神灵保佑招娣。母亲心中惴惴不安，生怕招娣再有什么闪失。表面上看，招娣还比较正常，然而正是从这正常里面，母亲看出了不正常，看出了事情的端倪。招娣越是正常，母亲越是感到事情的不妙。有次，母亲跑到路口，给阴间的丈夫烧纸，叫丈夫无论如何要保护好招娣。

母亲年纪大了，晚上睡眠的时间相对少，怎么也睡不着。

想来想去，母亲觉得招娣不能继续这样活着，需要一个男人的。对一个女人来说，没有男人的后半生无疑是一种不幸。

接下来，母亲瞒着招娣叫媒婆秀珍去物色男人，要求并不苛刻，只要年纪不算很大，相貌过得去就行。母亲这样说着，心里极不好受，像是这样把招娣贱卖了，又像女儿是没赶上时令的蔬菜，不必计较价格的贵贱。母亲心里五味杂陈，可女儿不能这样过一辈子，得开始新的生活。对世事，母亲看得透，想得开。

那天，媒婆秀珍领着一个男人上门时，招娣正好不在家。从秀珍嘴里得知，男人是汪家湾的，妻子死了两年，膝下有个儿子。男人在小学教书，有一份不错的工作。

汪家湾离魏家湾十几里地，有两条路可走，一条是大路，坐班车经过镇街过去，须绕一个大弯。另一条是小路，不好走，可少走两三里路。汪家湾是个大村庄，濒临公路，离县城不算远，过日子方便，所以大多数人家比较富裕。男人长相也不显老，言谈举止得体，尽量避开招娣和自己的伤心事，谈的都是学校与孩子，并客气地询问招娣母亲的身体状况。男人一再表态说，他什么也不图，只图有个女人与他做伴，照顾他与孩子，俗话说少年夫妻老来伴么。

看得出秀珍把什么都跟对方说清楚了，该说的都说了，不该说的也说了，一点也不担心节外生枝。招娣母亲没觉得有什么不好，反而觉得有些为难秀珍了，心中十分满意，简直超出了她的想象。先前秀珍说带人来见面，她还有些担忧，担心秀珍乱点鸳鸯谱。现在看来，她的担心完全是多余的，村子是好村子，男人也是好男人，母亲想不出还有什么不满意的地方。

无非有个孩子，但孩子不是障碍，与招娣相处久了，还不得叫招娣一声娘。将心比心，招娣即便能怀上孩子，也不一定能怀上儿子，人家不是有个儿子吗？母亲的想法现实，这时候必须面对现实，不面对现实不行。

母亲很是高兴，不时给客人的茶杯添水，又不时说着话。既不能冷落客人，又不能什么话也不说。说着，母亲就多多少少要说到招娣身上的事情，禁不住悲伤起来，气氛顿时有些沉闷。客人不停地搓着手指，看着母亲说，只要事情成了，他会对招娣好的，请母亲放心，他是老师，教书育人，懂得世事。客人这样说，母亲只好不时点着脑袋，不好意思起来，似乎是她扰了客人的兴致。

就在母亲与客人都尴尬的时候，招娣走了进来。

母亲朝秀珍使了个眼色，秀珍心领神会，忙把招娣叫到门外，把事情的经过简单地讲了一遍，接着问招娣是否相得上，事情最后还得她拿主意。

秀珍讲得结结巴巴地，不时看招娣的脸色，意思是这样的男人打着灯笼也难找，过了这个村可没这个店。招娣没急于表态，只是反复地感谢秀珍，说她辛苦了，真是费了一番心事，实在过意不去。秀珍让招娣搞得云山雾罩的，不明所以。

待招娣与秀珍重新进屋时，男人站起身，说是要走了，还得赶回去上课。招娣留客人吃午饭再走，说来一趟不容易。客人一再表示无论如何都要回去的，千万不能误人子弟。

等客人走后，招娣冲母亲发了一通火。自回到娘家后，她还是第一次冲母亲发火。招娣的火气很大，并失手打碎了一只茶杯。母亲有些茫然地看着她，嘴巴嗫嚅着，又什么话也没说。这么多年，她从没对母亲发过火，想不明白为什么这样，完全是没由来的火气。在艾家庄，她时刻想发火，可从没发过，把一切都忍了，承受了，修正了。而在家中，她的火气轻易就发了出来。她凭什么对母亲发火？明明是自己伤害母亲，为什么到头来觉得自己受了伤害？明明是自己丢了母亲的脸，为什么觉得母亲丢了自己的脸？母亲这样做根本没错，错的完全是自己。

发完火，招娣哭了起来。母亲也正低着脑袋抹泪，手掩脸部，手指不停地颤动着，不敢问招娣为什么哭泣？

从此以后，母亲不再轻易提招娣的婚姻，连走路也无声无息，处处看招娣的眼色行事。招娣没想到自己与母亲竟有了隔阂，互相间多出了一种感受，微妙而迥异。不只是招娣没想到，母亲也没想到。

为了扭转这种局面，招娣努力着，可能因为急火攻心，一下子病倒了。一直以来，招娣都不曾病倒过，她以为自己的身体是结实的，是任何东西也打不垮的。

刚发病时，招娣的身体软得提不上劲，人也迷迷糊糊地。上半夜，身体开始发冷，牙齿冷得嘎嘎作响，她紧缩在被子里，双膝抵着脑袋，全身像浸在冰窖中一样，似乎冷气正游走在每一条骨缝中。下半夜，她全身又发热，连被子也不要盖，呼吸急促，脑袋散出一股热气。半梦半醒间，她看见父亲、艾支书、继中、胜男、芸香无声地从眼前走过，一遍又一遍。她害怕起来，不停地叫喊着。

母亲惊醒后，赶紧扯亮灯泡，一下子看见了招娣空洞而迷茫的双眼，简直魂不附体。母亲吓坏了，忙冲上前搂住招娣，把手伸上招娣的额头，感到上面热得像火炉。母亲说，招娣，你怎么啦？别吓我，你说话呀！母亲叫着，招娣却说不出话，只是盯着母亲，看得母亲胆战心惊。

深更半夜的，母亲急得团团转，不知如何是好。招娣的病情来得突然，母亲不敢等到天亮，于是跑到外面，一家一家地敲着门。

当晚，招娣就被送进了镇医院。

直到天亮，医院才把招娣的病情控制住。母亲坐在病床边，小心地照看着，想不明白好好的一个人，怎么一下子就病倒了。听医生说，病情暂时是控制了，针也打了，药也灌了，但医院方面还是没什么把握，得去县医院做检查，关键是要做CT扫描，心电图什么的，这些检查镇医院都做不了。医生的话说得郑重其事，母亲的心揪成一团。碰上这样的事情，母亲有些手忙脚乱，不知如何是好，只有反复叮嘱同族的一个侄子，下午务必来一趟，帮忙把招娣转去县医院。

坐着，母亲悲从中来，什么也吃不下，睁眼看着躺在病床上的招娣。母亲感到命运不公，感到造化弄人，招娣坎坷的一生，真不知何时才算尽头。

下午，招娣终于醒了过来，醒来后，朝四周看了看，发现自己躺在医院，泪水便淌了出来。母亲不多说什么，默默地点了点头，招娣的眼泪更是汹涌。

招娣没想到胜男也来了医院。是母亲的侄子给胜男传去消息，这次，胜男没与芸香商量，就跑了过来。招娣母亲不好说侄子不对，事已至此，还有跟胜男计较的必要吗？

离开艾家庄后，招娣是第一次见到胜男，想不清楚他为什

么要跑过来？难道想对她表明什么，还是因为同情。她与胜男
已成陌路，互相离得越来越远，没想到这时却折了过来。躺在
病床上，招娣有些激动，身体在被褥底起伏不止。

胜男什么也没说，显然也不适合说什么。然后，胜男与母
亲的侄子一起张罗，趁天还没黑之前，叫了一辆车，把招娣送
到县医院。医院的工作人员都下了班，说是要等明天才能做
检查。

招娣母亲客气地对胜男表示感谢，叫他晚上与侄子一起回
去，招娣的病情基本稳定，也用不着太多的人照顾。胜男没作
声，如一根木头怵着。见胜男执意不走，招娣母亲也不好驱
赶。等侄子走后，胜男跑到走廊，坐在条椅上闷闷地吸烟。从
他身边经过的人很多，都以为他是招娣的男人，不时用怪异的
眼神看他，主要是看他那只空荡荡的裤腿。

招娣的病情总算稳定，安静地躺在床上，没吃晚饭，说是
没什么胃口。招娣没吃，胜男也不吃。胜男只是默默地陪坐
着，不说一句话。夜晚的医院静了下来，廊道的灯光柔和，灯
泡蒙着一层灰尘。胜男叫招娣母亲去睡一会儿，这儿由他守着
就行。招娣母亲昨晚一夜未眠，年纪大了还真的支撑不住。

等招娣母亲去隔壁房间睡觉后，胜男心里总算安定。对芸
香，他一点也不担心，下午到镇医院时，他就把事情告诉了父
亲。听到招娣病倒，他根本来不及考虑，脑袋一下子乱了，赶
紧直奔医院。他心中原来还有个支撑的东西，招娣的病倒让那
个东西坍塌了。

当房间只剩下胜男时，招娣说："胜男，我这次可能挺不
过去了，我清楚自己的病。你别怨我，我就这样的命，强求不

得的。"招娣边说边泪流不止，"胜男，你那次住院我也去了，一直站在门外，没敢进去。"

说着，招娣提出她不想还做什么检查，想明天就回家。胜男还是木然地坐着，神情痴呆，从口袋掏出香烟，迟疑了一下，又放了进去。对招娣提出的要求，胜男不知该如何作答。这么多年，第一次看见招娣被病痛击倒，也许病情不是所想的这么简单。他已做好了承接任何打击的准备，要光明正大地做一回男人。

在招娣与芸香之间，他越来越难以取舍。有时，他天真地想，要是两个女人合在一起多好啊！

招娣的身体虚弱，说了一大段话后，呼吸就有些急促。胜男忙走过去，从热水瓶里倒水，端到招娣面前，用汤匙一口一口地喂。慢慢地，招娣的呼吸平静下来，同时示意胜男把她扶起来，把背后的被褥垫高，让她半躺着。

这时候，胜男知道自己必须开口，如果再不开口，招娣就会继续说下去。胜男不想招娣生出不好的想法，也不想折磨自己，于是说："招娣，你别胡思乱想的，你的病根本就无大碍，医生不是说了，要好好地休息么，你别担心，无论治病要多少钱，我替你借替你背。"

招娣说："胜男，你不用劝我，我想得开，也很满足，这时候不是有你陪着吗？前些日子，我想了又想，觉得自己活得一点也不真实，像做了一场梦。我的心是那样坏，那样歹毒，看见你的日子好了，就千方百计地破坏。我一次次地出你的丑，让你痛苦，让你下不了台。其实，我心里也难受。胜男，我不是那样的人，你一定要原谅我。"

　　招娣很冷静，不紧不慢地说着。胜男看着招娣，招娣也看着他，看得他的心里酸楚。胜男的嘴无声地张了张，想说什么，招娣忙制止住。胜男便不再说，招娣接着说："胜男，我对不起你，对不起艾梅，对不起芸香，对不起你父亲，也对不起艾支书。我知道你那条腿是为我断的，尽管你不说，我也知道，没有谁比我更清楚。说到底，我最对不起的人应该是你。"

　　胜男的手中拿着水杯，眼泪"噗噗"地往里掉。他是第一次与招娣面对面地坐着，也从没说过如此多的话。

　　招娣坐直身体，继续说着，便说到了艾继中。在说到艾继中时，她的神情激动，既怜悯又担忧。她与艾继中前后生活了七八年，是如何苦熬过来，局外人根本不知道，只有她自己明白。说着，招娣就说到那个夭折的女儿。她还记得女儿清亮的眼睛，天真的笑容，那毕竟是从她身上掉下的一块肉。不管她与艾继中的婚姻有怎样的结局，但女儿始终是她心中的温暖。艾继中是单传，艾支书也是单传，再往上，听说也是单传，没想到传到她时，却成了绝户。在艾家庄，没有谁瞧得起艾继中，大家都欺负他，要不是她撑着，艾家早就败了。别看大家平时都帮艾支书，可那是做出来的。就像你废了一条腿，大家跑前跑后，但那是为了脸面。所有人心里恨不得你倒霉，恨不得你断一条腿，你不是在庄上又体面又威风么。胜男，不只是我算计你，其实大家都在算计你。你生活得越好，大家心里就越有想法。说到这里，招娣停住了。胜男一时有些骇然，以为招娣在说胡话，可她看上去是那样清醒。招娣又说，很多事情不能往深处想，想得越深就越是害怕，比如我在背后暗暗地给你下套子，结果没套着你，反而套住了自己。比如我嫁给艾继中，明知是作践自己，明知要伤父母的心，还是鬼迷心窍地嫁了。我也想与艾继中好好地过日子，给艾支书撑住门面，可又不想委屈自己，要知道婚姻是一码事，过日子又是另一码事。我也想对艾继中好，还为他生了一个女儿。问题是事情由不得自己，一切恐怕都是天意。招娣最后的话，既像在问自己，也像在问胜男。

整个晚上，招娣就这样说着，说累了就休息一会儿，接着又说。招娣像是从没说过如此多的话，后来，她都不是在说给胜男听，而是说给自己听，兀自沉浸在说的氛围中，一件件地说，一直说到天亮，才沉沉地睡过去。

第二天下午，医院安排招娣做全身检查。在等结果的时候，胜男努力使自己平静下来。招娣母亲坐在那里，身体抖动不止，嘴里喃喃自语："胜男，千万别出什么事情，招娣命苦啊！"

结果很快就出来了，医生说："病人没什么大恙，只是血压偏高，不能再受任何刺激，必须在医院休养一段时间。"

胜男心里长长地吁了口气，过多的担忧如石块一样落到了地面。假如招娣真的有个三长两短，他不知道自己是否还有活下去的勇气。

13

从医院回来后，招娣变了一个人，只是这种变化超出了所有人的预料，不是她的病好了，而是转到了另一个极端。

招娣明显变得痴呆起来，经常盯着某处地方发呆。盯长了时间，又独自笑了起来。招娣的神志像是出了问题，间歇性地发作，时好时坏。正常时人像是从噩梦中醒来一样，四肢惊悸，手脚布满汗水。母亲忧心忡忡，问招娣是否还记得从前的事情。招娣奇怪地看着母亲，像是什么也不明白，摇着脑袋。

针对母亲多次的询问，招娣不禁怀疑起来，自己可能真的有病，可怎么想不起自己是如何发病的。她使劲地想啊想，尽量往黑暗的地方想，然后想黑暗中的光亮。那股光倒是看见了，然而脑袋一片空白。

招娣很痛苦，双手揪紧胸口，担心自己在失控中做了什么惹人笑话的事情，于是问母亲，母亲说她病得厉害，眼下考虑的是去大城市医院治病，还想这些干什么。招娣心里恐慌，母亲的话模棱两可，听上去不对头。恐慌中，招娣要求母亲在她发病时，用绳子捆住她。母亲吃惊地说，招娣，也许你什么事情也没有，只是心情不好，过一段时间会好起来的。

尽管母亲嘴里这样说，心里却在问自己，招娣真的会好起来吗？只要病情不再加重，就千恩万谢了。招娣看见母亲流露出不自然的神色，知道母亲在说谎。

隔三岔五，母亲就跑到村头的土地庙，烧香焚纸，磕头叩拜，求各路神灵保佑招娣平安。有一天，母亲还跑到附近一个村庄，找到黄四婆，请黄四婆掐算一下招娣遇到了什么？黄四婆是附近最有名的巫婆，据说通神，专给人算命，一算一个准。在母亲心里，自然界是有神灵的，正是这些神灵阻隔了招娣，得让这些神灵让开路，招娣才能逢凶化吉。黄四婆掐算了一阵，张口就说，招娣的魂魄让鬼捉去了，俗话说小鬼难缠，必须多烧纸钱。又吩咐招娣母亲扎一个草人，穿几件破衣服，去十字路口烧了。母亲跑了多次，每次除了给钱黄四婆，还提了冰糖罐头，非常虔诚，但招娣的病并没就此好转。

至此，母亲才清醒过来，只有面对现实，知道这是毫无希望的，招娣病了得赶紧去医院治。母亲再次把招娣送去县医院，医院开了很多的药，中西药都有，配合着吃。吃着，招娣却日比一日地瘦，病情还是不断发作。医院也判断不出是什么病，一会儿说是精神上有问题，一会儿说是神经上有问题，一会儿说这两方面都有问题。医生这样说时，招娣是清醒的，想不出自己什么地方有问题，心里说自己好好的，没病也要让医院整出病来。于是，招娣反对再上医院，对母亲说，她不想再去医院糟蹋钱。

面对招娣的固执，母亲无可奈何，只好打电话让儿子回来，在电话中把招娣的病情说了一遍。长中接到电话后，很快回来了。自从老伴死后，这两年家里连个主心骨也没有，发生如此重大的事情，母亲需要依靠。长中到家中，劝姐姐还是去医院，说不管怎样，首先要弄清楚是什么病，如果连什么样病也没弄清楚，根本谈不上什么对症下药。看得出，长中回来得很匆忙，过不了几天又要走。母亲心里难受，责怪长中说，你姐都病成这样了，你还想着去挣钱？钱就那么重要，比你姐的病还重要。长中说，工地上规定，工程没做完别想结账，没结账，这半年的工钱就全没了，我在工地上累死累活地，挣钱不容易。最后，长中保证说，等把工钱结了，他就回来，给姐姐治病，不再出去。母亲说，你姐的病是不能拖的，万一更严重了怎么办？母亲这样说，长中就没好气地说，这事能怪我吗？母亲听出了儿子的意思，谁叫招娣离婚，又回来拖累娘家，自作自受嘛。如果招娣不是他姐，他能回来？儿子的话说到这个份上，母亲不好再逼，只是说，长中，你与你姐都是娘身上掉下的肉，手心手背都是肉。你今天之所以敢对我这样说，是因为你父亲过世了，如果你父亲还活着，你未必敢这样说。母亲说着，眼泪流了下来。看到母亲流泪，长中赶紧对母亲赔不是，说自己根本没那个意思，是母亲理解错了。

长中心挂两头，一头是姐姐的病，一头是工地上的事情。回家后，他带的那个班基本就停工了。他请了七天假，眼看快要到期了。工地等不起，必须尽快回去。长中心急如焚，每天劝着招娣，说无论如何还是要去医院治的。但招娣不为所动，坚持不去医院。

第六天，吃完晚饭，长中星夜去城里赶火车。招娣与母亲一起送他，送了一程又一程，送得眼泪汪汪的。

艾胜男来到魏家湾那天，天气晴好。先前招娣出院时，他是陪着一起回来的，还特意叫了一辆车。那天，招娣精神饱满，走路时脚步坚实有力，脸上布满笑容，过早爬上眼角的鱼尾纹便绽了开来，如铺洒在河面的阳光一样。但他没想到招娣的病根本没好，反而更严重了。招娣的病情已传得沸沸扬扬，有鼻子有眼，说是患了精神病，可能要送到精神病院去。听到这些谣传，胜男心想，如果招娣真的有精神病，他肯定难辞其咎，要永远背负一个罪名。

走进招娣家门，胜男看见里面围着很多人，大家都在说着招娣的病情。见他进来，招娣母亲站起身，给他让座。招娣母亲的态度，让胜男愣了一下，正好旁边有人让了座，他顺势坐到那个位置上。招娣母亲说，招娣的病刚发作完，正在屋里休息，睡着了，不要惊扰她。

直到吃晚饭，招娣还没醒过来。大家坐了很长时间，后来一个个地走了，却都拿不出一个主意。

这天晚上，胜男守了一晚，招娣睡了一晚。有两次，招娣在睡梦中叫喊不止，他赶紧奔过去，推了推，叫了几声。招娣动了动身体，依然没有醒转，接着又睡过去。胜男感到不妙，招娣的嗜睡表明了事情的严重性。

天刚亮时，胜男作出一个决定，事不宜迟，现在就回去拿钱，把招娣送市医院治。离开时，胜男什么也没对招娣母亲说。

等胜男中午再返回，多了一个背包，里面放着两万元钱。招娣已经醒转，正坐在床上与母亲有说有笑。谁知见到他时，突然紧张起来。胜男说，招娣，我又来看你了，并给你带来了治病的钱，这次由不得你，无论如何都要去医院治病的。说着，胜男从包中拿出一大叠钱，递了上去。胜男不知道自己为什么掏钱，完全是下意识的行为，像是要对招娣证明什么。

招娣的手在空中挥动了一下，那叠钱顿时散落到了地面。胜男清楚地看见，招娣脸色通红，身体朝前扑动着。接着，招娣稳了稳自己，朝椅子扑了过去，直扑到椅子上面。招娣的腰弓着，手紧捂胸口，歪在椅子上，盯着胜男大笑。胜男跳了起来，冲到招娣身边，说招娣，我是胜男，你别这样笑话我。招娣根本不理睬，笑声越来越大，像一堆石子在一块钢板上弹跳着。母亲上前托住招娣，很快又托不住，眼看招娣连人带椅子人摔倒在地，胜男忙冲上前一起帮忙。等好不容易稳住局面，招娣却人事不省地昏了过去，脸色发白，嘴唇紧闭，身体成了一摊泥。

"招娣，你醒醒。"母亲喊叫着。

胜男伸手使劲地掐招娣的人中，也大声喊叫着："招娣，你醒醒。"

胜男的腿很是不方便，但还是抱起招娣，轻轻放到床上。从昨晚到现在，招娣的病情频繁发作，已很能说明问题，说明了问题的紧迫性与危险性。招娣母亲倒了一杯水，叫胜男从两侧捏紧招娣的腮帮，张开嘴巴，用汤匙往里面灌水。

等把一切搞停当后，胜男站在那里，喘了口气，看着继续昏睡的招娣，心头一阵恐慌。

母亲像看陌生人一样地看着胜男，说："胜男，你走吧，回去吧，难道没看出招娣不能再见到你吗？"

招娣母亲这样说，胜男觉得有些耸人听闻。仔细一想，立刻意识到不妙。招娣是真的不能再见到他，就像他越是担心什么偏偏发生什么。胜男知道自己必须离开，并且离开得越早越好。如果不离开，招娣醒来又要遭受打击。这无疑是一种威胁，是置人于非命的打击。问题是这时候，他真的不能离开，也不想离开。但他已成招娣的克星，把招娣推向了绝境。

招娣母亲要求胜男以后不要再来，并叫他把钱带回去，说是不差这个钱。看得出，招娣母亲已彻底绝望，表示招娣不会再与胜男有什么来往，招娣落得如此下场也是胜男一手造成。招娣母亲的愤怒溢于言表，情绪不稳，反复强调说，胜男不但毁了招娣，也毁了她一家，毁得她家破人亡。

胜男承认招娣母亲说得对，他作恶多端，把她一家全毁了。这一刻，胜男突然看清自己真正被招娣踩到了脚底。冥冥中，天注定，不是招娣故意采取了这个极端的方式，而是事情本来的结果。

回到家中，父母与芸香都没问胜男，也不知到底发生了什么。长期以来，芸香被搅在中间甚不是滋味，所以有时网开一面，心想日子久了，胜男还不自己从里面跳出来。

胜男像是受了刺激，情绪低落，夜里总是做噩梦，在梦境中又总是见到招娣，看到她发出嘲笑，笑声如刀子一样从他心头划过。胜男觉得自己罪大恶极，也罪不可赦。

然而没隔多久，事情就有了最终的结果。

招娣走了。

走的那天，招娣很平静，可以说蓄谋已久。招娣意识清楚，用刀片在手腕划了一道口子，血流一地。也不知道招娣是从什么地方找到刀片的？居然选择了这样残酷的死法。

头天晚上，母亲与招娣睡在一张床上，说了一晚上的话，从她小时候说起，一直说到现在，既开心又伤感。事后，母亲才觉出招娣是故意为之，是为了向她告别。没想到，招娣最终重复了艾支书的路。

那天，招娣母亲又去了黄四婆家，心想招娣这些年一直走下坡路，多去几次不见得是坏事。那天，黄四婆那里有很多人，母亲只好排队等。进去后，母亲大致讲了一下招娣近期的情况，黄四婆便画了一张符，给了一包草药，说是回去煎服三次，情况肯定有所好转。

回来时，太阳已当顶，懒洋洋地照着。母亲心里惦记招娣，整整一上午，也不知道招娣是否发病？母亲心里发急，脚步快了起来。走着走着，让什么东西绊了一下，跌倒在地。母亲爬起身，看见地上什么也没有，心立即抖动了一下。临出门时，招娣还躺在床上，说是晚上没睡好，想补睡一觉。母亲说，你想睡就睡吧，我一会儿就回来。听到招娣打起呼噜声，母亲才放心地离开。

尽管母亲的腿脚不灵便，但还是飞快地赶到了家中。站在家门口，母亲的心悬了起来。待进入堂屋，母亲就看到了血液，正午的阳光明亮，把血液照得如同四月盛开的桃花。母亲推开房门，看见招娣坐在椅子上，脸色平静，嘴角挂着一丝笑意。房间的地面到处是血，招娣的双手放在胸前，底下的衣服让血浸透。母亲叫喊起来，招娣，你怎么啦？母亲晕了过去。

得到讯息，胜男也晕了过去。

醒来后，胜男感到手脚发颤，眼泪横淌，情绪有些失控，脑袋却从没如此地清醒过。接下来，他宣布要做三件事。第一，他得去料理招娣的后事，招娣死不瞑目，正在天上看着他。第二，他要带艾梅去奔丧，招娣没儿没女，就让艾梅做招娣的干女儿。这件事谁也不可阻碍，即使魏家湾的人指着他的脊梁骂，他也不在乎。第三，芸香也要去随他一起去奔丧。胜男声音抖动地对父亲说，他之所以这样做，不是做给别人看，而是想给招娣一个交代。人死如灯灭，前些日子招娣还好好的一个人，说没就没了。招娣是因为她的病没法治才自杀的，她一辈子好强，不想拖累别人。只有别人才拖累她，比如艾支书，比如他艾胜男。招娣在看着他，看着他给她办丧事，他一辈子只有这次能帮招娣一回。

听完胜男的话，父亲什么也没说，表示默许。父亲甚至有些赞赏胜男的勇气，搁在其他人身上不一定能做到，招娣死了，是该有个儿女披麻戴孝的。一个人死了，如果连披麻戴孝的人也没有，她会走得十分清冷。招娣的死也令父亲感到悲痛，这算哪门子事啊！

至于第三点，得芸香表态，任何人都没用。如果芸香不同意去，其他人也没办法。只是芸香凭什么资格去呢？以什么样的身份去呢？思忖了一会儿，芸香气愤地说，胜男，我的脸让你丢尽了，你叫艾梅去奔丧，我不反对，只是艾梅现在就披麻戴孝，像是我死了一样，我还没死呢。芸香这样说，胜男父亲的脸色就难看起来。芸香的态度明朗，你胜男就死了这份心吧，她不可能去的。胜男当即给芸香下跪恳求，连着磕了两个响头。胜男说，芸香，算我求你了，你去了，招娣才会安心地上路，事情到了这地步，你得去与招娣说一声。芸香说，胜男，你别欺人太甚，将心比心，我也是一个女人，当初你干吗娶我，不娶招娣。

说完，芸香哭着跑了出去。胜男想，也许自己真的太过分，过分的不近情理。再说自己作出的这种种决定，魏家湾还不一定接受呢？招娣母亲也肯定不接受。他凭什么去安排招娣的后事？凭什么去给招娣送葬？胜男父亲同样没想到这点，只觉得应该对招娣父亲有个交代，从他们头上延伸的冤孽到此该结束了，以后，相互间就真的扯开了，撇清了。哪怕招娣的死跟胜男没直接的关系，但他们是间接的凶手。想到这点，胜男的父亲顿时老泪纵横。

这时候，只有胜男母亲真正地清醒，看出儿子昏了头。即使芸香没意见，她也得阻拦。母亲耐心地劝说着，胜男，你得好好想想，魏家湾的人是不欢迎你的，你什么也不是，去了只会让自己更是丢脸。母亲又说，胜男，我理解你的心情，你去奔丧，我不反对，可得想清楚。你前几次去招娣那儿，尽管芸香没说你什么，但明显不高兴。今天芸香说得对，艾梅这么早就披麻戴孝，是相当不吉利的事情。你去给招娣办丧事算什么？我没死，你父亲也没死。就算你要出这个风头，露这个面，也肯定被魏家湾的人打得头破血流。

母亲最后说："胜男，如果你执意要去，我也不反对，就你一人去送送招娣吧！"

胜男愣怔着，虽然母亲的话难听，但句句在理。

胜男说，我恐怕连看招娣的机会也没有，送她最后一程的机会也没有。胜男说完，蹲下身体，双手捧住脑袋，眼泪纷纷而下。

胜男心里说，招娣，我真的不知道怎么办？我欠你的，只有来生做牛做马还你。招娣，你死了，我连送你一程的机会也没有。我心里难受啊！招娣，你活着的时候寂寞孤单，死了也寂寞孤单，你一辈子好胜，一个人斗来斗去地，斗得精疲力竭。招娣，你走好，你活着不欠谁的，死后更不欠谁的。招娣，你没输，当真把我踩到了脚底。从前，我总嘲笑你是一根筋，没想到我也成了一根筋。

招娣出丧那天，胜男一个人跑到离魏家湾不远的山上，站在那里望着，听着唢呐与锣鼓声，迎风落泪。远远地，他看见八个杠夫抬着棺材，走在大道上，又不时有人拦下，烧香放鞭炮。村子笼罩在烟雾中，一阵风吹来，烟雾就散去。几个孩子在前面举着花圈，一个老人在棺材前丢引路纸，把招娣的灵魂引向那片荒凉的山冈。

整个送殡队伍一片白，人们的头上扎着白头巾，胳膊挽着白布，蜿蜒地朝着一个方向走，直到送殡的队伍转过一片树林，再也看不到，只能那低沉的哭声被风扯着，时近时远。

胜男的视线模糊起来，那片白慢慢在眼前无限地放大着，茫茫无边，充斥在浩瀚的天地间，流动不止，把他淹没其中。

日子不紧不慢地走着，很快又到了过年。胜男的精神一直萎靡，浑身提不起劲，招娣的死让他无法从中摆脱而出。他原以为招娣的死给了他致命的一击，没想到自己居然挺了过来。这跟他想象得完全不一样，为此，他对自己感到羞耻。

村里开始洋溢着节日的气氛，不时有鞭炮在空中炸响，响遏行云。家中一切无需他作安排，芸香把一切都安排得有条不紊。快过年时，弟弟胜伟也回来了，给艾梅买了一套衣服，给芸香买了一双皮鞋。打工回来的人，都穿得漂漂亮亮地，整日不停地串门。

艾继中也回来了，大概在城里挣了一些钱，顺带着还真的领回了一个外省的女人。回来那天，在家门口放了一挂鞭炮，然后领着女人到停工的楼房前，说房子已建了一半，隔年把它重建起来，明年过年就可以搬到新房去。艾继中还算个男人，一点也不隐瞒，把自己的事情一五一十地告诉了外省女人，第二天就领着女人一起去了魏家湾，给招娣上坟，跪倒在坟前洒了一阵眼泪。

胜男没想到自己连艾继中也不如，不管怎么说艾继中敢作敢为，还记着招娣的恩情，记着招娣的好。像是他越忌讳什么，越是有人不在乎。不知艾继中哪根神经开了窍，变得聪明起来。也许是人之常情，只不过胜男没往那上面想。假如往那上面想了，艾继中就变得聪明绝顶了。

相对来说，家中有点冷静。胜男整日呆坐着，搞得芸香与艾梅不敢轻易开口，时刻看他的脸色行事，怕惹他发脾气。偶尔有人来，说是来看胜男的。芸香小心翼翼地陪着来人说话，又不时注视胜男一眼。

胜男知道自己得赶紧调整好状态，否则家人都要被他整惨、整疯。于是，有事没事的时候，他就怂恿艾梅多说话。艾梅有些害怕，看着他，就是不开口。他忍不住吼了起来，把艾梅吓哭了。芸香走过来，皱眉说，你吓艾梅干吗，孩子都不敢见你了，你有火气冲我发好了。胜男回过神，呆呆地坐着，深深地低下脑袋。过完年，艾梅就八岁了，正是懵懂的年纪，应该有自己的欢乐。千万不能让她在家里陪自己，她应该有自己的小伙伴。缓过神后，胜男叫艾梅穿上新衣服，到外面去玩，不要待在家中。家里是大人待的地方，小孩子待着干吗。看见艾梅兴高采烈地出去，胜男心里这才长长吐了口气。

腊月二十九，胜男把弟弟叫过来，说是把存栏的那头猪杀了。家里都买好了年肉，本没想着杀猪，猪正长膘，这时杀了可惜。胜男的心血来潮把家人弄糊涂了，都劝说着，但胜男还是执意要杀。弟弟没办法，只好去请杀猪佬，同时吩咐母亲烧水。

胜男清楚自己心里空得慌，想把年过得热闹，想让一家人都热热闹闹地。说到底，过年过的是喜气，过的是吉祥，过的是安康。很快，杀猪佬桂龙与徒弟一起来了，不多时，村里来了很多人，围在院里，看桂龙杀猪。一些孩子听到猪的叫声，也蹦跳着跑过来，看了一会儿，甚觉没趣，又跑去别的地方玩耍。

胜男站在门口，看着桂龙杀猪。天气很冷，寒风凛冽，天空阴沉，可能会下雪。看着，胜男觉得没什么意思，也许杀猪是个错误的想法，因为他并没有因此嗅到年的味道。

胜男落寞地转过身，朝院外走去。

院外有很多孩子，艾梅正与孩子们玩得热闹。在地面的宽阔处，孩子们划了几个方格，每个方格代表一座房子。胜男知道孩子们在玩跳房子的游戏，这种游戏在他小时候同样玩过。谁跳得好，谁买下的房子就最多，就成了地主，可一不小心又把房子烧了，跳来跳去，总没个尽头。胜男看到艾梅已买下数间房子，转眼又烧了一间。胜男不禁嘻嘻笑了起来。孩子们都玩得投入，没谁理睬他。胜男看得眼馋，也加入孩子们的游戏，一起跳了起来。他把拐扔在地上，单腿跳着，不像孩子们要故意缩着一条腿。跳着，胜男满头大汗，一心想把所有的房子全买下来，但紧要关头，又把刚买的房子烧了。胜男让自己逗得笑起来，孩子们也被逗得笑个不停，不时担心胜男把房子全买去。

这时，天空开始落雪，雪片慢慢地密着，一会儿又稀疏了。院门口，芸香在喊他，说是马上要开饭了，叫他回去吃饭。他装作没听见，还不停地跳着。艾梅就提醒他，说妈妈在喊他们回家吃饭。胜男这才停下来。

下午，胜男去了一趟魏家湾，绕来绕去地，尽量避开魏家湾的人。他不想见到魏家湾任何人，也不愿意魏家湾人看到他。在荒凉的山冈上，他找到招娣的新坟，恭敬地磕了几个头，把手中的长明灯点亮，然后放在坟前，同时把另外两个灯笼挪到一边。

　　往回走时，天空又落雪了，密密麻麻地，如鹅毛一般，模糊了村庄、河流、山冈。回到家中，天色已晚。

　　"回来了，一直在等你回来吃晚饭呢。"芸香对他点了点头，什么也没问，扯开架势，把桌子拉开，把做好的菜一一端上。

　　把你弟弟与父母都叫过来，从今晚开始，让他们都来这里过年。明晚就是大年三十，家人聚在一起快快乐乐地过个年。芸香说，明天还有很多的事情，家里家外要打扫，扫帚累了一年，要歇着，还要贴门神与对联。

　　胜男走了出来，老屋离得不远，本来喊一声就可以，他却非去把父母与弟弟请过来。走到院地，发现雪不知何时止住了。他不禁抬头，望了一眼夜空，望着，伫立在那里。

　　夜空明亮，寒星点点，那些雪片像是没有落到大地上，而是全部粘在了空中。

隐 痛

1

这天正午，丁艺明没想到会把王娟捉奸在床。面对这个猝不及防的打击，他愣在当场，脑袋发蒙，一片空白。王娟也愣了，脸色仓皇，慌乱中去拿置放在床头柜上的眼镜，胳膊抖动不止。愣了一些时间，丁艺明才反应过来，嘴角斜斜地歪着，划过一丝冷笑，往外跑，神情有些滑稽。

空气像是凝固了，沉重地压着，压得低，令人窒息。丁艺明手指颤动，使劲地从口袋中掏出香烟，抠出一支，动作极快地点燃，狠狠地吸了一口。秦校长已跑进卫生间，半天没出来。

丁艺明在镇医院上班，是一名主任医生。从医学院毕业后，被分配到镇医院，能力与实力都强，院长很重视他，每年什么先进个人奖、突出贡献奖之类的都给他，并逐年对他加大着培养的力度。再过两年，院长就该退了，说不定院长的位置是他的。医院的同事对他很尊敬，主任前主任后地叫着。他的人缘也挺好，根本没什么主任架子，对每个人都笑容可掬。因他是主任医生，所以来医院找他看病的人很多。

当天正午，丁艺明诊完最后一个病人，喊来姜玉丽，说有急事要回去一趟。姜玉丽关心地问，是不是家里发生了什么事情？丁艺明看了姜玉丽一眼，眉头紧皱，不明白她为什么这样问。姜玉丽赶紧笑着说，你快走吧，还愣着干吗？丁艺明说，我有点急事，一会儿就回来，你暂时照管一下。

快下班了，一般来说，丁艺明从来都是在医院食堂吃午饭，没有回去吃的习惯。一直以来，丁艺明以院为家，兢兢业业，全身心地扑在工作上。不过，在日常生活中，丁艺明有着不可言说的洁癖。比如吃饭时，碗一定要用开水烫，烫了一遍不够，要反复地烫；穿衣服时，要把衣服来回检查，甚至放在鼻孔下，闻闻是否有异味；洗澡时要一遍遍地打着香皂，把身体洗上两次。这种洁癖，医院里没人知道，一方面是他隐藏得十分自然，另一方面是他懂得洁癖对他的伤害。慢慢地，洁癖成了怪癖，天长日久，令妻子王娟也无法忍受。若一个人的怪癖到了这种程度，这人肯定有问题，并且是大问题，这个人就不是他自己了。面对丁艺明的洁癖，王娟有些束手无策，几次想提醒，又担心会给丁艺明造成伤害，特别是对一个医生而言，这无疑是一种羞辱。于是，怪癖在丁艺明的日常生活中无孔不入，甚至放大了他对生活的态度。

虽然有这样的怪癖，但丁艺明一直保持着良好的生活习惯，按时吃饭，按时上班，按时就寝，按时起床，像掐好了钟点一样，一成不变。生活就这样成了一潭死水，周而复始，实在没任何趣味可言。王娟的内心时刻有一种恐慌，不知道是恐慌这样的生活，还是对丁艺明感到恐慌，抑或是对自己。恐慌成了一件说不明道不清的东西，久久地盘桓在她的心头。夜间，王娟就寝一般比较晚，等她上床时，丁艺明已睡了一觉。

丁艺明急着回去的原因是，昨晚睡前洗漱时，他换洗的袜子被扔在了椅子底下，他担心王娟洗衣服时没发现。他是突然想起这事的，先前有个病人站在他面前，不知为什么心神不定地把双脚来回擦动着。病人奇怪的举动吸引了他，当他的眼睛转到病人的双脚时，脑里倏地闪出昨晚的那双袜子，心里顿时像被脏物堵住了一样，觉得那不再是袜子，而是一堆垃圾，并在眼前逐渐放大起来，越来越大，充斥了整个空间，塞满内心。

当丁艺明急匆匆地赶到家门口时，出了一身的汗。他家在镇街这头，医院正好在那头，距离有些远。他走得急，几乎是小跑着回来的，站在门前，他长长地吁了口气，想不出自己先前的愿望怎么那样急切，现在怎么突然平静了。也许袜子早被王娟找到清洗了，根本不必如此惊慌失措。其实，事情很简单，给王娟打个电话，或者发个微信，问清楚就行了。但事情偏偏这样奇怪，这样不可思议。说到底，他害怕王娟的讥笑与嘲讽。比如有时欢爱后，他总待在卫生间洗上那么一个钟头，像有什么脏物黏附在身上一样，必须反复地清洗才行，搞得王娟每次都对他破口大骂。对于王娟的咒骂，他找不出任何辩解的言辞。

丁艺明掏出钥匙，打开房门。正往里走的时候，突然听到从卧室传出呻吟声。怎么会有声音？王娟这时应该在学校啊。

丁艺明想也没想，推开了卧室的门。

房间拉上了窗帘，开着灯，照得通亮一片。丁艺明从没想过的一幕突兀地呈现而出，给了他一种致命的打击，令他喘不过气。他看清了那个男人，是镇中学校长秦北江。看得出秦北江受到了惊吓，扯过衣服就往卫生间冲。到目前为止，卫生间还没有一点动静。王娟从惊恐中醒过来后，在飞快地穿衣服，手指抖动着扣乳罩，几次都没能扣上，便干脆扯掉；那条长裤在匆忙中穿反了方向，捋起时才发现，又赶紧脱下，重新穿了起来。

自始至终，丁艺明什么也没说，只是抽烟，表现得相当冷静，不动声色地透过门看着王娟的动作。丁艺明始终想弄清一个问题，王娟怎么会跟秦北江勾搭成奸，俩人又是什么时候勾搭上的。即便他想痛了脑袋，也是想不明白的。或者说，在这件事情上除了王娟自己，别的任何人都无法穷尽其中的真相。丁艺明是镇医院主任，有知识有教养；王娟是镇中学老师，同样有知识有教养。因有了这样的知识与教养，所以事情发生后都沉默着，没当场大吵大闹，更没羞辱对方。

等王娟收拾好出来，丁艺明这才说，你叫秦北江出来，我在这儿等他。

丁艺明坐在客厅的沙发上，脑袋后仰，感觉沙发像一个陷阱，正把他慢慢拉向深渊。该怎么处理秦北江？他还没想好，问题是出了这样的事情又必须处理，否则他不配称之为一个男人。他的脑里乱成一团，就像电流的两极，稍有不慎，就会冒出滋滋的火花。怎么办？秦北江马上就要从卫生间出来了，他不能给秦北江一个答案，至少得给自己一个答案。揍一顿秦北江，他未必是秦北江的对手，再说发生激烈的肢体冲突也解决不了问题，反而让人看笑话。他还能想出什么解决的办法，由此可见，他在生活中是多么缺乏应变能力。

很快，秦北江与王娟走了出来。秦北江跟在王娟的身后，脚步迟缓，看上去有所忌惮，有所担心，有所畏惧，神情极不自然。王娟侧过身体，用意十分明显，发生了这样的事情，还得秦北江自己去解决。秦北江只好硬着头皮走到王娟的前面，嘴嗫嚅着，似有什么话要从里面跳出来。丁艺明紧盯着秦北江的嘴唇，脸上流露出一股厌恶之情。秦北江的身体在发抖，王娟的身体也在发抖，互相抖动的频率越来越快。很长时间，丁艺明都没作声，不知道该说什么，只是静静地看着面前的两个人，像是在进行审判，又像是不屑一顾。丁艺明极力地压抑着自己的情绪，安静地吸完那支烟，然后，他朝秦北江挥了一下手，说，滚，滚，你给我滚。

秦北江吓了一跳，有些不明白，睁眼看着丁艺明，没想到丁艺明是如此态度，这态度意味着什么？还没等他想明白，就如获大赦，赶紧冲了出去，像是再不冲出去，丁艺明会立刻改变主意一样。房间在三楼，秦北江的脚步很响，叮叮咚咚地，很快就消失不见了。这时，丁艺明看见王娟过去倒了一杯水，低头捧在手中，正思忖着如何开口。王娟肯定想问他怎么突然回家了；是不是早已发现了她与秦北江的私情，故意来捉奸的；事情到了这个地步该怎么处理。

丁艺明抬头看了一眼墙壁上的挂钟，挂钟式样新颖美观，嘀嘀嗒嗒地走动了这么多年，从没出现过故障。挂钟是六年前他与王娟结婚时，一名同事送的。即便现在他与王娟的婚姻出了问题，挂钟依然在不停地走。多么具有讽刺意味啊！秦北江离开后，王娟镇静了许多，身体不再抖动，基本恢复了往日的神情，本是无地自容的事情，王娟却没什么羞辱感，反而在不停地喝水。丁艺明有些茫然，盯着挂钟看。这样相持下去，肯定不是个办法，也无法解决问题。他咳嗽了一声，想说什么又什么也没说，默默地看了王娟一眼，转身朝门口走去。事情从发生到结束，他总共只说了两句话。

丁艺明重新回到了医院，他脸色苍白，脑门上不停地冒着虚汗，随手一擦，手掌就湿漉漉一片。在回医院的途中，他感觉自己深一脚浅一脚，如同踩在棉花堆上一样，没一处地方着得上力，全身有种散了架一样的疲累，也许这些疲累先前躲在什么地方，这时全跑了出来，要把他彻底摧毁、摧残。他赶紧去院长办公室找到院长，说，他的脑袋疼痛，想休息一下。

院长注视着他，关切地问，是不是累了，累了就回家休息。

丁艺明说，我刚从家中过来，躺一下就好了，没什么大不了的。

院长说，你的神色不太好，如果真的累了，就休两天病假吧。医院里实在忙，你们做医生的，没日没夜地忙碌着，千万别把身体累出什么问题，你也顺便去做个体检吧。

丁艺明说，休息一下就好了，身体应该没什么问题。

院长笑着说，你这样说我就放心了。

从某一时间段来说，事情的确结束了，但也才刚刚开始。丁艺明坐在办公室，脑袋低垂，浑身无力，身体抽搐。自己为什么在今天正午突然想回家呢？只能说这是天意。丁艺明知道自己不应该想这些，而要想接下来的事情。他感到胃部一阵痉挛，赶紧用手按住，并逐渐加大力量。这显然不是胃痛，而是压在上面的另一种疼痛，正使劲地朝里钻动，奔袭涌动。按长了时间，他感到手脚冰凉一片，身体随之抖动不止。

　　整个下午，丁艺明就那样坐在办公室，一动不动，眼睛盯着窗外移动的阳光。这期间，院长曾跑过来，关心地问了他一些问题。他一一作答，表示自己真的只是脑袋疼痛，没什么大不了的，休息一会儿就好了。他根本不愿意回答院长的问话，却又要敷衍。院长可能觉察到了这点，匆忙说了一句，你的确需要休息，这么累下去，谁也支撑不住。你明天就不用来上班了，在家休息吧，连病人都把医生整出病来了。听着院长离去的脚步声，丁艺明的脑袋乱成了蜂巢。

　　天色逐渐暗了下来，丁艺明依然保持着原来的坐姿。外面不时传来同事下班的脚步声和说笑声。他提心吊胆地，害怕同事跑来问他为何不回家。他也想回家，却明白这时无论如何也不能回去。今晚，无论是自己还是王娟肯定都睡不着，都想得到事情的结果。丁艺明清楚，他既给不了自己结果，也给不了王娟。不知王娟今晚是否会做饭，一般来说，家中的晚餐都是他弄，做好后，每次都要等王娟回来一起吃。有时，王娟因为事情耽搁了，他还不厌其烦地把菜一次次地重新加热。丁艺明知道，洁癖成了他生活中无处不在的东西，占据了生活的一部分，他之所以热衷于弄饭，主要是担心王娟粗手粗脚，既没把米洗干净，也没把菜洗干净，还担心她把油放得太多。丁艺明喜欢吃清淡的食物，慢慢地，王娟也被他熏陶得嗜淡。至于日常生活用品，每次都是他采购，一次又一次地，不厌其烦地认真挑选，这也完全是洁癖造成的自觉行为。

　　随着夜色的降临，丁艺明心里有些发慌，隐隐感到事情不对头。难道自己今晚要在医院过夜，虽不正常，但至少不会引起同事的猜疑。那么，接下来的夜晚呢，难道自己永远不能回到家中？不能排除王娟提出离婚，问题是离婚能解决一切？

　　放眼望去，镇街上早已灯火通明。丁艺明决定到外面走走，让自己彻底冷静下来。他拉开办公室的门，做贼似的往外走，幸好途中没碰到什么人。很快，就出了医院，来到镇郊的田野。走着，丁艺明第一次想到自己与王娟的感情问题，结婚六年多，俩人的感情说不上很好，也说不上很坏。平心而论，他认为自己目前的生活状态还不错，夫妻间的关系还算融洽。不值班的夜晚，他陪王娟一起吃晚饭，互相间也聊一些各自单位的趣事。有时，就寝前，他还不忘看看医学方面的专著，并告诉王娟对提高自己的业务能力有好处。生活从来就是按部就班的。可以说，他除了有洁癖，基本称得上是一个好男人。再说，当初是王娟选择的他，而不是他选择了王娟。丁艺明想不出问题到底出在谁身上。

　　想到这些，丁艺明感到眼睛有点湿润，忙抬手擦了一下。

2

　　关于王娟的很多事情，丁艺明是在婚后才听说的。

　　那时王娟在镇中心小学教书，人长得瘦弱，戴一副眼镜，眼神清澈，额头生得高，头发总是向后梳拢着，一丝不乱，一点也不惹人注目。即便是一个长相不完美的女人，因有了这些特点，她就不再是平面的，没了质地，而是自成格局。

　　在镇中心小学，王娟有个同事叫沈晓武，在暗暗地追她。沈晓武长得五大三粗，说话时嗓门特大，动辄手舞足蹈，唾沫指向不明地横飞。王娟对沈晓武实在提不起兴趣，更有碍于她对男人的想象，于是一次次施以手起刀落的打击，偏偏沈晓武不吃这一套，反而激流勇进，对她死缠烂打。一些时间后，沈晓武成了王娟的一块心病，不知如何是好。王娟像躲瘟疫一样地躲着他，害怕遭到同事们的嘲笑与讥讽，仿佛沈晓武身上令人生厌的一切，会潜移默化到她身上。后来，事情还是在学校里闹得沸沸扬扬，各种诋毁、流言跑了出来，都是针对王娟。像是她的名誉，她将来的生活，甚至她的性命也捏在沈晓武的手中一样。一度，王娟感到绝望，想调离学校，远离这些流言蜚语，但要想调离并非容易之事。当然，还有一个办法是让沈晓武远离她，她也尝试着那样去做，却没任何成效。

　　再后来，沈晓武索性变成了无赖，变成了流氓，主动出击，扰得王娟的生活一刻也不得安宁。王娟就想去法院告他性骚扰，问题是她不知道法院是否会受理，又是否会认定事实。这恐怕是没有任何意义的，只不过给人们增添了一项茶余饭后的笑资罢了。不管怎么说，一个身体健康的男人还是有权利去追一个女人的。假如为这样的事去控诉，肯定有些荒唐。更何况沈晓武并没对她进行诸如此类的事情。捏造一个事实吗？想来想去，王娟还是决定去县城找相关律师咨询一下，于是，在一个星期天，她跑到县城律师事务所，找到一名姓张的律师，把大致的情形说了一下。张律师听完，笑了起来，不客气地说，从你的讲述来看，被告是构不成任何犯罪的，你显然多虑了，建议你去找心理专家看看。王娟被张律师的话气疯了，把杯中的水泼到了张律师的脸上，摔门而去。

经过一番深思熟虑，王娟决定写一个公告，把它张贴到学校的宣传栏上。她要让沈晓武彻底死心，让这个人永世不得翻身。她还从没见过这样厚脸皮的人，简直就是厚颜无耻。王娟的那个公告是打印的，很大的一张，端正地贴在学校的宣传栏上，内容大致是某人癞蛤蟆想吃天鹅肉，也不拿镜子照照自己什么模样。如果还对她死缠烂打，她就去法院告他性骚扰，等等。这些话如一把匕首，直扎人心，每一句都令人脸色发白。

学校的宣传栏总没空着的时候，一年到头张贴着五花八门的文件和通知，都是上头有关教育的种种政策和法令，或是学校的精神传达、卫生大检查、荣誉表彰类。贴在那样的位置太惹人注目了。当时，学校所有的人都围在那里，指指点点地，像过节一样热闹，正是吃午饭的时候，所有的人都没去食堂，全聚在那里。学生们最喜欢看热闹，不知发生了什么事情，涌动着推挤着，吵闹不止。虽然王娟没在公告里指名道姓地骂沈晓武，但大家都知道她骂的是谁。有名低年级的学生，对上面的字还认不全，磕磕绊绊地读着，读出了其他的意思，搞笑得很，引得大家哈哈大笑。王娟想，假如沈晓武还不迷途知返，她就把公告贴到镇街上。

沈晓武没想到王娟会来这一手，当场被击垮，醒悟过来后，吼叫着冲上去，把公告撕了下来，灰头土脸地站在宣传栏前。作为男人，沈晓武同样有自尊心，等到自尊心被王娟伤了后，才知道自己给伤得鼻青脸肿，对她的爱意顿时消失殆尽。第二天，他也在学校宣传栏同样的位置，张贴了另一个公告，并署名沈晓武。公告内容主要是写王娟如何勾引他，如何同他上床，措辞十分肉麻，简直不堪入目，完全是无中生有。王娟没想到沈晓武会以其人之道还治其人之身，远远超出了她的想象，沈晓武根本就不是个五大三粗之人，而是心思缜密，处事决断。如果她还胆敢把公告张贴到镇街上，沈晓武也肯定不会手软。她没把沈晓武怎么伤着，倒把自己弄得遍体鳞伤。王娟只好偃旗息鼓，不再轻举妄动，暗自舐舐伤口。

沈晓武像在考验王娟的耐心，整整一个星期，每天都把一个公告张贴到宣传栏。沈晓武人不怎么样，写起公告却一套一套的，内容每日不同，言辞花样翻新。王娟虽然恨得咬牙切齿，却只能忍受，不知道沈晓武的打击什么时候才能结束。她每天提心吊胆地，每次经过宣传栏时，都手脚发软，有种听天由命的味道。看得出，沈晓武要往死里整她。没想到一个星期后，事情结束了。不是沈晓武自行结束的，而是吴校长把他叫到办公室，狠狠地训了一顿，说他的行为极为恶劣，弄得学校都无法正常上课了，并且公告里的内容对全校师生造成了精神污染，如果再这样下去，学校只有向上级部门汇报此事，请上级部门处理。沈晓武这才意识到了事情的严重性，意识到不能搬石头砸自己的脚，终于停止了对王娟的谩骂与侮辱。

王娟好不容易缓过气来，明白自己必须换个环境，换个环境就是换个活法，如果还待在这里，她不能保证自己不会发疯，于是赶紧找人活动，请客、送礼、拉关系。半年之后，她终于调去了镇中学，离镇小学隔了一里地。可能是受事件的影响，沈晓武不久也被调离，去了杨梓镇中学，距离原来的中心小学好几十里，成了那所中学的一名体育教师。

接着，丁艺明与王娟相识了。仔细想起来，丁艺明与王娟的相识有某种内在的必然性。在每年春季，学校都要组织学生打防疫针，多是注射预防甲肝、脑膜炎、流感之类的疫苗。那天，丁艺明被医院派来给学生注射疫苗，轮到王娟的班级时，王娟不停地忙碌着，声音清亮，让学生排好队，不要挤成一团。注射完毕，王娟还趁机与丁艺明交谈了几句。

丁艺明的长相不错，轮廓分明，一米七三的个头，戴一副眼镜，看人时目光像是从上面探出来一样，格外柔和。而王娟也不算难看的女人，看久了还经看、耐看。隔了一天，王娟通过同事去找丁艺明，原因是同事说她认识丁艺明。同事拿了相片去说事情。丁艺明当时就想，这不是多此一举吗？没想到王娟竟然对他有意思，思来想去，丁艺明觉得王娟主动而大胆，自己还真的找不到拒绝的理由，再说自己年纪也大了，父母也一直希望自己赶快找个女朋友。每到夜晚，躺在床上，他仔细地回忆着王娟的面容，时而清晰，时而模糊，只记得王娟那头一丝不乱的长发，朝后高高地梳着，束成马尾辫，散出一股洗发水的清香。过了几天，他给王娟反馈，说是两个人先处着，互相多进行了解，婚姻大事，并非儿戏，不能草率。其实，他只是想试试王娟的态度，如果王娟只是心血来潮，后悔了，至少还来得及反悔。作为一个男人，他应该大度一点，给王娟一个下来的台阶。没想到他刚一松口，王娟就赶紧趁热打铁，主动发起进攻，一次次地往医院跑，也不在乎什么闲言碎语，随着王娟一次次地奔跑，丁艺明逐渐没了定力。

在那大半年的交往中，丁艺明与王娟的关系一日千里地发展着。在那年的国庆节，两个人闪电般地举行了婚礼。事情的顺利是丁艺明没有想到的，王娟也终于走出了心里的阴影，在她身上发生的那些绯闻对她再也构不成伤害。因此，可以说，他丁艺明与王娟从相识到相爱到结婚，整个过程就像做梦一样。

连续两天，丁艺明都没回家，待在医院里，把王娟一个人晾着。他知道王娟在等待他的宣判，越是这样的时候，他越不急于宣判。问题是丁艺明想了三天，也没想出个处理的办法。其实，他也在等王娟。他不给王娟结果，王娟就会给他一个结果。凭着他对王娟的了解，王娟肯定会给他结果的。是的，发生了这样的事情，任何一个男人都是无法容忍的，不管是宁折不弯还是宁弯不折，只要是真正的男人，都忍受不了。

第三天，丁艺明终于等到了王娟。当王娟走进诊疗室时，丁艺明还是感到吃惊，没想到她竟如此厚颜无耻，一点也不避讳地来到医院。王娟的脸上布着笑意，神情捉摸不透，与医生不停地打着招呼，又不停地报以微笑。他想不出王娟是哪里来的自信心，换作其他人，恐怕早就找个地方躲藏起来了。

丁艺明正在诊断病人，诊了上一个接着是下一个。他有条不紊地忙着，仔细地询问着病人的病情，利索地开着处方，有时还要问到病人晚上是否做噩梦。对这些外在的问题，他乐此不疲，像是病人的病情真的与此有着某种关联。他一边询问病人的病情，一边小心翼翼地观察王娟。看着越来越坐立不安的王娟，他知道自己达到了想要的效果。他的目的就是要让王娟没有耐心，没有定力，当场失控。他不相信王娟能一直忍受下去，这无疑是另一种羞辱。

当最后一个病人离开时，王娟也坐了很长时间，周围的同事这才感到不对头。丁艺明站起身，伸了一下腰肢，像是突然发现王娟一样，漫不经心地说，你来医院干什么？脸上露出一副夸张的、迷惑的表情。

王娟也迷惑了，心里咯噔一下，睁眼看着丁艺明，根本没想到他会这样问。

丁艺明，请给我一个结果？王娟压低声音说。

什么结果？你还没吃午饭吧，已到吃午饭时间，就在医院吃吧。丁艺明皱着眉头，不客气地说。

听他这样说，王娟的脸上突然起了变化，像是不认识他一样，眼睛睁得圆而大，古怪地笑着，似乎受到了某种刺激，呼吸急促，脸色发白，身体随即一倾，没控制住，顺势往墙上撞了过去。丁艺明看得清楚，王娟像是被某个重物狠狠地击了一下，顿时晕倒在地。他没料到发生这样的事情，赶紧冲上前把王娟扶了起来。

王娟，你怎么啦？丁艺明不得不叫了起来。

医院里的同事都往这儿跑，但没人问王娟怎么突然晕倒在地，大家都在想办法，想让王娟醒过来。经过商量，众人把王娟弄到隔壁的病床上，接着有人去拿药，有人去倒水，赶紧往她嘴里灌。

自始至终，丁艺明都站在那里看着，像被击蒙了一样。

有人问丁艺明究竟发生了什么事情，丁艺明像是没听见。

院长也被惊动了，赶了过来，说王娟先前还与我打招呼，有说有笑的，怎么突然就发病了？是不是身体有什么问题，等她醒过来后，赶紧给她做个全身检查。

丁艺明看了众人一眼，没有说话，沉默着，脑袋嗡嗡作响，他没想到王娟会当着众人的面，给他演这么一出戏，只能说王娟想到了与他见面时的各种可能性。这时候，他很想去卫生间洗手，他觉得自己的手让王娟弄脏了。他心中已发过誓，不再去碰王娟的身体，没想到刚才还是出于本能地冲了上去。王娟已把那顶看得见摸得着的绿帽子戴到了他的头上，他恨不得杀了她，但又不想表现出仇恨，而是当作什么事情也不曾发生一样，他要让王娟的心灵受到非人的折磨。他知道自己越是不在乎，王娟就会越是不安宁。这种折磨无疑比任何的惩罚都厉害。他的手指抖动着，想从口袋里掏烟，随即又明白这时是不合时宜的。

这时，院长转过身问他，王娟是否有心脏病，或是否有什么家族遗传病史？

丁艺明不知所以地点了点头，又摇了摇头。院长一点也不奇怪，把他的行为看成了正常反应。碰到这样的事情，没有谁不晕头的。

丁艺明感到一阵恶心，喉咙作呕，但他强忍着，控制着，尽量不往外吐。他知道自己得赶紧去卫生间，并且越快越好。此刻，他的大脑中只有这一个念头，这念头很清晰，很强烈。这样想着，他的脚动了一下，谁知竟无法控制，胃部一阵剧烈地翻涌，一股秽物猛地冒了出来。因他的脑袋高昂着，所以秽物被射得老高，喷涌地四散而开。房间里的人都惊叫起来，唯恐避之不及。

丁艺明趔趄着脚步，朝卫生间的方向奔去，像一条狂奔乱窜的狗。在大家都发愣的时候，不远处传来卫生间的门被撞开的巨响。

3

醒来之后，王娟感到意识比较清晰，睁眼环视了四周一眼，发现自己躺在家中，丁艺明正坐在她的身边，正不动声色地看着她。王娟想，难道丁艺明一直在盯着她看？也不知看了多长时间？见她醒来，丁艺明突然笑嘻嘻地说，王娟，你终于醒了，可把我吓坏了。丁艺明的笑脸如一张揉皱的报纸，狰狞可怖，悬在她的脑袋之上。

丁艺明又说，王娟，你病了，我已请好假，专门回家陪你。

听丁艺明这么说，王娟神经质地叫了起来，丁艺明，你听好了，给我滚出去，我不想见到你。

别激动，这对你的身体没一点好处，像是我做了对不起你的事情？丁艺明眨了眨眼，不明白地说。

丁艺明，我知道，你现在恨不得我死。

这完全是危言耸听，你是我的妻子，我怎么会恨你呢？丁艺明说着，抬手扶了扶眼镜。

丁艺明，我们离婚吧，我承认，是我做了对不起你的事情。王娟的情绪略显激动。

王娟，你今天总算对我祖露心扉了，是与秦北江商量好的吗？你以为跟我离了，秦北江会跟你结婚吗？告诉你，你的想法错了。

丁艺明的话刚说完，王娟猛地从床上撑起身，气喘吁吁地，抬手指着他，显得怒不可遏。

见此，丁艺明赶紧走开，他担心王娟再次晕倒。从目前而言，他与王娟的事情并没闹大，没有弄得尽人皆知。他丢不起这个丑，王娟同样丢不起这个丑。在外人看来，他们依然在风平浪静地过日子，谁知底下早已暗流汹涌。因事情的不可预测，秦北江也肯定时刻在关注着他的行动。王娟今天的突然晕倒，对秦北江来说是一个提醒。王娟为什么晕倒？是否因为事情的恶化所引起？还是其他什么原因？丁艺明想得出，秦北江一定急得如同热锅上的蚂蚁一样。秦北江越急，他越不急。他要慢慢地报复，让他们受到应有的惩罚，让他们时刻处在心惊胆战之中。

为了不被王娟过多地纠缠，丁艺明回到客厅，坐在沙发上，认真地回想着，结婚六年来，他跟王娟的婚姻生活还算和谐，互相间从没吵过架，更别说大打出手。他想不出王娟为何红杏出墙，为何要背叛他。一想到那天的画面，他的身体就发软，脑门直冒冷汗，愤怒如石块一样堆积在心里。大多数人都是先恋爱后结婚，事先经过长时间的相互了解，是真正的两情相悦。自己却要等到婚后才去了解王娟，当时以为这样的了解更直接，更独特，无须煞费苦心地去揣测、体味、琢磨。没想到自己错了，错得一塌糊涂。王娟是什么时候跟秦北江勾搭成奸的呢？也许在还没结婚前，两人就有一腿。丁艺明觉得自己根本就不了解王娟，也从没走进她的内心，仔细想想，在日常生活中，王娟表现出的原来全是外在的东西，一切都是做出来的，一切都是表演。

自事情发生后，整整几天，王娟都没去学校。问题是她还有心情上课吗？当然，学校里的事情也不用王娟担心，秦北江一定安排好了一切。眼下，秦北江最害怕的应该是他去学校闹，这会让秦北江斯文扫地，抬不起头来。但丁艺明目前还不想这样做，不想闹得两败俱伤，若秦北江颜面无存，他同样如此，皮之不存毛将焉附。

这几天，也不知秦北江是否给王娟打过电话。出了这样的事，王娟已茫然失措，秦北江总得拿个主意吧，或者给她指一条生路。当然，也不能排除秦北江做了缩头乌龟，提起裤子不认账。如果真是这样，秦北江就太无耻了，太卑鄙了。

这时，门外传来敲门声，敲了两下，又止住了。也许敲错了，丁艺明没理睬，但接着又敲两下。王娟听见了，从卧室跑出，没立即去开门，而是站在那里，看着丁艺明。王娟对敲门声感到紧张，担心发生什么意外。

丁艺明第一想法是，秦北江按捺不住了，既然事情还没闹得尽人皆知，就过来息事宁人。他冷笑着，起身过去，猛地拉开门，外面并没有人。他疑惑了，把头伸到门外，四下望了望，还是没看到什么人。

丁艺明关好门，对王娟说，外面没有人。

王娟也疑惑了，不解地看着丁艺明。

事情有些邪门，也许是秦北江，特意过来一探虚实；也许是其他人的恶作剧。丁艺明想，如果真是秦北江，未免太无聊了，完全可以光明正大地进来谈事情，根本用不着如此鬼鬼祟祟的。任何事情，只有通过商谈，才能得到解决嘛。在医院里，有很多的医患纠纷，最后都是通过商谈得到妥善解决的。这是他对解决事情一以贯之的看法。

丁艺明看见王娟犹豫了一下，接着慢慢地朝门口走去，于是赶紧拦住，说，你是病人，需卧床休息，去外面干什么？

王娟讥讽地说，丁艺明，别以为我没看清你的意图，事情到了这地步，我承认对不起你，也伤害了你，我们还是好聚好散吧。

丁艺明说，王娟，我们都冷静一点，事情怎么说也没闹到离婚的程度嘛。再说离婚对你我都没什么好处。话又说回来，我对秦北江也不反感，你如果想与他继续偷偷摸摸，我也不反对。这几天，我在不停地反省自己，发生了这样的事情不能说我没责任，怎么能把责任全归咎到你头上呢。王娟，我从事的是解除人类肉体痛苦的工作，你从事的是人类灵魂高尚的工作。我们的工作性质相辅相成，如果把这样的丑事宣扬出去，你我的脸面就都没地方搁。我们不妨暂时这样往下生活，你过你的，我过我的。你也不要往坏的方面想，徒然给自己增加不必要的心理压力。生活该怎样还得怎样，我上我的班，你去你的学校，这样不是很好嘛。至于秦北江，过不了两年，说不定就调走了，到时大家就都解脱了。

王娟像是不明白丁艺明的意思，抬眼看着他，让他说糊涂了。

丁艺明端起茶杯，喝了一口水，又说，如果把事情弄得人人皆知，就成了一个笑话。我们一出现在镇街上，大家就要指指点点。婚姻说到底还不是这么一回事，这样的事情电视里不也经常发生吗？对秦北江我也没什么好说的，谁有理还说不清呢！我也不想找他的麻烦，要找的话那天就找了。

丁艺明，你的意思是暂时不离婚。

自事情发生到现在，我可从没提过离婚。丁艺明理直气壮地说。

如果我执意要离呢。王娟说。

王娟，我搞不明白为什么要离婚？

丁艺明，我知道你心里在想什么？你想折磨我，要把我折磨得发疯才罢休。

王娟，你怎么会这样想呢？是你正在折磨我，而不是我在折磨你。

丁艺明，难道离婚还须你同意？

如果我不同意离婚，你跟谁去离。丁艺明反驳说。

如果协商无法解决，那只有通过法院。

王娟，你别欺人太甚，至少我比你光明磊落，说不定你在结婚之前，就跟秦北江有一腿。

丁艺明，你愿意怎么想就怎么想，我不反对。这时，王娟倒是平静了下来。

4

丁艺明没想到，晚上值夜班时，自己会把事情告诉姜玉丽。姜玉丽大学毕业后，来到镇医院工作，一直跟随他多年，对他很是尊重。他平时差不多是手把手地教姜玉丽，特别是外科手术，一再告诫她，每一个细节都要处理好，不能有丝毫的马虎。作为同事，他跟姜玉丽的关系还不错，但也说不上特殊，跟其他人没什么不同。

这天晚上，正好是他跟姜玉丽值班，心情又不太好，就想跟姜玉丽说说心里话。于是，他从自己到镇医院说起，不停地说着，像是发泄，像是倾诉，像是寻找某种安慰。他滔滔不绝地说着，过多的话语如一根绳子，把他捆得结结实实，容不得他有丝毫的挣脱。他被话语驱赶着，话语控制了他的嘴巴，如江河奔流，如秋风扫落叶，他越说越快，一直说到眼下。丁艺明完全沉浸在言说之中，不管不顾，似乎这样才能卸下心灵的重担。

丁艺明过多的话语像是催眠术，姜玉丽听得迷迷糊糊。听完后，她这才听出端倪，原来丁艺明与妻子之间发生了矛盾，于是斟酌着说，丁主任，俗话说夫妻没有隔夜的仇，互相道个歉不就完了。

丁艺明说，不是这么简单的，很多事我不知道怎么跟你说。打个比方吧，假如一个女人做了对不起男人的事，这个男人该怎么办？

姜玉丽惊讶地说，丁主任，你是说王娟在外面有男人？这样的事情没把柄千万不要胡乱猜疑，夫妻间最忌讳的就是这点，如果互相猜疑，以后还怎么在一起生活？

丁艺明看了看姜玉丽，欲言又止。

姜玉丽又说，丁主任，你这样乱猜就不对了，也是对王娟的不尊重。

丁艺明说，你还记得前几天的中午吗，我当时找到你，说要回去一趟。

姜玉丽吃惊了，吞吞吐吐起来，你的意思是，那天当场把他们抓住了？

算了，没什么好说的，对我而言，这是奇耻大辱。丁艺明的身体抖动了一下。

姜玉丽睁大眼睛，不相信地看着丁艺明。丁艺明清楚，他想通过姜玉丽把事情宣扬出去。在日常生活中，姜玉丽并不是个爱搬弄是非的人，说不定会守口如瓶，但丁艺明实在找不出一个合适的人选，如果自己到处宣扬，就真的不要脸了。姜玉丽很聪明，显然听懂了他的意思。

果然，第二天上班时，同事们像是已默认了事实，都对他有了莫名的关心。有人说，作为男人不应该忍气吞声，事情当断则断，不能拖着，这样对谁都没好处。有人建议干脆离婚，说这是男人的耻辱，如果男人窝囊得连婚也不敢离，这样的男人还是男人吗？再说，丁艺明也没什么离婚后遗症，至今都没生养孩子，这就好办。说到孩子，众人都惊奇地发现，事情像是注定了一样，一直埋伏在那里，现在才显现出来。有人则反对离婚，说王娟那天不也在医院昏倒了吗？这说明她知道自己做错了，知道羞耻，想恳求丁艺明饶恕，就看丁艺明能否给她一次机会。对这些所有的议论，丁艺明一概不予回答。

院长也听说了事情，于是找到他谈话。院长的意思是，家庭里发生了这样的事，放在谁的头上都不好受，想不到王娟是这样一个女人，怪不得那天她会晕倒。院长建议丁艺明休息一段时间，这时候还工作，是不人道的。院长的话高屋建瓴，站在一个很高的层面看问题。

丁艺明说，他很感激院长，请院长放心，他会把事情处理好。但医院里的工作不能撂下，大家都在医院里忙着，他不能以此为借口，给自己放假。丁艺明的表态让院长不太放心，但见丁艺明执意如此，院长也不好还说什么。该说的都说了，该给的关心也给予了，该帮助的也帮助了，院长觉得自己尽到了职责。

其实，没有谁知道，丁艺明所有的这些都是做出来的。他最想回到家中，根本就不想值什么夜班，他要守在王娟的身边，要看到她被摧残的面容，要让她一刻也不得安宁，他甚至愿意王娟被这种折辱逼死。

星期三，又轮到丁艺明值夜班。外面在下雨，时而激越，时而低沉，夜色很快漫了上来，均匀地覆盖在医院的上空。丁艺明坐在门诊室，心事重重地望着外面。病人都已离去，四周静得异常，姜玉丽刚才还在值班室，这时不知去什么地方了。丁艺明意识到自己不能这么坐下去，应该站起来走走。于是，起身走出房门，又愣怔在那里，不知道自己要到什么地方去。丁艺明只好又回到值班室，决定趁机睡一觉，他浑身散了架一样的累。他知道这是心灵的累，只不过通过肉体表达了出来。他伏在桌面，意识停在外面的雨滴上，听雨滴节奏明快的滑落声，窸窸窣窣地，一会儿沉潜，一会儿上升。一段时间，他的意识飘浮在雨水之上，似乎连意识也湿漉漉的，随后他被浓重的睡眠裹挟着，慢慢睡了过去。

在这短暂的睡眠中，他做了一个噩梦，梦里他在大雨中奔走，全身湿透，道路泥泞不堪，他的双脚像深陷在沼泽中一样，每迈动一步，都无力拔出。等从梦惊醒，略一抬头，顿时看见姜玉丽倾俯的身体。姜玉丽的脸上笑靥如花，手指正有节奏地敲打着桌面，发出"笃笃笃"的声音。丁艺明迷惑地看着姜玉丽，她高耸的乳沟俯在他的眼前，形成一股巨大的力量，死死地压在他的心灵之上。很快，姜玉丽把手中拿着的盒饭放到他的面前，说，丁主任，醒了吗，你该吃饭了，赶紧趁热吃吧，吃完饭，你接着睡。看得出你很疲惫，千万别把身体搞垮了。丁主任，还得请你原谅，我向你道歉，没想到事情会这样，对你的生活造成如此恶劣的影响，我不是故意的。

丁艺明并不饥饿，也没什么胃口，于是说，你放在这里，饿了我会吃。你也别内疚，也没必要道歉，事情迟早都会让人知道的，这样我反而轻松了。

姜玉丽说，丁主任，你千万别跟自己较劲，容易伤身体，要知道你是多么好的一个男人啊，真不知王娟是怎么想的。

我不想再说她。丁艺明不客气地打断姜玉丽。

看得出王娟对你的打击太大，大家也有目共睹。丁主任，不是我说你，别让事情拖着，得找出一个解决的办法。我的建议是，干脆离婚。你们这样过下去，还有意思吗？姜玉丽并没就此止住，反而深入了下去。

丁艺明吃惊地看着姜玉丽，很快又把目光转向别处。

丁主任，你接着睡吧，我现在去查病房。姜玉丽说完，走了，不再纠缠他。

丁艺明重新趴在桌面，却怎么也睡不着，睡意顿消。他时刻想入睡，肉体却紧紧地拽着他，让他处在睡眠的半明半昧之中。也不知过了多久，就在他胡思乱想的时候，姜玉丽又回来了。外面的雨似乎大了，打在水泥地面"啪啪"作响，又不时从窗口飘进。姜玉丽进来后，随手把门带上。

丁主任，还记得你当年来医院吗，挑着两箱子书。姜玉丽坐下后说。在丁艺明听来，姜玉丽的话有些莫名其妙。

你当年来时，大家都觉得好笑。还记得院长搞了一个简短的欢迎仪式，说了一通热情洋溢的话，大家没鼓掌，只是笑。但谁能想到几年后，你不再是当年的你。你总能做出让人意想不到的事情。说说你与王娟吧，当年也没见着你们打得如何火热，怎么一下子就结婚了呢，速度快得令我们瞠目结舌。丁主任，有些话我一直憋在心里，也不知当说不当说，这么些年，我其实一直在暗恋着你。看着姜玉丽，丁艺明的眼睛睁大了。

你不要感到好笑，真的，我在每个晚上都要梦见你。我的意思是，如果你与王娟离婚了，只要你不嫌弃，我就跟你结婚。说不定这是老天给我的一个机会。我知道这时候，不应该对你说这些，但我还是没忍住。丁主任，你一直对我好，我也跟了你这么些年。我心中把男人比来比去，觉得没有一个男人能比得上你，你是这样的优秀，虽然我知道这中间的距离，但我还是止不住这样去想。在生活中，我也从没什么不切实际的想法，而这是我唯一不切实际的想法。当你把王娟的事情告诉我之后，我想了两个晚上，想得自己都失眠了。丁主任，我的家在乡下，家境不是很好，父亲去年得了胃癌，日子也不长了。我的年岁也不小了，底下有两个妹妹，都已结婚，只有我还一直单着，父亲为此不安，希望我在他还没死前了却他的这个心愿。

丁艺明吃惊了起来，更加迷惑地看着姜玉丽，觉得姜玉丽在胡言乱语。像是被一根长长的针刺了一下，刺得准而深，丁艺明顿时醒转过来，当即劝姜玉丽冷静点，说，你怎么会有这样的想法呢？大家是同事，传出去可不好，这时候如果闹出什么绯闻，就好像是我做了什么对不起王娟的事情，是我处心积虑的结果。

姜玉丽笑了笑，说，丁主任，那你说，我该怎么办？

姜玉丽，我劝你别乱想，我跟你可能吗？

　　丁艺明，这就是你的回答？姜玉丽不再叫他丁主任，声音也高了起来。

　　你还要我怎么回答？丁艺明抬手摘下眼镜，揉了揉眼，接着从口袋往外掏烟。

　　姜玉丽看着丁艺明，想说什么，又什么也不说。丁艺明点烟的时候，也想说什么，同样没说。令丁艺明没想到的是，这时姜玉丽猛地扑了上来，倒在他的怀里，并把嘴唇送了上来。丁艺明下意识地推了推，但无法抗拒，手臂怎么也使不上劲。姜玉丽说："你推得开吗，再推的话我就喊人了，到时我们就真的说不清了。丁艺明，其实我的父亲早已死了，我知道他正在外面看着我呢。"姜玉丽边说边指着窗外，丁艺明似真的看到外面有个人影一闪。现在想来，发生这样的事情并非突然，在平时的工作中，姜玉丽就老是黏自己，只是自己没意识到姜玉丽的想法。这时想起，才觉出姜玉丽的良苦用心，她从前所做的一切，多多少少都有这么一层意思。

　　在姜玉丽顽强的进攻下，丁艺明失控了，把该做的事做了，就在办公桌上进行。丁艺明没想到自己的欲望是这样的强烈，做了一次还不够，接着又来了一次。事毕，丁艺明并没如往常一样，去卫生间清洗身体，也没感到恶心，反而觉得身心愉悦、轻松。

　　丁艺明想不明白自己怎么了，鬼使神差地，竟有一种报复的快感。王娟不是背叛了他吗，他也可以背叛王娟。婚迟早要离，但不是现在，要等到把王娟折磨得人不像人鬼不像鬼才罢休，否则他心中的愤怒无法平息，他的屈辱就要永远压在心头。丁艺明从没想到，他的生活会在某一天给弄得面目全

非，从前他从不做噩梦，现在每天晚上都做，梦大多都凶险而
怪异。他已正式与王娟分居，王娟睡里面的床，他睡外面的沙
发，沙发某处地方有些硌背，从梦中醒来后，那处地方就更令
他难受。他在黑暗中爬起身，摸索着去倒水喝，脚步像是踩不
到一个点上，虚飘飘的。他也搞不清自己为什么要喝水，喝水
像是在缓解什么一样。喝完水，他怎么也睡不着，想不到夜晚
是这么难熬。他越是想把夜晚熬过去，越是难熬，夜晚成了一
个坚强的实体，一个障碍，高高地矗立在他的面前。

　　自从跟姜玉丽发生关系后，丁艺明有些不敢待在医院，因
为姜玉丽每日在医院等着他，家中也是无法待下去的地方。还
有梦魇在每个晚上都要折磨他，吞噬他，纠缠他。他的身体随
梦魇起伏，某种外在的力量时刻都想碾碎他，在那股力量中，
他的身体变成了一个点，被广袤的空间紧紧地覆盖。

　　隔了几天，丁艺明发现姜玉丽看他的眼神不同，里面波光
潋滟，千娇百媚。丁艺明有些害怕，不知道姜玉丽接下来会干
什么。他一直想不明白，姜玉丽为什么要这样做，仅只是她所
说的那些理由吗，事情肯定不会如此简单。不过，他知道姜玉
丽同样是个经历了男人的女人，她轻车熟路，轻易就把他逼到
绝境，让他轻易缴械。还有一点，他对自己突然的快感也想不
明白，难道只是因为对王娟的报复。

　　每天去医院上班，姜玉丽就不时来找他，找出各种冠冕堂
皇的理由，目的是跟他相处在一起。他根本无法回避，也回
避不了。姜玉丽是那样工于心计，处处谋划着，把事情做得
滴水不漏，说话时也珠圆玉润的，意思里裹着意思，内容里
裹着内容。丁艺明害怕同事们看出什么端倪，没有谁是傻瓜。

假如他与姜玉丽的奸情败露，医院还不要闹翻天。问题是姜玉丽很疯狂，像是他不给她一个满意的结果，她就要把事情彻底闹大。

丁艺明想不到自己会陷入这件事中，并且陷得如此被动，陷得如此莫名其妙。按照他的推测，事情只是刚开始，接下来姜玉丽会使出更厉害的招数。相比之下，自己也好不到哪里去。丁艺明有些后悔那晚的举动，甚觉荒唐，把肠子都悔青了，感觉就似一记耳光狠狠地抽在脑门上，发烫发痛。

这次，不用院长叫他休息，他坚决地请了假，躲开姜玉丽的追击。回到家中，他依然与王娟保持着沉默。王娟也没再提离婚的事情，过着互不相干的生活，各睡各的觉，各吃各的饭。更多的时候，王娟自己弄饭吃，他每天吃方便面。吃完后，王娟跑进卧室，把门关上。黑暗中，他坐在外面，一动不动，如一尊石雕，内心有种喘不过气来的感觉。

5

秦北江是三年前调到镇中学做校长的，先前在另一所中学做副校长。秦北江身体适中，微胖、高鼻梁、厚嘴唇，头发生得上，梳大背头。作为校长，秦北江的工作比较务实，为人也有亲和力，因此赢得了不少老师的尊重。算起来，王娟是两年前跟秦北江搞上的。在学校，王娟是个活泼的人，尤其喜欢唱歌，差不多是专业水平，学校一般有什么文艺之类的活动，她总要露一手。秦北江也是人尽其才，学校上面来人，秦北江就陪领导到镇街餐馆吃饭，每次都要叫上王娟。等领导吃完饭，秦北江就安排他们去 K 歌。于是，王娟很容易就成了焦点人物，又是独唱，又是合唱，又是与领导齐唱。

事情看上去很简单，俩人只不过是工作上的接触。没想到的是，一来二去，俩人日久生情，都是已婚男女，彼此心里明白。慢慢地，秦北江看王娟的眼神就多了一层内容，多得王娟不敢正视。犹豫了一段时间后，王娟动了心，也对秦北江暗递秋波。在王娟的心中，她与丁艺明的婚姻已出问题，不但日子过得一潭死水，而且没了激情。特别是每次欢爱后，丁艺明总要跑到卫生间，没完没了地清洗身体，令她感到恶心，感到被鄙视，还有莫名的失望与怨毒。在王娟眼里，丁艺明已变得一无是处，她承认是自己主动追丁艺明的，只是因为当时她急需把自己纳入生活的正轨，不想继续生活在沈晓武事件的阴影之下。也怪她没对丁艺明进行彻底的了解，就匆匆作出了决定，这就是所谓的一失足成千古恨。只能说她把丁艺明想得太完美了，以为自己可以托付终身。没想到丁艺明的缺点太多，除了洁癖，睡觉时还喜欢打呼噜，梦中时常发出磨牙的声音，身上整天弥漫着消毒水的味道。天长日久地，她几乎都麻木了，把丁艺明当成了身边的陌生人。当一个人厌恶另一个人时，他所有的优点也会成为缺点，不能说丁艺明的洁癖不是所有事情的源头，正是这样的洁癖让她有种不真实感，让她感到耻辱，感到痛苦，感到哀莫大于心死。她想试试另一种生活，否则她跟行尸走肉没什么区别。

两年前的一个晚上，趁丁艺明值夜班，王娟约秦北江来到家中，真刀实枪了一次。其间没什么铺垫，都直奔主题。结束后，王娟隐隐觉得有些对不起丁艺明，内心羞愧，但这种偷情的滋味让她欲罢不能。当她把这层窗户纸捅破后，事情就变得顺其自然了。她每天都很兴奋，又不能过分地表现出来，担心被丁艺明看出破绽，所以做得比较隐蔽。隔不了几天，王娟就盼望丁艺明值夜班，给秦北江发微信，把时间约好。那天正午，她突然心血来潮，给秦北江发微信。秦北江如约前来，却怎么也没想到，被丁艺明捉奸在床。

这些天，丁艺明不再在医院过夜，回家的次数多了，时间却令人捉摸不透，完全没了规律，就像那天回家一样，似乎还想打她个猝不及防。

外面的阳光很好，透过窗玻璃，淡白地照着卧室的一角。王娟仰躺在床上，胡乱地想着，想久了，眼睛有些潮湿。

客厅里，丁艺明正在吃方便面，手机突然响了。接听后，丁艺明皱了皱眉，没想到电话那头居然是秦北江。秦北江打他电话干吗，还有这个必要吗？

丁艺明并没拒接，也没急于表态，而是想听秦北江接下来会说什么。

在电话中，秦北江谈到了他对事情的想法，说他想与丁艺明见一面，好好谈一谈，因为这些日子，他的心灵备受煎熬，深觉自己对不起丁医生，对不起上级领导的培养，更对不起王娟。一切全是他的责任，他也愿意承担一切，只恳请丁医生能原谅王娟。事情的影响极为恶劣，波及了整个小镇，下个学期他一定调去偏远的学校，保证不再找王娟。他可以给丁艺明写保证书，内容互拟，如果他不守承诺，丁艺明就可以拿保证书去法院控告他。这些日子，他十分痛苦，陷入在生活的深渊。如果有可能，最好把王娟也叫上，三个人当面把话说清楚，让大家都从事件中解脱出来。

丁艺明脸色铁青地听着，秦北江实在无耻，还在喋喋不休地说着。但丁艺明控制住自己，没摔掉电话。秦北江想谈什么，该谈的都已在电话中说了。

为了看清秦北江的嘴脸，他压低声音说，你约个时间。

秦北江说，那就明天下午。

丁艺明爽快地答应了。

挂掉电话，丁艺明敲开卧室的门，把秦北江的意思转告了王娟。王娟表情僵钝，既没表示同意，也没表示反对，像是陷在某种思绪中无法自拔。

本来说好第二天下午见面，没想到秦北江临时变卦，又打来电话，问丁艺明现在什么地方，说是他昨晚想了一宿，决定取消此次见面，觉得还是不见面为好。

丁艺明捏着手机，站在街拐角处，前面就是法院。昨天他们约好了这处见面地点，主要是为了避免到时大家闹得不痛快。丁艺明当即也同意了这个见面的地点。秦北江在电话中说，虽然取消了见面，但想跟他在电话中谈一谈。

为什么取消见面，我认为还是见面为好。丁艺明这么一说，对面的秦北江就有些惊慌，像是幸好取消了见面，否则丁艺明会对他实施重大的打击。

见面不见得能解决问题，弄不好会自取其辱。秦北江给了一个理由。

丁艺明说，你有屁快放。

你是否同意我的建议？秦北江问。

什么建议？丁艺明不明白。

就是写保证书的建议。

秦北江，让你的那个狗屁建议见鬼去吧，同时我还可以郑重地告诉你，你必须为此付出代价。

丁医生，我承认是我的错，但你也要考虑清楚，别一时冲动做违法的事。

我考虑得很清楚，那就是我要把这顶绿帽子砸烂。

你想怎么样？秦北江在那头试探着。

到时我说了算。

丁医生，你想干什么？你是有身份的人，我也是有身份的人，我劝你不要走极端，这对你不好。

是吗，那就走着瞧。丁艺明适时冷笑了一声。

对面的秦北江沉默了，过了一会儿，又说，丁医生，你千万别误解我的意思，这段时间，我老婆准备去叫娘家兄弟，说是要教训王娟，幸好被我及时拦住了。我毕竟是一校之长，还得主持学校的工作，只想把事情尽快平息下来。王娟也得回学校上课，她休息这么长时间，老师们都有意见了，说王娟的课不能摞给他们。你我都是聪明人，知道其中的利弊。

丁艺明问，这就是你今天要跟我说的？

是。秦北江字斟句酌地，丁医生，你的心情我完全理解，事情说大了就那么回事，说小了还是那么回事。我知道你受到了伤害，但可以向你赔礼道歉，哪怕登门道歉也行。

秦北江，你根本不知道我受到了怎样的伤害，不是一句道歉赔罪就没事。你有尊严，我同样有尊严，是你给我戴了绿帽子，所以事情不可能就这样算了。

丁医生，算我吃错了药吧，不只是我承受着巨大的压力，相信你同样如此。到目前为止，我跟王娟连电话也没敢打，我这样说，请你别往坏处想，是我决心不再纠缠她。这些天，我既没吃好，也没睡好，白头发也多了。我不知道还能怎样对你说，说多了你肯定不高兴，可我真的想把事情解决好。听说王娟在闹离婚，丁医生，你听我一句劝，千万别离婚，你也劝劝王娟，如果离婚了，她的下半生怎么办？

丁艺明总算搞清楚了秦北江谈话的意思，绕了那么一大圈，原来是为此目的。丁艺明有些发愣，搞不清是自己的逻辑出了问题，还是秦北江的脑子进了水。他的内心充满愤怒，不想再听秦北江说下去，于是挂了电话，又担心秦北江再打来，忙关机。

站了一些时间，丁艺明的身体还在抖动，嘴角处的肌肉也牵动着，在不停地朝下坠压，都把脸部搞得变了形。

回到家中，丁艺明意外地看见王娟坐在客厅。看得出，王娟在等他与秦北江见面的结果。丁艺明没理睬，目光僵直，神情呆滞地径直走过去，倒了一杯水，捧在手中。见此，王娟没吭声，起身重新回到卧室。丁艺明想，下一步，必须采取相应的措施，彻底打掉秦北江嚣张的火焰，如果不打掉，恐怕秦北江会越来越肆无忌惮。秦北江太小瞧他了，在嘲弄他，把他当成了一个懦夫，一个可以随便拿捏的懦夫，一个任意践踏的懦夫。秦北江当真很无耻，很歹毒，很下贱，简直就是一个十足的流氓。真不知王娟看中了秦北江哪一点？想着，丁艺明的意识一下子跳到了姜玉丽的身上，居然有与秦北江一样的感同身受。丁艺明对自己吃惊了起来。

坐在客厅，丁艺明对自己感到恼火，在见面的事情上，自己多少有些失策，没把事情考虑得周全一些，细致一些。因为在电话中，不管是谁讲话都是游刃有余的，倘若见了面，说出的恐怕又是另一番话，事先想好的都没用。

丁艺明有些后悔自己今天的行动，在这件事上，秦北江一下子占了上风，也说不定秦北江依然在试探他。接下来，事情会朝什么方向发展呢？丁艺明想不明白。但有一点他明白，自己必须彻底摆脱姜玉丽，从这个陷阱里跳出来。

当丁艺明再次来到医院时，面容憔悴，神情严肃。医院里的同事看着他的脸，都不敢问什么，只是笑了笑。

一直等到吃完午饭，丁艺明才把姜玉丽叫到办公室，请她坐下，说有话对她说。姜玉丽问，是不是考虑好了离婚。丁艺明没理睬，先从把王娟捉奸在床说起，一直说到他们目前的冷战，然后说到自己不知如何是好，因为他还深爱着王娟。绕了一阵后，又说，那晚发生那样的事情，他很是对不起她，也伤害了她，还请她原谅他，倘若站在王娟的角度，他同样对不起王娟。丁艺明的表情十分沉痛，语言充满自责，既是忏悔，也是赎罪。

姜玉丽直起身，脸色一片绯红，眼睛不时朝敞开的门口张望。她没想到丁艺明会说这些，说到底，王娟的事情跟她没任何关系，她与王娟就更没关系，关键是丁艺明现在想临阵脱逃。姜玉丽最不能容忍的就是这点，丁艺明是不见棺材不落泪，不撞南墙不回头，如果不给他施以颜色，还以为她是一只病猫。

丁艺明，你想提起裤子就不认账吗？姜玉丽直起身，冷笑着说。

　　我没那样的意思，只是觉得跟你不合适，何况我比你大了近十岁。丁艺明小心地说。

　　没什么不合适，我都不计较，你还计较什么，你别身在福中不知福。只要你跟王娟离婚，我就跟你结婚。

　　我劝你不要有这样的想法，因为我不会跟王娟离婚。再说你心里也清楚，我并没占你多大便宜，大家彼此彼此。

　　丁艺明，你知道吗，我可以去法院告你强奸罪。你别不相信，我保留了那条内裤，上面有你的精液，我可以交给法院做DNA检测。姜玉丽心平气和地说着，保持了足够的冷静。

　　丁艺明跳了起来，睁大眼睛看着姜玉丽，嘴里说着"你……你……"，却什么也说不出。丁艺明没想到姜玉丽还有这一手，无疑会置他于死地。也许姜玉丽在骗他，根本就没保留那条内裤。问题是姜玉丽不像在说谎，完全是有备而来。丁艺明垂头丧气地坐下，宁愿相信姜玉丽在骗他，也不愿相信这是真的。

　　姜玉丽也坐了下来，笑容越来越迷人地说，丁艺明，你不逼我，我就不逼你，你什么时候跟王娟离婚，我就什么时候嫁给你。你认为我们没有幸福可言，但对我来说这就是幸福，我会一辈子守在你身边。总有一天你会明白，我才是你真正需要的女人。退一步说，如果你暂时不想跟我结婚，我们还可以把这种关系维持下去，只要你不离开我，我就心满意足了。

　　丁艺明感到脑袋某处地方，被一根粗壮的神经牵扯着，阵阵发痛。姜玉丽在他的眼里有些可怕，如果他胆敢反抗，就会吃不了兜着走。他还一直洋洋得意，以为会把耻辱永远烙在王娟的身上，会让王娟下半辈子背着一个恶名，无法重新做人。

恰恰相反，如果他敢反抗，姜玉丽就会把耻辱烙在他身上，让他下半辈子无法做人。

6

丁艺明不敢再去医院，只要见到姜玉丽，他的脑袋就痛，痛感强烈。丁艺明怀疑自己病了，并且病情严重。为了查找这种病因，他偷偷地翻书，把书上所说的病灶翻了个遍，但都是疑似病例，书中又多是临床表现和具体的治疗方法，缺少病因分析。他一会儿觉得自己患上了这样的病，一会儿觉得自己患上了那样的病。作为一名医生，他对自己感到耻辱，居然连最基本的判断分析能力也没有。

近段时间，王娟倒是没再提离婚的事情。婚姻到了这地步，的确早应该离的。丁艺明不去想王娟的事情，而要认真地想自己的事情。他已向院长请了半个月假，院长也同意了，说院方最直接的支持就是让他好好休息，不能眼看他这样垮下去。

这天上午，王娟离开了家。丁艺明不知道她去什么地方，想说点什么，却不知如何开口。临出门前，王娟也没看他。丁艺明站起身，想阻挡王娟，又站在那儿不敢动，完全是一种下意识的行为。直到王娟出了门，他还站着，心里涌起一股说不清的滋味，不知怎么办。

这些日子，他整日与王娟守在家中，相互间不说一句话。进进出出的，如同陌路人一般。通常，王娟从卧室走出，刷牙、洗脸、做饭，除此之外，就是紧闭房门。王娟给自己收拾

254

了一套餐具，绝不与丁艺明的混在一起。家中虽然有两个大活人，但死气沉沉的。

至此，丁艺明想不出还有把婚姻拖下去的必要，他现在不只在折磨王娟，也在折磨自己。王娟倒是安静了，没见她采取什么极端的行动，先前她对离婚表现得那样强烈，甚至找到了法院。他想不出王娟心里到底怎么想，难道真的愿意维持这名存实亡的婚姻。如果王娟再提离婚，他愿意成全她。倘若事情一直拖下去，自己恐怕会提前崩溃。

王娟离开后，丁艺明顿时感到心里空荡荡的。先前也空落，但不至于孤寒。他陡然意识到了自己情绪的变化，王娟在时，心里只是堵着什么东西一样。王娟不在，家中就静得可怕，静得异常。他无法再待在房间，想到外面走走。自发生这一系列的事情后，他的神经一直处在极为紧张的状态，如一根伸缩不定的弹簧，不时收缩，不时拉直。这一个星期，姜玉丽也没打来电话，或闹上门，说明姜玉丽是有所顾虑的，至少不想让他闹出笑话。

时间真的很漫长，而丁艺明又是个不知道如何打发时间的人。先前每日在医院忙碌，按时上班，按时下班，按时睡觉，一切都按规律运转。时间很容易就过去了，生活得充实而快乐，不像现在时间成了他的伤心之地。为了打发时间，他一遍遍地想着现在，又一遍遍地想着从前。把该想的都想了，不该想的也想了，不知道接下来该怎么办？

就在丁艺明坐在房间发愣的时候，外面响起了敲门声，很有节奏感，响了一阵又止住，接着又敲。是否王娟回来了？丁艺明走过去打开门，吃惊地张大嘴巴，没想到门外站着的竟是秦北江跟他的老婆吴小琳。

丁艺明的第一反应是，秦北江来干什么，他老婆又来干什么？不用丁艺明邀请，吴小琳径直走进，秦北江紧随其后。进来后，吴小琳的双眼睃动，这里看看，那里瞧瞧，甚至还进了卧室。当发现王娟不在家后，吴小琳坐了下来。秦北江站着，不敢坐，脸上挂着笑意，像是在回避什么，又像是表明自己的态度。吴小琳不笑，神情绷得很紧。

丁艺明等他们说话，谁先开口谁就被动，这是他得出的经验。他想冲他们发火，让他们滚，他们至少侵犯了他的人身权利。他想警告他们，如果还待在这里，他只有诉诸法律。但他又清楚，如果这样吼叫，将激化矛盾，让矛盾升级，势必会惊动左邻右舍。丁艺明身体抖动着，强压内心的怒火。

秦北江不敢贸然开口，等吴小琳开口。丁艺明看着吴小琳，她正在翻那本搁在桌面上的书。吴小琳是个长相不俗的女人，双眼皮，厚嘴唇，细眉白肤，只是腰有些粗。丁艺明想不出秦北江为什么要勾引王娟，不守着这样的女人过日子，非要闹出什么风流韵事。

一段时间后，吴小琳终于开口了，直截了当地说，丁医生，我今天来，不是来找王娟的麻烦，更不是来找你的麻烦。我的意思是，大家不妨采取一个折中的解决方案，再这样下去，大家都没法过日子了。

丁艺明有些吃惊，没想到吴小琳的想法跟秦北江一样，先前她不是说要打上门来吗，要把王娟这个婊子撕成碎片吗？丁艺明想不出这两个人到底是谁说服了谁。可惜王娟不在家，否则会受到另一种羞辱，肯定得找个地缝钻进去。

见丁艺明没作声，吴小琳又说，丁医生，我知道，你同样是受害者，王娟做错了事，你大人有大量，原谅她吧，至于离婚，我看没必要闹到这一步。

丁艺明冷笑一声，说，你还有脸说王娟，秦北江是什么样的人，你应该清楚，我劝你跟秦北江离婚算了，这样的男人还值得你去珍惜？

秦北江听后，受不了，跳起来说，丁艺明，我们今天是来处理问题的，不是来离婚的，即便离婚，也得到民政局。

吴小琳的手扬了一下，示意秦北江坐下，意思是暂时还轮不到他说话。接着，吴小琳问到了王娟，问王娟怎么不在家。当然，即使王娟在家，她也不会跟她打架、吵闹，何况大家都是脸皮薄的人。她今天之所以来找丁医生，第一是让秦北江当面向丁医生道歉，因为他伤害了丁医生。第二是她已拟好了一份协议，想请丁医生看看。协议是关于此次事件处理的方案，如无异议，签字后生效。第三是她要向王娟道歉，王娟与丁医生都是受到伤害的一方。秦北江是人民教师中的败类，有愧于人民教师这个光荣的称号，迟早都要被清理出教师队伍的。丁医生，你是多么优秀的人啊，医术高明，医德高尚，为人忠厚老实，在镇街上有着公认的口碑。她为找到秦北江这样的男人，饮恨终身，只希望丁医生，不要与他们一般见识。因为秦北江说，丁医生会采取严厉的措施，要让他为此付出代价。还请丁医生考虑清楚，以大局为重，不要一时冲动，酿成终生的悲剧。她今天是诚心诚意来的，现在就先让秦北江道歉。

吴小琳的话刚说完，秦北江就对丁艺明做了一个道歉的动作。

丁艺明很快制止住秦北江，表示自己不接受道歉。丁艺明越是这样，秦北江越是要道歉，像是不道歉就没脸走出丁艺明的家门，又像是要感谢丁艺明那天对他的态度。好几次，秦北江都要在丁艺明的面前跪下，丁艺明就赶紧跑开，脸涨得通红。丁艺明感到事情变得十分地滑稽，也十分地荒诞。

见丁艺明如此拒绝，吴小琳惊慌失措起来，迭声地说，丁医生，你到底想怎么样？

丁艺明说，你们现在就滚，我不想再见到你们，你们的行为让我恶心。你们再次让我受到了伤害，而不是在减少我的伤害，你明白吗？

丁艺明这一讲，吴小琳与秦北江都吓在那里。秦北江还保持着跪的姿势，却不敢跪下。吴小琳沉默着，不知道接下来该怎么办。看上去，丁艺明并没熄灭心中的念头，那到底是个什么样的念头呢，不能排除丁艺明杀人的可能性，狗急还跳墙呢。

吴小琳变得不安起来，说，丁医生，要不我们给予你一定的经济赔偿吧，你的精神受到了伤害，我们理应给你精神赔偿费。你开个价，说要多少钱吧。吴小琳明明知道丁艺明的内心是多么的难受，多么悲痛，明明知道他对他们是多么厌恶，还这样喋喋不休地说着，戏弄着他，侮辱着他。

你认为有钱就能解决问题吗？你们还站在这里干什么，还不快给我滚。看着还磨蹭在家中的秦北江夫妇，丁艺明实在忍不住了，大吼一声，你们这就给我滚，听见没有，再不滚别怪我不客气。

吴小琳与秦北江赶紧站起身，朝门口走去，在快要跨出门时，吴小琳又折了回来，说，丁医生，你不会到学校去闹吧。

你们他妈的有完没完？快给我滚出去。丁艺明手指着门，滚，滚。

丁医生，你用不着发这么大脾气嘛，我们这就走。吴小琳气呼呼地说。

你们把我害成了这样，还要怎样？丁艺明愤怒地说。

秦北江夫妇走后，丁艺明神思恍惚地坐着，久久没回过神，他从来就没想到事情会这样。等王娟回来，必须跟她好好谈谈，是该离婚了，他不想把事情再这样拖下去。

等王娟回来时，天已很晚，开门时，钥匙掉到了地上，又摸索着捡起，弄了半天才重新套进锁头。

丁艺明说，王娟，你回来了。回来了，我就放心了。

丁艺明，秦北江来干什么？不知王娟从何处得知秦北江来到家中的消息，心中的气愤可想而知。秦北江不只是羞辱了她，还给她的羞辱涂上了一层油彩。

劝我们不要离婚。丁艺明说着，站了起来，没想到失去了重心，身体歪了一下，忙伸手扶住沙发的一角。可能是坐得太久了的缘故，两条腿都麻木了。

你是怎么想的？王娟问丁艺明。

王娟，说句实话，你把我伤到骨头里了，你想不出我受的伤害有多深。算了，说这些还有意思吗？这几天，我也想清楚了，我们好聚好散吧，互相再这样耗下去已没任何意义。丁艺明无力地说。

可能因为结果来得太迟，王娟一点也不激动，脸上木木的，像是听清了丁艺明的话，又像是没听清，她颓然地坐在地面，感到全身发冷。丁艺明曾告诉她，人的身体是由二百零六块骨头构成的，而这种冷就叫冷入骨髓。

丁艺明本想还与王娟说点什么，今天不说，以后恐怕没机会了。当他宣布同意离婚时，并没看到王娟有多高兴。丁艺明发现自己再次错了，王娟显得相当冷静，像是那句话对她依然是一种伤害。从王娟身上表现出一种冷，似乎冷到了她的灵魂深处。

看着王娟紧皱的眉头，僵直的眼神，丁艺明只好打消心中还想说什么的念头。

7

丁艺明与姜玉丽的婚礼是在这年的下半年举行的，医院的同事在院长的号召下，重新给他送了一份不薄的礼金。丁艺明一再表示不收礼，六年前他已收过一次，还收就欠了大家一份人情，是永远也还不了的。

结婚当晚，同事们都来贺喜，然后喝酒、聊天、打牌，很是热闹。丁艺明本来不想大张旗鼓，也不想请什么人喝酒，觉得简直是丢人现眼，根本就是给他人增添笑料。但姜玉丽说，这她第一次结婚，难道连婚礼也不举行吗？丁艺明，你到底安得什么心，你都结过一次婚，我可从没结过，我的亲朋好友都在看着呢，你得明白这点。姜玉丽的口气既是讥消的，也是愤怒的，更是挑衅，丁艺明还能说什么，只能把打落的牙往肚里咽。姜玉丽说不但要大操大办，还要热闹，要丁艺明当着她所有亲朋好友的面，承认他的妻子是姜玉丽。丁艺明想，这还用承认吗，这样的承认有什么意义？似乎这是一种宣告，一种承诺，一种责任，他今后只能跟姜玉丽捆绑在一起，别想挣脱。由此可见，姜玉丽是多么的工于心计，多么的令人捉摸不透。他不想跟姜玉丽吵架，也不想多说，所以自始至终都是被动的，不时在姜玉丽的面前表现得唯唯诺诺，低三下四。

丁艺明感到一切像是事先精心策划好的圈套，专等他往里钻，钻进后，姜玉丽开始扎紧口袋。听着姜玉丽的话，丁艺明想，她是多么的理直气壮，又是多么的欢欣鼓舞啊！在本质上，她与王娟的红杏出墙有什么区别？每当他趴在她身上时，意念中他不是他，而是另一个男人。他交出了肉体，但绝不交出灵魂。

然而，丁艺明也有想不明白的地方，见到姜玉丽时他的脑袋不再疼痛，从前的洁癖像是突然没了，他不再感到羞耻，不再要没完没了地清洗身体，不再有恶心的感觉。怎么会这样？也不一定是麻木了，而是蔫了、垮了、塌了、残了，整个人就不对了。丁艺明觉得自己变了一个人，变得面目全非，变成了一个连自己也不认识的人。

与姜玉丽结婚，丁艺明无法拒绝。如果他胆敢不跟姜玉丽结婚，就会再次成为镇街上所有人嘲笑的对象。另外，姜玉丽会说到做到，去派出所告他强奸，她铁证如山，容不得他有任何的狡辩。谁也帮不了他，他只有自己帮自己。丁艺明是这样想的，先与姜玉丽结婚，过一两年再离婚不迟，到时她的那个证据就一无用处了。与姜玉丽共事如许之年，竟看不出她是这样一个充满心机的女人。到目前为止，医院里的同事还以为姜玉丽是个纯洁的处女，是真心真意地爱着他的女人。

　　离婚后，丁艺明搬了出来，把房子留给了王娟。这倒不是说他有多么崇高，而是房子本来就是王娟的。这么些年，他把钱都花在了买书上，花在了人情世故的打点上。离婚时，他除了把自己的衣服与书带走，其余全给了王娟。姜玉丽对他赤条条一个人净身出户，既没说什么难听的话，也没鼓动他跟王娟进行财产分割。看得出，姜玉丽也不想把事情做过头。

　　婚礼是在姜玉丽的房子里举行的，所有的东西全是新的，床、被子、枕头、家具，房子刚装修，盈盈地挥散着清漆的气味。墙壁白得晃眼，家具的颜色与墙壁相衬，发出柔和的光。置身在房间里，丁艺明有种眩晕的感觉，迷迷糊糊中，觉得所有的东西全倾覆了过来，一点一点地压着，要把他压倒在地面。

　　参加婚礼的除了医院的同事，大多是姜玉丽的亲朋好友。这时候，丁艺明突然想到了王娟，不知王娟是否知道他开始了新的生活。他甚至不无恶毒地想，如果王娟也送来贺礼，那么就有意思了。在那些蹩脚的电视剧中，不总是出现这样的场面吗？想着，丁艺明问自己，为什么希望王娟来？毫无理由嘛，这说明他内心当真歹毒，也当真很无耻。

　　有消息说，王娟跟他离婚后，并没去找秦北江。也就是说，在整个事件中，秦北江除了虚惊一场，基本没他什么事。既然他丁艺明没去找秦北江的麻烦，王娟就更不可能，如果去找了，还不是打自己的脸，即便打肿了，也不会有人关心。还听说，王娟已请了半年病假，理由充分，秦北江不敢不批。

　　这样的消息对于丁艺明来说，既不相信，又不得不信。还关注秦北江干什么？关键是王娟，丁艺明确信王娟真的病了，不是以病为借口。记得那天，当他跟王娟走出民政局，王娟当场神经质地把离婚证撕了个粉碎，扔到地面，抬脚使劲地碾着，像是那样才解心头之恨。王娟的身体有些消瘦，天气都变凉了，还穿着一件单衣，身体抖动不止。他于是说，你是不是很冷，把我的衣服穿上吧。王娟也没反对，只是茫然地看了他一眼，又低下脑袋碾脚底的离婚证。那一刻，他从王娟的眼里看到了某种疯狂，像是陷入了某种崩溃之中。他便不敢再说什么，担心稍有不慎，就会刺激到王娟，于是赶紧匆匆离去，把王娟抛在那里。他心里充满了悲哀，他本想陪王娟走完回家的路，完成他人生中陪她的最后一段路程。

　　结婚后，丁艺明的生活被重新纳入了生活的轨道，准时上班，准时下班，准时睡觉，没让他感到有什么不同，生活也没发生什么根本性的变化，只是换了个跟他睡觉的女人而已。姜玉丽很幸福，脸上整天都是笑容。在医院，她对丁艺明的称呼并没改变，还是丁主任地叫着。同事都开玩笑，说丁主任是你叫的，应该叫老公吧。

　　丁艺明知道姜玉丽是故意这样做的，目的是逼他就范，让他在这样的称呼面前彻底缴械。

　　这期间，丁艺明又听到了一些说法，说是王娟很少出门，整天把自己关在房间里，也不知道在干什么。时间长了，肯定要闷出病来。王娟的父母也不来看她，像是没了这个女儿一样，她自己酿的苦药只能自己喝，完全是自作自受，自食其果。听说这些之后，丁艺明心里十分难受，萌生出一个想法：什么时候去看看王娟。

　　有一天，丁艺明真的回了从前的家。那天，天色阴沉，空中布满铅灰色的云块，浓淡不一，被北风驱动着，一直往南面的山巅跑。他的心情就像这铅灰色的天空，愁绪满怀。离婚后，由于走得匆忙，门钥匙至今还没交给王娟，他今天回来，第一是来看看王娟，第二是来把钥匙交还给王娟。

丁艺明先敲门，敲了一阵后，见里面没什么动静，才决定打开门，进去看看。既然来了，即使王娟不在家，他也想进去坐坐。进去后，丁艺明的眼睛顿时潮湿，里面的格局还是原来的模样，从前放在什么地方的东西还在原处。

房间里不是没人，王娟正坐在沙发上。

王娟，你在家呀，我刚才敲了半天门，也没见你应声，我今天是来归还钥匙的。

丁艺明的话并没惊醒王娟，她正低着脑袋想着什么。丁艺明站着，不知如何是好。看得出王娟需要帮助，她是那样的孤苦无助，那样地衰微可怜。为了今天的回来，他做好了充分的准备，准备请求王娟原谅他，第一，他当时的确伤害了她，把她往死里整，要把事情闹大，看她还有什么脸面活在世上。第二，他想请求王娟原谅他，他骨子里不是歹毒之人。

王娟抬起头，吃惊地看着他。

丁艺明说，王娟，我是来还钥匙的，房门钥匙还在我身上。

王娟点了点头，表情冷漠。

丁艺明不知道自己还能说什么。

突然，王娟像是醒悟过来了，连忙说，你坐，你坐，干吗站着。显得相当的客气，表明王娟清楚自己跟他现在的关系。

丁艺明一愣，赶紧点头坐下，心里也长长地松了口气。

王娟，我今天除了还钥匙，还要请你原谅我，因为离婚的事情，把你伤害成这样，我心里难受。丁艺明说。

王娟站起身，微笑着，给他倒水。接着，王娟并没问他为什么要道歉，而是问他工作上的事情，也问到了姜玉丽，说是他结婚时，自己想去送礼，又不敢去。毕竟夫妻一场嘛，很多事情还是看开了好，都生活在一个镇子上，抬头不见低头见，总不能把所有的路都堵上吧。

王娟的话思路清晰，逻辑性强。这样的人会有病吗？丁艺明发现自己又一次错了，王娟正逐渐恢复正常人的生活，只有自己才显得怪异，显得不正常。

丁艺明不再提道歉的事，喝完杯中的水，然后把钥匙交到王娟的手上。王娟笑着说，你不给我也可以，就当留个纪念吧。听着王娟的话，他的心一阵悸动，有种针扎的感觉，但还是把钥匙递给了王娟。

出来后，丁艺明的心情轻松了起来，不管怎么说，跟王娟结婚六年，感情还是有的。有天晚上，他梦见了王娟，俩人还睡在一张床上。他离王娟是那样近，又分明离得那么远。王娟的身体侧着，背对他，缩成一团。沉默中，他听到王娟在哭泣，声音不大，双肩耸动，压抑着哭泣的力量。他犹豫着，想伸手去拉王娟的手，却不敢付诸行动。他与王娟的距离近在咫尺，触手可及，他不知道自己担心什么，害怕什么。他为自己感到羞愧，感到绝望，感到不解。王娟的侧躺本身就是一种拒绝，一种不屑，一种蔑视。他觉得哭泣的王娟成了一个陌生人，根本不是他熟悉的王娟。

走着，丁艺明时而糊涂，时而清醒，心中还有件事也一直没对王娟说，那就是，他不是心甘情愿跟姜玉丽结婚的。他听见身体某处地方发出一声脆响，像一个人吃得太饱后的打嗝。他想，从此与王娟就真的是陌路人了。

丁艺明紧了紧身体，避着北风，抬头望了一眼天空，脸上泪水纵横。

一个星期天，正好轮到丁艺明与姜玉丽同时在家休息。姜玉丽坐在那里织毛衣，季节已到春天，丁艺明想不明白姜玉丽为什么要织毛衣。姜玉丽一边织着，一边与丁艺明说着家里和医院的琐事。丁艺明一边看书，一边心不在焉地听着。这时，姜玉丽突然说到了王娟，说到了丁艺明当时的境地，说在这所有的当事人中，只有丁艺明才是最幸福的。

丁艺明有些厌恶，又不敢把厌恶表现出来。到现在他还没弄清楚，自己是否真的幸福。

姜玉丽还在那里说着，说着，突然问丁艺明，你是喜欢男孩还是喜欢女孩？比较而言，我更喜欢男孩。

丁艺明倏地转过脑袋，眼神慌乱地看着姜玉丽，心里猛地一惊，明白姜玉丽怀孕了。事情来得突然，他还从来没想过姜玉丽会怀上孩子。从前，他也没想过孩子的事情。现在看来，是王娟有问题。他当初建议王娟去查一查，王娟也同意了，但后来又忘了这件事。他曾开玩笑地对王娟说，过些年我们去抱养一个孩子吧。

姜玉丽正出神地看着他，等着他的回答。

丁艺明只好声音抖动着说，还是男孩子好。

听到丁艺明的回答，姜玉丽哈哈大笑起来。然后，慢声细语地说，丁主任，告诉你，我都怀孕一个多月了，你就安心地等着做父亲吧。

战 栗

乌合之众

十六年前，我们镇街最厉害的人物是刘子龙。那年，刘子龙二十一岁，比我大三岁。他是半道杀出来的，在他未出道前，我们镇街最厉害的人物是一个绰号叫吴瘦子的人。吴瘦子那时三十多岁，身体很瘦，右脸有一道长长的刀疤，阳光照在上面，闪出狰狞的红色。特别是他饮酒之后，刀疤就成了一条红色的蜈蚣趴在上面。镇街上的人都害怕那条蜈蚣。提起吴瘦子，大家脸上的肌肉就会神经质般地抽搐。吴瘦子的手下啸聚着十几个混混，日子一直都很风光，派出所也奈何不了他。一般犯了事情，抓的也只是那些混混。吴瘦子是个比较懂得自我保护的人，从不跟法律过不去，却暗地唆使手下的混混干敲诈、勒索之事。

刘子龙未出道前，一直在偷偷地练功夫。我去过他家几次，看见院子里栽满树桩，树桩上挂着沙包。他告诉我，这是梅花桩，主要用来锻炼马步。另外他正在练一种叫什么"流沙掌"的武功，练成后，第一个要击杀的对象是吴瘦子。吴瘦子曾给过他一次非常厉害的教训，逼他喝了一大盆尿。事后，他又逼自己喝了一大盆肥皂水，想把喝进肚里的秽物呕吐出来，但没成功，尿渍味依然整日弥漫在嘴里。刘子龙问我："你见过一个人喝过一盆尿吗？我要吴瘦子为此付出代价，当镇街人的面前吃我屙的屎，这样，他嘴里一辈子就有股臭味。"我笑起来，问："你的'流沙掌'练得怎么样？"他说："快了，年底的时候，你就会看到我的'流沙掌'的厉害。"对刘子龙的话，我不以为意，认为他只不过想吓唬我一下，但他吓不住吴瘦子。假如他真的跟吴瘦子对峙，被打得屁滚尿流的一定是他，说不定吴瘦子会当场废掉他的一条腿或者是一只胳膊。

那时，我们是一群十六七岁的少年，青春的激情令我们躁动不安。刚开始，我们谁也不服谁，没谁轻易听谁的，稍不如意相互间便大打出手。这样，相互间分成几派，都在暗地较着劲。后来，刘子龙想了一个办法，在我们之间选举一个老大，宗旨是愿为朋友两肋插刀，有处理事情的果敢勇气，在道上能够混得下去，打架时不怕死。谁有真正的本领谁就做老大。不得不承认，刘子龙的确是一个做大事的人。宗旨出来当日，他发表了一个所谓的演讲，不知演讲词是否事先准备好了。刘子龙的演讲令我们大吃一惊，因为我们谁也没有想到弄那一套。况且他的演讲极富煽动性，逻辑性又强。他身材高大，站在一处地势较高的地方，双手上下挥舞，风把他的头发扬了起来。他的手背有一个被香烟烫出的黑褐洞眼，挥动时像是一个硕大的牛虻趴在上面，随风飞来飞去。我们一下子被他镇住了。接着，刘子龙脱下上身的衣服，我们顿时看见了无数的刀疤，不知这些刀疤是什么时候生长在他身上的，因为我们没见他打过恶架。刘子龙身体上的刀疤有的像红色蚯蚓，有的像蜥蜴，有的是木疖似的硬块。这些刀疤似乎与生俱来生长在他身上一样。刘子龙说，谁的刀疤比他多，他就拥护谁做老大，否则他是老大。我们都不敢脱衣服，弄不好会成为被耻笑的对象。于是，刘子龙自然而然地成了我们的老大。在镇街，吴瘦子一直瞧不起我们，认为我们只是一群毛孩子，不屑与我们为伍。现在，我们终于组成了一个足以跟他抗衡的团体，不再怕他，见着他手下的人也无须打招呼。在那年头，围绕在刘子龙身边的除了我，还有蒋进、欧阳风、沈东、丁强，我们六个人歃血为盟，成了一个团体。

有段时间，我与蒋进们每天都聚在刘子龙家的院里，看他练功。我们看得恹恹欲睡，刘子龙却练得满头大汗。我们不知道刘子龙为什么练这些花拳绣腿，这所谓一招一式真的管用吗？我有些怀疑，刘子龙难道真的要用"流沙掌"对付吴瘦子。问题是我们谁也没见到过"流沙掌"的厉害。据刘子龙说，"流沙掌"是一种极厉害的功夫，练成后就能打遍小镇无敌手。

对刘子龙锲而不舍的劲头，我们由衷地佩服。有这样劲头的人一定是干大事的人。跟刘子龙一样，我们一直生活在荒谬之中，恶的事物成了我们的癖好与仰望的终极目标。我们把刘子龙当成日常生活中的效仿，他的每一个手势都是那样重要，他的大拇指与中指擦着打出一个榧子①，表示我们可以大打出

————————

① 方言，打响指的意思。

手；他的食指竖起来，表示我们得小心行事；他的五指合拢，表示他已下定决心。我们懂得刘子龙手势所代表的含义，他对我们的指挥根本不用言语，只需随便的一个手势。刘子龙特意做了一套衣服，就像武打电视剧中会武功的人一样，上身穿一件有白色手工制纽扣的黑色对襟褂子；下身穿一条白裤，裤腿肥大，在脚踝处用松紧带扎实。因此，刘子龙走起路来，脚底就会荡起一股风，一副威风凛凛的派头。他整日穿着这身奇异的衣服在镇街晃来晃去。当他穿这身衣服出现后，言行也变得肆无忌惮起来。他毫不犹豫地把事情张扬出去：要让吴瘦子吃屎。镇街上的人都被他的话吓了一跳，兴高采烈地观望着事情的发展。出乎意料的是，吴瘦子像是没听见这话，迟迟不见什么动静。胆小的怕胆大的，胆大的怕不要命的。吴瘦子似乎被刘子龙吓住了。

一个冬日的黄昏，天气很冷，北风一阵接一阵从街心吹过。有四个从县城来的痞子出现在我们镇街上。当时，我与刘子龙正在小餐馆喝酒。这几个人走进小餐馆，张口就问，谁是刘子龙？刘子龙喝得醉眼蒙眬，晃悠悠地站起说，跟我说话要懂点规矩，别流里流气的，老子最看不惯的就是你们，是不是骨头发痒了？要我松松。说话的人有些胖，可能从没受过这样的蔑视，呸地朝刘子龙的脸上吐了一口。那口浓痰一下子挂在刘子龙的左眼上。刘子龙晃动着脑袋，那浓痰就是不下来，只好抬手擦了一下。我感到不安，看得出这几个人是故意挑衅。刘子龙也有点蒙，愣怔看着四个人，半天没反应。

这四个人嘻嘻哈哈的，脸上满布嘲弄的神情，袖子捋得很高，露出要与刘子龙较量一番的派头。这时，刘子龙声音低沉地说，看来有必要给你们点颜色看看，知道血液是什么颜色吗？四个人像是没听清刘子龙的话，更何况县城的方言与我们镇上的方言有着本质的区别。刘子龙说时，眼里流露出一股杀气。瞬间，刘子龙操起屁股底下的板凳，朝那个吐痰的家伙击去。板凳像是飞出去一样，准率十足。接着，一声惨叫撞击着小酒馆的墙壁。那个家伙轰地倒下身体，如同一截巨大的柴头倒在地上。事情一下子急转直下，另外三个痞子显然没料到刘子龙会痛下杀手。那条长板凳已撤回，被刘子龙高高地举着。刘子龙的脸上开始绽出微笑，开心地看着另外三人，既给他们思考的时间，又表现得极有君子风度，把下一个机会留给他们。先发制人后，其他人的锐气就挫败了许多。我知道刘子龙总是玩先发制人这一套，特别是在以寡敌众的时候。但我和刘子龙根本没想到，另外三个人的身上居然带了刀子，他们唰的一声，从各自的腰里拔出一把尖刀。看得出是屠夫肉案上剔肉的尖刀。刘子龙的神色稍微有些恐慌，但很快就镇静了。我站在刘子龙的身边，浑身抖个不止。械斗顿时发生。我躲藏在刘子龙身后，看见他在刀光剑影中冲杀着，背部一处地方正往下淌血。幸好是冬天，我们都穿着厚厚的衣服，否则他背部的口子会像裂开的嘴唇一样暴露在外。他一边游刃有余地战斗，一边命令我赶紧去拿一把刀子来。由于恐惧，我连路都走不稳，更别说去拿什么刀子。我抖动着声音，问刘子龙，刀子在什么地方？刘子龙没理睬，对三个痞子说，操你妈，老子都流血了，今天不是你死就是我亡。刘子龙变得疯狂了。这时，我嘴角的肌肉猛地抽动一下，一股寒气倏地钻进口腔。我的膝盖一弯，差点跪在地面，心中的恐惧如同鞭子一样抽动。刘子龙像

271

是又挨了一刀，因为他正侧过身体，想看清背部的刀口。

见势不妙，我赶紧溜了出去，瞅准一个空当后，逃之夭夭。我惊魂未定地站在小餐馆外面，一只手搂住大腿，那处砍伤的地方钻心地疼痛。双手也让血液染成了红色，血液不时从指尖滑落。不一会儿，里面的人撤了出来，首先是三个痦子，接着是刘子龙。刘子龙身上布满鲜血，三个痦子亦有不同程度的受伤，脚步踉踉跄跄的。刘子龙居然缴获了一把刀子，他怪笑一声，顿时恢复了某种自信，身体因为刀子颤抖不止，又似乎身体令刀子抖动。刘子龙对我吼了一声，你这个废物，给我闪到一边去。说完，刘子龙冲杀过去，其中一个被他当即砍翻在地。另一个还来不及反应，刀子就异常准确地到了那人的肚子上。那人像是被电流击中了一样，猛地跳起，怪叫一声，双手捂住肚子跑了起来。刘子龙冷静地盯着剩下的对手。对手不停地后退着，双腿抖动，似乎想跪倒在刘子龙的面前。刘子龙把沾着血液的刀子在衣服上擦了擦，朝上面吹了口气，气流与刀子撞击着发出一种声音。他站在那里，举起左手，做着招呼的动作，要求对手走到他的面前。看着这场面，我感到滑稽好笑，根本没想到刘子龙会取得胜利。

很快，从镇街那头传来整齐的脚步声，见几个人正冲了过来。派出所许所长奔跑在最前面，一只手拿着手铐，另一只手握着枪，跟在他后面的警员都拿着警棍。见势不妙，刘子龙大喊一声：撤。我赶紧弹跳起来，跟着刘子龙往前跑。虽然我的屁股疼痛不已，但还是艰难地迈动脚步。刘子龙浑身是伤，依然跑得像一阵风。于是，我提醒自己也要像风一样地奔跑。

那晚，我与刘子龙跑去另一个镇子。我脸色苍白，浑身散架，后来根本就不是跑，而是慢慢地挨着走。接待我们的是刘子龙的一个痞子朋友，看着我与刘子龙，吓得不轻，连声问，你们这是怎么啦？派出所没人追上来吧。刘子龙说，别废话，赶紧给我们找医生，包扎伤口。刘子龙被缝了十几针，我的大腿被缝了四针。幸好几个痞子的刀子都不锋利，否则我与刘子龙说不定已是奄奄一息。

差不多半个月，事情终于平息，我们才重新回到小镇。回到家中，我立刻被父亲扇了几耳光。父亲吼叫着，要把我送去派出所。父亲丧失理智的行为很快被母亲制止住。母亲说，虎毒都不食子，你想把儿子弄进牢房才罢休？

那场械斗令刘子龙威名大震，我们回来后，镇街上的人还津津乐道着这件事，如同多年前议论刘子龙的父亲一样。多年前，刘子龙的父亲经营着一个花圈店。有一年，镇街的周围没死一个人。没有死人，意味着刘子龙父亲的花圈卖不出去，生计就成了问题。于是，刘子龙的父亲想了一个办法，让刘子龙向镇街上的人宣布他老人家寿终正寝。也不知道刘子龙的父亲吃了什么药物，裹着白布躺在门板上，一动不动，像死了一样。镇街上的人都被这假象蒙蔽，纷纷买他扎的花圈给他送葬，几个心地慈悲的女人还跑来哭丧。当镇街上的人准备收殓时，他却哗的一声从门板上坐起，揉着双眼说，阎王爷不收留他，他只好又回来了。大家尖叫着四处窜动，以为诈尸。刘子龙的父亲爬起身，动员儿子赶紧把那些花圈整理好。事后，人们都在谈论这件罕见的奇事。然而不久，刘子龙没封住嘴巴，把事情抖搂了出来。众人才明白被刘子龙的父亲当猴要了一回。当刘子龙意识到不妙后，不敢回家。一天，刘子龙还是被他父亲当街逮了个正着，冲上去拳打脚踢起来。当时，很多人看热闹，一些人走上前，指责刘子龙父亲，说是他做了伤天害理的事情，怎么对儿子进行惩罚。面对众人的指责，刘子龙的父亲才止住拳脚，面红耳赤，支支吾吾，怏怏离去。

　　当晚，刘子龙邀请我和蒋进一起去他家，说要教训他父亲，白天在镇街上弄得他很没面子。刘家的墙壁上贴着一张纸做的招牌，红墨水写成的"花圈店"三个字已褪色，变得淡红。店面临街，两个颜色陈旧的花圈放在屋檐下，被风吹得发出窸窸窣窣的响声。木门上破了一个洞，从里面射出的灯光像一只向外偷窥的眼睛。推开那扇发出桐油味的大门，我们摸着墙壁走进，发现屋里有股神秘的气息，地上到处是大小不一的篾片、小铁丝及各种颜色的纸张。刘子龙的父亲正坐在昏暗的灯影里扎花圈，抬头皱眉看了我们一眼，什么也没说，似乎我们是多余人一样，重新俯身忙碌。刘子龙蹲下身，看着父亲的动作。他父亲有些不适应，手指僵硬，动作不连贯。我与蒋进不知道刘子龙想干什么？他的行为有些匪夷所思。刘子龙父亲的动作越来越不耐烦，不时把纸张与篾片掀得"啪啪啪"作响。等到父亲终于把那只花圈弄好，刘子龙这才站起身，说你下午弄得我没一点面子，现在你说怎么办？刘子龙的话刚说完，他父亲的眼睛顿时瞪得大大地，像两个鸡蛋一样，随即宽大的手掌旋着一股风击到刘子龙的脸上。没等父亲反应过来，刘子龙的拳头也砸了过去。父亲的身体踉跄着晃了晃，并没倒下。刘子龙再次挥出拳头，却被父亲一记顺水推舟挡了回来。于是，父子二人揪打成一团，那只刚扎好的花圈被他们践踏得粉身碎骨。很快，刘子龙处在下风。来的时候，刘子龙并没要求我与蒋进帮他的忙，这时候贸然出手肯定会惹他不高兴。我与蒋进只好站着没动，看情形刘子龙输定了。他不停地后退着，很快就要退到门外。这时，刘子龙顺手操起一根靠在墙壁的木棍，朝父亲拦腰扫过去。父亲"哎哟"一声，用手撑着腰肢，慢慢跪到地面。从此，刘子龙与父亲划清界限，势不两立。

大家聚在一起，对上次的械斗进行了一番分析，一致认为是吴瘦子找的城里痞子。刘子龙说，事情是秃子头上的虱，我说过要吴瘦子吃屎的。在那些日子，刘子龙教了我们几种用刀子捅人的方法。我不敢想象白刀子进红刀子出的场面，那么一把长刀，一定会把一个人捅穿的。刀子跟一个人久了，也是懂人的，通常是刀子在抖动，不是我们的手在抖动。

那年冬天，天气寒冷，隔着房间的窗户，我听见近侧的河流正发出封冻之声。北风一阵阵地从屋顶上走过，入夜狗们狂吠不止。隔了一天，刘子龙让丁强把我叫过去，告诉我们，说吴瘦子今天到县城去了，下午会坐车回来，他今天要叫吴瘦子吃屎。刘子龙拿出一把长刀，用指尖试了一下刀锋，没想到竟把手割破了。他把割破的手指在衣服上揩了一下，坐在一条板凳上，说今天每个人都带上刀子，以防万一。然后，他打开工具箱，从里面拿出各种刀子分发着。捏着刀子，我感到空气中弥漫着一股血腥味，双手抖动不止，几乎握不住刀柄。

天气阴沉，冻雨下得急切，打在街面上响成一片。风不大，把冻雨斜着打在我们的脸上。我们埋伏在街角处，等待着吴瘦子。下午近五点时，吴瘦子终于出现在了我们的面前。刘子龙把五指捏成拳头，挥了一下，我们就冲了出去。刘子龙嬉笑着，走到吴瘦子面前，伸手拍了拍他的肩膀说，回来啦！吴瘦子扭过脑袋，看着那只搭在肩头的手。刘子龙谨慎地缩回胳膊，说，你还记得当年的事吗？那年因为偷了你一块钱，你的弟兄给我灌了一盆尿。今天找你没别的意思，你只需吃我一泡屎，我们就两清了。吴瘦子冷冷地说，我想你大概活得不耐烦了。话还没说完，一只拳头就冲上了刘子龙的眼睛。沈东正站在吴瘦子身后，手中的铁棍扫了出去，但扫空了。蒋进斜刺着冲上，试图抱住吴瘦子的双腿。我看见刘子龙一只手紧捂眼睛，另一只手已变拳为掌，朝虚空中劈了下去。他并没急于亮出刀子，想用"流沙掌"击败吴瘦子。他眯着一只眼，双腿在空中弹跳一下，扑上去。

混战中，大家都亮出刀子，双方就镇定起来，互相对峙着。刘子龙五指并拢说，给我杀。我们齐举着刀杀过去。沈东在对方的追击下抱头鼠窜，刀子在他手中变得伸缩不定，胡乱地舞动着。刘子龙杀红了眼，那只被吴瘦子拳击的眼睛朝外凸着，眼球鼓得很大，像一只发亮的灯泡。我由于抖动，已握不住刀子，只能跑过去抱吴瘦子的腰。当我抱住吴瘦子的腰时，他的两只胳膊也戳到我的脸上，举刀朝我砍了下来。我怪叫一声，不是我的脑袋挨了一刀，而是吴瘦子的身体在慢慢朝后倒下，摔到地面如同一堵坍塌的墙。我看见站在吴瘦子身后的是刘子龙，紧握的刀尖正滴着鲜血。

这时，天空开始飘雪，零零散散地落着。看着倒在地上的吴瘦子，刘子龙说，他今天看来无法爬起，那泡屎就留给他下次吃吧。我站起身，看见吴瘦子手下的几个人正在纷纷逃窜。

雪花飘落在头发上，衣服上，手背上，很长时间都没融化。我冷得抖个不停。

归 宿

死亡才是我们最终的归宿，蒋进竖起一根指头对我说，时间是生活的主体，当我们把虚荣心附属在时间之上后，总认为自己找到了真正的归宿，这纯粹是自欺欺人的无稽之谈。蒋进把手扬起，划过虚无的空间。蒋进这样说我无法反驳，因为他是一名诗人。但时代的前进，让我对诗人嗤之以鼻，然而对蒋进我始终保持着某种体面的尊重。我知道命运同我们开了一个玩笑，让我们与刘子龙曾经成为相匹配的一群乌合之众。记得那天下午，吴瘦子手下的人被我们追杀得抱头鼠窜，我们以胜利者的姿态欢呼着。刘子龙一直蹲在吴瘦子身边，期待着他能爬起。但吴瘦子一直躺在地上，连手指也没动一下。刘子龙用脚踢了踢他，吼叫着，你有种站起来，别他妈装死，以为这样就能吓住你大爷吗？吼了半天，吴瘦子还是没一点动静。看着那摊凝固在吴瘦子身底的血，我恐慌起来。从吴瘦子腰处的刀口还在"噗噗噗"地往外冒血。观察了一些时间，刘子龙恐慌起来，抬头望着天空，思索了一会儿，说弟兄们赶紧逃吧，看来吴瘦子死了。我突然意识到了事情的不妙。作为那场械斗的参与者，我被当地派出所羁押了一年。其中被关押了两到三年不等的乌合之众还有蒋进、丁强、欧阳风、沈东、赵力之流。幸好吴瘦子经过抢救，活了过来，只是身体残了，腰身再也直不起，终日佝偻着。我由衷地感激医院，感激那些救死扶伤的大夫。否则我们的命运将会有不同的结果。一个身体终日佝偻的人就别想再在镇街上混了，从此，吴瘦子彻底退出了江湖。那场械斗两败俱伤，两派耀武扬威的混混也就此树倒猢狲散。从那之后，刘子龙一直都没有消息，很多人说他到南方或北方打工去了，不敢再回镇街。

十多年过去了，我的心也慢慢平静了，刘子龙只剩下一个名字代表的符号而已，面目也变得模糊不清，像一摊水渍一样，太阳出来后，连水渍也没有。十多年，时间过得真快。跟我一样，丁强、沈东、蒋进们都已改邪归正，各自从事着不同的职业。现在，我们都变得极有教养，耻于说起当年之事，仿佛那些都已成为云烟。

我、蒋进、丁强、沈东们都已在县城安家，这主要源于蒋进的努力，他千方百计把我们一个个弄进县城。蒋进的能耐挺大，其卓越的才能是我们任何人也无法媲美的。下午出车时，我接到蒋进的电话，让我晚上去一趟。在电话中，他没说什么事情，我也没问。我与他之间有种默契，有种听命于他的味道。要知道，我们从前听命于刘子龙，现在蒋进成了我们的核心人物。

来到蒋进住处，推开房门，见他正对一个女孩子侃侃而谈。我笑了笑，知道他总是以谈诗歌勾引女孩子。蒋进挥了一下手，动作跟从前的刘子龙如出一辙，示意我暂且坐下。蒋进的神色特激动，语音低沉，不时配以手势和动作。他的指间夹着一支香烟，不时用另一只手扶了扶搭在鼻梁上的宽边眼镜，显得风流倜傥。女孩子坐他对面，跟他的脸挨得近。我担心蒋进分散的唾沫会飞到女孩子的脸上。看得出，蒋进目前还不想结束谈话，我只好坐在一旁洗耳恭听。现在，蒋进谈到了诗之谜的问题：我们总是把诗当成一桩苦差事，而不是诗歌本身所具有的那样：热情与喜悦。因为我们尝试了诗，所以也尝试了人生。我可以肯定地说，生命就是由诗篇组成的。诗并不是外来的——正如我们所见，诗就埋伏在街角那头，随时向我扑来。我这样说，不知你是否已明白？蒋进伸手弹了一下烟灰，直视着女孩子的双眼说。女孩子的脸上仍满布困惑的神情，嘴唇动了动，像是想说什么？可终究什么也没说。蒋进说，你认真想想，当你想明白了这个问题，就明白了诗歌的要义。此刻的蒋进如同一名医生，给病人开着诊断的良方。在医院，我看见医生对病人从不吝啬他们的言辞，看来诗人也一样，不对患有痼疾的诗人仁慈。外面的街道已亮起灯火，夜色愈来愈美。女孩子坐在那里，根本没有走的意思。蒋进掐灭烟头，直起身，把桌上分散的诗稿收好。蒋进的意思是谈话就此结束，可女孩子说，就这样结束吗？我们是否可以彻夜长谈，至少你还没谈到诗歌的叙事问题。也许女孩子早已跟蒋进上了床，所以想赖在这儿，而蒋进是一个喜新厌旧的家伙，一旦用旧了，他会弃之如脱屣。蒋进从钱夹子掏出一张五十元的大钞，递给女孩子说，你到外面去吃一顿，我的朋友来了，得陪朋友谈点事情。蒋进的行为并没有博得女孩子的欢喜，相反气愤地叫了起来，你就这样打发我？蒋进耸了耸肩，做了一个动作，意思是你真不可理喻。女孩子把那张钱扔到蒋进的脸上，并吐了一口，说你真恶心。然后，女孩子摔门而去。蒋进对我说，真他妈的见了鬼，这些女人怎么越来越难对付呢？

　　我问蒋进，去什么地方？蒋进说，去迎宾路咖啡馆。对喝咖啡，我完全是附庸风雅，喝时总是放过多的糖掺掉苦涩的味道。蒋进是真的上了瘾，喜欢喝原汁原味的咖啡。其实在超市有罐装的咖啡买，回来冲开水就可以喝。对此，蒋进是这样说的，它们之间的区别就像妻子与情人的区别，味道完全不一样，咖啡馆里是现做的，而罐装的过多地掺了假。

来到咖啡馆，我与蒋进对向而坐。屋里弥漫着甜点、香烟、咖啡及各种饮料混合的气味，诱人、温馨。不一会儿，服务员端来咖啡放在我们的面前。蒋进用修长的手指夹着调羹搅动了一下，我亦效仿地搅了一下。蒋进说，告诉你，今晚有一位女士将光临这里，让我们安静地等她吧。对蒋进，我一度认为他患有某种神经质综合征，已把我的生活扰得一塌糊涂，让我生活在两种截然不同的状态中。要想适应这种生活很困难，得时刻对生活保持警觉。谁让我有蒋进这样一位朋友呢？我、蒋进，还有沈东是这家咖啡馆的常客，我们经常把满腹的牢骚与寂寞留在这里。有时，喝完咖啡，我们还到外面去喝酒。酒喝多了，我们就用世间恶毒的语言互相咒骂对方，差不多大打出手，但我们都克制住。每次，只我最清醒，把他们只剩呼吸的肉体拉回家则是我责无旁贷的事情。在我们中间，沈东是酒力最差的一个，每次都醉如烂泥。第二支烟快吸完的时候，蒋进所说的那个女士才姗姗来迟。蒋进对我说，这是县人民医院的杨大夫，你们认识一下。杨大夫矜持地向我伸出手，我感觉她的手心有些湿润。蒋进挥了一下手，马上就有一杯咖啡送到杨女士面前。杨女士放下坤包，坐了下来。我坐在侧面观察着，杨女士的头发扎成马尾辫，用一根极为别致带子束着，发丝从额头一丝不乱地朝后梳，抹了油，泛出光泽。蒋进说，杨大夫曾给我做过阑尾炎手术，我们是那时认识的。杨大夫低垂脑袋说，那不过是一例小手术。蒋进笑了起来，说，关于那例手术还有一个典故呢！杨大夫你不介意我讲这个典故吧。在做那例手术的时候，我底下不争气地有了生理反应。当时，杨大夫正准备实施手术，一下子吓住了，红着脸跑了出去，找来一名年纪比较大的女医生。你猜那名女医生怎么说，她用手朝我那个东西击了一下，我顿时痛得晕了过去。蒋进刚说完，我哈哈大笑起来。咖啡馆里几个人都朝这边张望，不知何事惹得我如此大笑。我看见杨女士的脸再次变得通红。在日常生活中，蒋进并不总是表现得玄思冥想，有时也有令人捧腹的幽默。特别是他朗读诗歌的时候，更有种慑人的感染力，似乎语言与辅以的手势浑然天成。就像我们当初模仿刘子龙一样，我也想从蒋进这里偷得一招半式：嘴角叼着一支香烟，甚至连香烟与手势也是语言的一部分，它们是不可分割的，不可或缺的。

在任何场合，蒋进总是主角。这次他对杨女士谈论的还是诗歌，这也是我在同一晚上听他第二次谈起诗歌。短暂的停顿之后，他说：对一首诗歌的写作与一例手术的完成是如出一辙的。手术要求的是精细、准确，是切开肌肉的纹理，诗歌呢？同样具有手术刀般的犀利、精到。杨女士说，按照你的观点，我做的每一例手术就应是写一首诗的过程，可我怎么从没这种感觉？再说做手术与写诗完全是两码事，你的表达很是令我费解。蒋进说，关键在你的领悟力，要想成为一名诗人，除了要有扎实的基础外，还得有非凡的领悟力。这才是天生的，是事物的本质所在。假如你还这样执迷不悟，我不敢保证你能成为一名诗人。蒋进的话让我再次笑了起来，他耍嘴皮子的功夫实在了得。我知道，在他这些貌似深刻的话语里，真正潜藏的动机只不过想再次与杨女士上床。他从不强迫女人们上床，总是女人们心甘情愿地上他的床。

这时，手机响了。我摸出一看，是一个陌生的号码，谁打的呢？略一迟疑，我还是接听了。一段时间，对方并没说话。我只好"喂"了几声。对方依然没回答。也许对方在玩恶作剧，可直觉告诉我，这个电话肯定十分重要。我保持着耐心，继续把手机贴住耳朵。从电话里传来咳嗽声，接着对方问，你是六子吗？既然连我的手机号都知道，岂不是多此一举。我说，是的，请问你是谁？对方说，你难道连我也不知道？真的听不出我的声音？我说，实在对不起，我真的不知道你是谁？能否告诉你的尊姓大名？对方说，你应该还记得十五年前的事情吧。我一愣，这时回忆十五年前的事情无疑是残酷的，况且只有区区几秒时间。但我还是认真地想了一下，十五年中发生在我身上的事情简直太多了，它们纵横交错，其中的细节数也数不尽。对方见我长时间没反应，便轻声说，刘子龙这个名字，相信你还记得吧，看来大家都混得不错，把我彻底忘记了。我跳了起来，半天没说一句话。看着我跳动的动作，蒋进问，谁打的电话？我说，一个朋友。对方，你在跟谁说话？我嘴里嗯嗯着，朝蒋进做了一个手势，转身站起，朝门外走。走到外面，我说，老大，刚才真的没听出是你的声音，你什么时候回来的？刘子龙说，这重要吗？我说，不管怎样，我们都得尽地主之谊嘛。刘子龙说，你怎么也用这种腔调跟我说话？我说，老大，你误会了。刘子龙打断说，是吗？我明天再跟你联系吧。说完，刘子龙利索地挂了电话。站在外面，我的脑袋有些发蒙，忙掏香烟，手指抖动，几次都没能把火点上。重新回到座位，正与杨女士辩论的蒋进侧过脑袋问我，刚才是谁的电话？别告诉我是哪位女士。蒋进边说边朝我眨着双眼，脸上露出迷人的微笑。我说，是刘子龙。瞬间，我看见蒋进的脸色突变，身体不由自主地站了起来，接着又坐下。谁是刘子龙？也是一名诗人？杨女士问。蒋进说，一个痞子，从小跟我们一起长大。杨女士好奇地说，看得出，你很害怕他。蒋进说，他曾让另一个痞子的双腿再也直不起来，是用刀砍的。杨女士叫了起来，真残忍。为了不让这个话题继续下去，蒋进示意杨女士先离开，抱歉地说，我们本来会度过一个愉快的夜晚，但现在我要跟朋友商量刘子龙的事情，只好请你提前离开，要不我给你打辆车吧。杨女士善解人意地说，不用，我自己会打的，我们有的就是时间，也从没人跟时间过不去。听杨女士这样说，我想这是一句多么好的诗啊！

　　杨女士走后，我与蒋进沉默起来。关于刘子龙，我不知道说什么好，十五年已把一个人的记忆变得愚钝，没想到一个我们差不多忘记的人，会再一次出现在我们的面前，况且还是一个给我们带来自卑和屈辱的人。蒋进问我，刘子龙跟你说什么了。我把刘子龙的话转述了一遍。蒋进说，什么意思？我说，我也不明白。接下来，我们重新要了一杯咖啡，一份水果。当侍者端上水果时，托盘里放着一把刀子。侍者放下果盘，动作利索地切着水果。蒋进紧皱眉头，看着侍者的动作。我知道蒋进对刀子依然心怀。侍者把水果切开后，并没把刀子拿走。蒋进叫了起来，把刀子拿走。侍者莫名地看了蒋进一眼，嘟哝了一句什么。幸好蒋进没有听清那句话，否则肯定会跟侍者大打出手。侍者说，什么狗屁诗人。水果呈弧形均匀地摆放在托盘，发出冰冷的光。我问蒋进，是否给刘子龙打过去？蒋进稍微思索了一下，说，打过去吧。我重新拨了过去，里面却告诉对方已关机。我说，他关机了。关机？蒋进疑惑地说。我说，刘子龙搞什么鬼？蒋进身体朝后一仰，抬手把领带紧了紧，说，刘子龙这次回来肯定没什么好事，告诉大家都提防点。蒋进说着，挥了一下手。我感到他挥得有些力不从心，跟我的手没什么区别。

　　第二天，上午十一点的时候，我并没等到刘子龙的电话，却等来了蒋进的电话。在电话中，蒋进说，刘子龙在捣什么鬼？说刘子龙先前曾给他打过电话，说他现在混得出息了，把旧日的朋友忘了，告诉他别得意忘形。说完，刘子龙挂了电话。蒋进说，他想了很久，越想越不是滋味，说不定刘子龙在策划什么阴谋。后来，他忍不住，给刘子龙打过去，你猜接电话的是什么人？竟然是一个女人。女人问我找谁，我说找刘子龙。女人说，你打错了，什么刘子龙？她根本就不认识。蒋进追问，你是什么人？女人说，你他妈的有完没完，再打，我去法院告你电话骚扰。说完，女人关了电话。蒋进问我，刘子龙干吗装神弄鬼的。我不知道该如何回答蒋进。毕竟有十五年没见过刘子龙，对他眼下的生活，我一无所知。很快，丁强与沈东也打来了类似于蒋进的电话，都说刘子龙只露了一下面，又隐藏了起来。

　　丁强在县城开了一家"百家福"超市，正在外地进货，生意越做越大，很是牛逼。一般来说，他跟我们的联系不多，由于生意的繁忙，偶尔才通个电话。但沈东明显对刘子龙不屑，他说，世界再也不是刘子龙的，而是我们的。听沈东的口气，刘子龙只是个人渣，根本不配用那种语气跟他说话。沈东依靠他的姐夫成了一家房地产公司老总，他姐姐嫁给了我们县城的潘副县长。七年前，潘副县长还只是一名小小的科员，没有谁知道七年后的事情，连沈东也没想到。对此，蒋进感触良多地说，其实命运有其自身的轨道。沈东的姐姐长得漂亮，差不多就是目若剪水双瞳，态如出水芙蓉。十年前，沈东的姐姐在小镇曾有过一段艳史——也就是说沈东的姐姐早已不是处女。没有谁知道这个秘密。有一次，沈东看着大街上的美女对我说，这些美女没有一个真正的处女，你相信吗？

三年前，新婚之夜后，沈东跑到我那里，宣布了一个惊人的事情，说他娶的老婆是处女。但他又不敢肯定，因为没有一个处女会对性事表现得如此了得，并且深谙个中滋味。沈东问我，你说她是否进行了处女膜修复手术？沈东说着，目光飘向虚无的空间。

灵与肉

关于爱情，我又能说些什么呢？回想十五年前，我们对于女人的想象只是那些手抄本，还有那些稍显暴露的招贴画。读手抄本的时候，我们血管偾张，眼里闪烁着迷幻之光，令我们欲罢不能。招贴画则是实实在在的人物，她们半掩半遮，露出修长的大腿和高耸的酥胸，让我们浮想联翩。招贴画一般张贴在镇街的电影院墙壁上，斜斜地，人物都很风骚。有一次，刘子龙踮起脚尖，用墨笔把招贴画上的女人画了两条胡须，戴了一副眼镜，于是墙壁上的女人显得十分滑稽。路过电影院的人都笑了起来。

对于女人，刘子龙比我们任何人都在行。他总是对我们说，他已跟镇街的豆腐西施杨玉环睡过觉。事情也许是真的，要不然他为什么总往杨玉环那里跑。而在刘子龙的饭桌上，总有一盘辣椒炒豆腐或水煮豆腐，或是油煎豆腐或豆腐花。每天早晨，刘子龙都乐此不疲地去杨玉环的豆腐铺买豆腐。买回家后，用清水浸着，午餐吃两块，晚餐同样吃两块。既然刘子龙在我们面前吹嘘跟杨玉环睡过，我们就经常追问他细节。我们对女人的想象很有限，仅限于身体的上半部。刘子龙说，你们与她睡一觉就知道了。不能说刘子龙的怂恿没有蛊惑力，但我们没有谁敢真刀实枪地去干一回，充其量只不过想从刘子龙那里过过嘴瘾。

杨玉环是名寡妇，三十多岁，长得很漂亮。俗话说，寡妇门前是非多。起初并没有关于她的风言风语，似乎很贞洁。但两年后，有关杨玉环的风流韵事传遍小镇。用那些与她睡过觉的人的话说，她是一部公共汽车，谁都可以上。杨玉环也有点破罐子破摔的味道，变得人尽可夫。当年，杨玉环很有经济头脑，每个跟她上床的男人都得给钱，十元到二十元不等，年纪大的与长得丑的钱数就多些。镇上只有杨玉环做豆腐，所以称得上是独家经营。被杨玉环掳去了丈夫的女人们一致愤怒不已，对杨玉环群起而攻之，说杨玉环做的豆腐也有股骚味。即便如此，男人们依然踊跃排队买豆腐。刘子龙告诉我们，杨玉环的豆腐是很好吃的。而他所说的"豆腐"……

由于刘子龙大肆地渲染，我们的心里就不时冒出许多邪念。走在镇街，我们的眼睛总不自觉地朝那些长着高胸脯的女孩子望过去，心里充满意淫的思想。有段时间，我欲火缠身，脑袋里整日充斥着各种下流的念头。每年夏天，我们镇街上的女孩通常穿短裙，露出半截白皙的小腿。我们的目光沿着她们的脚踝一直上升，升到她们的髋部，然后驻留在她们起伏的胸脯上。对我们这些小痞子，她们都目不斜视，始终保持着一种高贵的姿态。看见她们瞟来的目光，我们不时打着尖利的呼哨，手指环绕做出一个下流的动作。

那时，我有种在沉沦中堕落的快感，心理变得十分龌龊。每天下午，我都跑到镇中学附近转悠，色眯眯地窥视着学校里一名叫于晓菲的女教师。我发现在她宿舍前的矮脚松上，每天都晒不同颜色的文胸与内裤，颜色有白色、红色、黑色、黄色……因此，我每晚的梦也充满缤纷的色彩。于晓菲不是那种长着沉鱼落雁之容的女孩子，但浑身上下都清清爽爽的，散发出一股湿地的气息。我就是让她的这种气息扰得欲罢不能，夜深人寂的晚上，躲在被子里想她。多年后，于晓菲考上华东师范大学的研究生离开了镇中学，我还一直念念不忘。在每次的行动中，伴随我的是刻骨铭心的成长，我急促的心跳，掠过肉体的颤抖。有天晚上，我偷偷翻越学校的院墙，爬到于晓菲的窗底下，从窗帘尚未遮住的一角朝里面窥视她洗澡。我第一次看见她的裸体，在明亮的灯光下，她鲜活的裸体令我夹紧双腿，裤裆湿漉漉一片。冬夜的风十分凛冽，我全身却热得难受。之后，我跑到校园的池塘边用冷水洗脸，试图让自己清醒起来。那晚，我昏昏沉沉的，不知道怎么挨到了天亮。那段时间，我颧骨高耸，眼圈泛青，过度的失眠令我日复一日地消瘦，不知何处才是岸。刘子龙显然察觉到了我的这种变化，怂恿地说，什么时候带你到杨玉环那里放一炮，保证你不会再难受，当然，我们也可以一起去放炮。然而，我却矢口否认，辩解说是因为晚上没有睡好的缘故。刘子龙不屑地看了看我，喉管里发出公鸭叫一样的笑声，嘲笑我的稚嫩与自卑。

有段日子，刘子龙总是邀我与蒋进一起去杨玉环的豆腐铺。正值夏季，天气炎热，看得出杨玉环并没戴胸罩，也许是嫌罩子的累赘，又或许想以此招揽生意，完全"真空以待"。随着走动，它们就动若脱兔地跳动不止。我是完全能想得出里面的情形，赶紧夹紧双腿，一动不动地坐着。在杨玉环给我们端上豆腐花时，刘子龙的手顺势捏了捏她的丰臀，惹得她一阵浅笑，手中那碗豆腐花被泼得所剩无几。不一会儿，仅我与蒋进面对面地坐着，各自盯着碗中的状物发呆。刘子龙已与杨玉环跑到了阁楼上，从上面传出凳子翻倒在地的声音，还有杨玉环的呻吟声。我与蒋进抬起头望着，不知道上面究竟发生了什么，也害怕头上的某块木板突然掉下来。等刘子龙满面红光地走下阁楼，事情就到了结束的时候。我与蒋进站起身，恭请着刘子龙的脚步。其后，杨玉环也下来了，胸脯像是挺得更高。

事情的发生突然有些急转直下，不知刘子龙与杨玉环之间出了什么问题。因为刘子龙不再在我们面前提起她，甚至也很少去光顾。于是，刘子龙很不开心，经常独自在镇街上闲逛，有时跑到酒馆喝闷酒。后来，我们终于弄明白了事情的真相，原来刘子龙想跟杨玉环结婚，警告杨玉环不要再跟别的男人发生关系。说到底，刘子龙只不过想"卖油郎独占花魁"罢了。我们都知道，男人与婊子的事情只在床上，穿上衣服就什么也不是。只能说刘子龙还幼稚得很，而杨玉环是一个生活在现实中的女人。那段日子，刘子龙整日徘徊在杨玉环的店铺前，令所有色胆包天的男人不再敢去吃杨玉环的豆腐，这就意味着杨玉环的豆腐滞销。并且，刘子龙放了风声，谁再找杨玉环，他就对谁不客气。

一天早晨，被激怒的杨玉环终于与刘子龙大打出手。镇街上很多人都跑去看热闹，刘子龙的一颗门牙被杨玉环打落在地，混着血液在清晨的光亮中触目惊心。杨玉环身上的外衣被刘子龙撕得稀巴烂。战斗中，刘子龙不停地躲闪着杨玉环手中挥舞的铁勺。随着杨玉环挥舞的动作，她的胸脯也起伏不定。围观的男人都叫了起来。最终的结果是，刘子龙竟然让杨玉环追得落荒而逃。事后，刘子龙对我们说，他是好男不跟女斗。按刘子龙的说法，他称得上是镇街的好男人，而人们早已认为他是一堆狗屎。再也没有比狗屎这个词更能蔑视人的了。

当事情闹得无法收拾后，刘子龙决定以情来感动杨玉环，他学着那个时代拙劣的电影情节——每天让我送一束他从野外采的鲜花给杨玉环。我心里暗暗发笑，一首歌是这样唱的"路边的野花不要采"。刘子龙做得很固执，我与蒋进多次对他进行过劝说，但他把我们的劝说当成了耳边风，惹恼了，他就翻着眼睛问我，你是老大，还是我是老大？我与蒋进根本没想到，杨玉环居然被刘子龙感动了。有次，我看见杨玉环埋头长久地嗅着花香，热泪盈眶。记得当初，每当杨玉环接到我替刘子龙送鲜花时，随手就扔了出去。我一次次地送，她一次次地扔，扔得我都没了耐心。后来，她随手接过花，没再扔。刘子龙高兴起来，不停地哼着五音不全的歌，如一只破风箱每天拉动在我们的耳边。所以，刘子龙与杨玉环有了新的开始。据刘子龙说，杨玉环已答应跟他结婚。说不定过年的时候，我们就能喝上刘子龙的喜酒。刘子龙的父亲被儿子的行为气疯了，整日指着刘子龙的鼻子骂道，我不允许那个婊子踏进我的家门半步。但他老人家的抗议根本没一点作用，谁让他不再是刘子龙的对手呢？说不定刘子龙会用"流沙掌"让他在床上半个月也下不了地。刘子龙对父亲说，我的事情不用你管，这么一把年纪，怎么就不明白一个道理，这世界谁的拳头厉害谁说了算。他父亲给气得晕了过去。从此，刘子龙公然带着杨玉环到家里过夜，不再去杨玉环那里。在刘家，杨玉环总是待那么一两个钟头，然后赶紧从后门溜走。说到底，杨玉环还是没勇气跟刘子龙的父亲照面。

尽管刘子龙与杨玉环好得如胶似漆，但结婚仅只是说说而已，根本没什么动静。一直到过年，刘子龙就彻底地闭了嘴。由于对性事的深谙，从刘子龙的身上散发出一种已婚男人的成熟魅力。

关于刘子龙与杨玉环后来的事情是这样：一天，刘子龙听到传闻，说杨玉环与镇上的鳏夫老骆有一腿，又听说杨玉环要跟老骆结婚，将在年底举行婚礼。老骆其貌不扬，长得不怎么样，但当过兵，开过车，经历相当丰富，现正与儿子一起经营着一家批发兼零售的店面，生意做得红红火火。虽说人长得黑，却透着一股精干瓷实的劲。看得出，是老骆的钱打败了刘子龙的鲜花。不管怎么说，鲜花不能当饭吃，只有钱是实实在在的。在金钱面前，很多人都会丧失原有的立场，杨玉环也不例外。也许杨玉环有自己的想法，既然有个老实的男人还愿意跟她过日子，她就没必要再挑了。当然，刘子龙的资本是年轻，而年轻人的日子是她不敢奢望的。慢慢地，她年老色衰，得靠住一个实际的男人才是上策。

　　那天，刘子龙守在街口，当看到老骆用自行车驮着杨玉环从县城回来，猛地冲了上去截住。老骆的双手捏着车把，一只脚踮在地面，看着刘子龙。老骆说，让开，让我过去，听见没有。在镇街上，好像还没人敢用这样的语气对刘子龙说话，老骆是第一人。刘子龙愣住了，停在那里，手指捏成拳头状，指尖掐进掌心，身体由于愤怒而抖动不止，牙齿咬得嘎巴响，眼睛腾出一股火焰。老骆还是那样说，让开，听见没有？老骆的脸黑成一团，高大的身材如铁塔一样立在那儿。双方都摆出动武的架势，一触即发。时间慢慢地走着，声音静了下来。就这样过了一分钟，杨玉环开口了，说刘子龙，你什么意思？我与老骆年底结婚，到时把喜糖给你送过去。刘子龙的身体一下子软了，蹲下去，用手捂住眼睛哭了起来。老骆重新蹬着自行车，鄙夷地看着刘子龙，从他的身边骑了过去。链条击打着护板发出清脆的声音，逐渐远了。

　　就在我们等得不耐烦的时候，刘了龙终于再次打来电话，告诉明晚在县城的"富豪大酒店"宴请我们。

　　第二天晚上，我、蒋进、沈东、丁强与刘子龙见上了面。本来是刘子龙做东，但丁强坚持自己做东，我们就依了他。上菜后，丁强给我们每个人满上酒，是烈性的高度酒，清澈得能照见人影。这时候，我们都不轻易开口，看着刘子龙。跟刘子龙一起来的还有一个女人，显然是一个外地女人，衣着打扮与我们县城的女人们格格不入。女人仰坐在座椅上，吸着烟，朝空中吐着烟圈。我们都保持着得体的沉默。刘子龙喝了一口酒，叫沈东给他嘴里衔着的烟点火。然后，清了清嗓子，开始说。首先说的是他十五年前离开小镇的事情。他说："我是很久后才听说吴瘦子没死，当时我可吓坏了，逃跑时不敢坐火车、轮船，就凭着双脚一步一步地走到另一个城市。说这些还有意思吗？在那座城市，我同样因为动刀子，被送进监狱判了三年。记得那次动刀子，只把那个人的手指割破了，却他妈的给判了三年，真他妈的不值。不过，话又说回来，刚开始我还心安理得，至少已从吴瘦子的事件中逃了出来，没有谁能想到一个杀人犯已经进了监狱，这就意味着他们别再想抓到我。然而，在监狱待了一段时间后，我渐渐感到空虚、无聊，这种感觉你们是根本无法体会的，于是，我想到一个办法来打发这些漫长的日子，就是数数，一个一个地数。直到数得头昏脑涨，我都搞不清楚数字之间有什么区别了，才停止这种可怕的方式，坐在那里发呆，脑里一片空白。我怎么也静不下心，整日烦躁不安，像有无数的虫子正爬动在骨头上一样。一天，我的牢房中看到了一只老鼠，也不知道老鼠是从什么地方跑进的。要知道里面是钢筋混凝土结构，居然有一只老鼠跑了进来，多么令人不可思议啊！因为实在无趣，我决定抓住那只老鼠，可怎么也抓不住。无论我用什么策略与阴谋，也无法抓住它。我气得发疯，围着它转了起来。在我转得差不多要晕倒的时候，老鼠却一下子不见了。我到处搜索，怎么也找不到它。我很沮丧，垂头丧气的。瞧，我又变得无所事事了，都怨那只该死的老鼠。

那天，我神思恍惚，不知该怎么办。第二天，那只老鼠竟又跑了出来，我被它搞得目瞪口呆，不敢相信自己的眼睛。不过，那天我仍然没能抓住它……那年冬季，我就这样整日与老鼠周旋着。可以说，那是我在监狱中过得最有意思的一个冬季。"刘子龙呷了一口酒，把手往下压了一下，看着我说："你刚才想说什么，嘴都张了几次，有什么就说吧。"我赶紧说："没什么，我听你说。"接着，刘子龙说到了他三年牢狱生活的琐事，具体到吃喝拉撒。他说："很多的事情也许是命中注定的，告诉你们，我相信命运，命运让你怎么走你就得怎么走，"他竖起一根手指，"告诉你们一个秘密，谁也摆脱不了命运事先安排好的轨道。"他重新点燃一根香烟，狠狠地吸着，兀自端杯喝了一口。我们连忙站起身，一个一个地给他敬酒，他也不推辞，一杯一杯地喝干净。听着刘子龙的话，我有点心不在焉，敬他的那杯酒，也没有一饮而尽。包厢里的空气混浊，烟气腾腾的。就这样听刘子龙胡说下去吗？他所说的事情也许根本就不是真的，只是临时杜撰出来骗我们的。他这样说似乎为了证明什么？但时过境迁，时代的发展再也不是刘子龙说了算，我们也不再是一群乳臭未干的小痞子。这时，刘子龙笑了起来，声音很大，把伪装的成分暴露无遗。止住笑声后，他扭转脑袋问蒋进，听说你已成了一名诗人？诗人是什么东西？不知你是否写过关于疯人院的诗歌？蒋进愣了一下，疯人院？什么意思？刘子龙点了点头，说，对，疯人院。你知道吗？在监狱里，因为那只该死的老鼠。我开始变得神经兮兮的，日子长了，监狱方面怀疑我的精神有问题。于是，我很快被送到了精神病医院。而医学鉴定也证明我的确患有精神病。怎么说呢？

再也没有比那更可怕的地方了。在精神病院，只有我清楚自己是个正常人。你们可以设想一下，当一个精神正常的人被放进精神病院，这无异于把一只羊赶进狼群。更何况，精神病院还经常给我进行电疗，想把一个精神正常的人搞成真正的疯子。在那样的环境，我差不多成为一个真正的疯子。精神病院离城市很远，建在一个僻静的地方，四周围着铁丝网，所以根本别打算逃出去。但那是一段属于我的、最为充实的日子。

蒋进不知所云地说，也许疯人院是人类丧失家园后的一个象征，从某种意义上说，它是白痴的反义词，就像一枚硬币的两面。

结局或者开始

自那晚聚会后，刘子龙接着又神秘地消失了一段时间。这段时间，我与蒋进们每日惶恐不安，担心发生什么节外生枝的事情，互相间连手机也不敢打。刘子龙已无疑成为一道阴影横亘在我们心头，令我们有种涙骨冷髓的恐惧。再这样下去，我们的精神迟早都得崩溃。

没想到几天后，刘子龙把电话打到沈东那里，表明他还没有离开县城，正在县城某个鲜为人知的角落里舒坦地生活着。既然没离开，那么他下一步会干什么呢？我们都拭目以待。这个曾经消失的人，为什么要回来呢？回来了就一定有着不可告人的目的。即使是蒋进，这段时间也表现得十分弱智，脑袋里像是灌了水一样，在我们向他征求意见时，经常用茫然的目光望着我们。

　　我们只有耐心地等待刘子龙再次邀请我们共进午餐或晚餐了，当然我这样的说法是不负责任的，说不定刘子龙根本就没有再次与我们共餐的意思。他就像一个鬼魂一样，除了给我们的心灵与肉体带来颤栗与恐惧外，余下的就是深陷其中，寝食不安。隔了几日，就在我们都变得有些神经质的时候，刘子龙终于出现了，在一家刚刚挂牌成立的公司会客厅里接见了我们。他坐在转动的皮沙发上，指间夹着一根燃烧的烟卷。当我们一一跟他握手时，他依然坐着，手机械地伸在空中，连身体也懒得欠起一下。他的脸上浮着古怪的笑容，眼里闪着狡诈的光芒，神色冷静地注视着我们的动作。我跟在蒋进的身后，看见蒋进的脚步在迈进时不由自主地趔趄了一下，似乎想扑上去握刘子龙的手。而刘子龙的手突然闪了开来，于是蒋进连一点倚靠的力量也找不到，脚步一直朝前滑动。接着，蒋进做了几个舞蹈性的动作，总算止住了脚步。蒋进的脸上顿时泛出被羞辱的红色，脑袋不自然地转过来，对刘子龙说，客厅的地板太滑，它是什么材质？刘子龙说，不是客厅的地板太滑，是你的腿在发软，能否告诉我，昨天晚上放了几炮。要当心身体，别扎在女人的裤裆里出不来。我们都让刘子龙的话逗得笑了起来。刘子龙并没有附和我们的笑声，反而皱了皱眉，神情相当认真地看着蒋进。蒋进早已从刘子龙的话里听出了某种鄙夷与嘲讽的味道，神情显得悲哀而忧伤，正站在那里不知所措，如同一个被晾在了舞台上的小丑，没了续演的剧情。又像是在等待着刘子龙最后的判决，在刘子龙没有发话之前，不敢再轻易挪动脚步。但刘子龙朝他大度地挥了挥手。

　　现在，我们所有的人都一字排开地站着，刘子龙的目光在我们的脸上巡视，似乎在一个个地辨认着。我们屏声静气，神情不一，麻木而痴呆。屋外阳光灿烂，从尚未拉严窗帘的窗口，风一阵接一阵地吹进。房间的窗帘全拉着，客厅的顶上开着一只光线甚强的灯泡，把四周耀出一抹白光。大家为何还如此害怕刘子龙，要知道他毕竟不再是十几年前的那个混混了。还有怕他的必要吗？我这样问自己。蒋进平日的风流倜傥在刘子龙的面前已荡然无存，他的话像窒息在了喉管的深处，了得的嘴皮子像是被粘上了一块胶布。刘子龙坐在那里，还是一言不发，夹在指间的烟卷，散发出烧着过滤嘴的怪味。他端起水杯喝了一口，润了一下嗓子，然后做了一个手势，让沈东走到他的面前。沈东表现得极不愿意，因为在日常生活中，总是别人卑躬屈膝或乞首摇尾地走到他面前，从没一个人挥手让他走过去。刘子龙问沈东有多少的存款。沈东目光锐利地看着刘子龙说，你什么意思？刘子龙没有回答，只是点了点头，然后扔掉指间的烟卷切入正题，我想在县城注册一家公司，因为资金紧张，手头周转不过来，今天请兄弟们过来，就是希望得到兄弟们的支持与帮助。口气牛逼得让我们吃惊。看见我们对他的想法没有异议，他才稍微放下一点莫须有的架子，有些无奈地说，初来乍到，还仰仗于兄弟们的爱护与拥戴，这将是本人的荣幸。沈东像是憋了很久，漫不经心听着刘子龙的话，脸部一侧的肌肉弹跳不止。这种弹跳令我想到一个人欢爱时，表现出的括约肌痉挛，灵魂颤抖时的感觉。沈东阴沉着脸问，你什么意思，能否说明白一点？沈东的态度，令刘子龙吃惊地抬起眼睛，呆愣地看着。在这样的场合下，也只有沈东敢与刘子龙叫板。转瞬，刘子龙笑了起来，笑声很不自然，皮笑肉不笑的。

我在一侧注视着，看见他的眼睛里掠过一丝残忍的光。从前的刘子龙眼睛里经常露出这样的光，凶狠、冷酷、复杂。

刘子龙止住笑声，说，沈东，你已经完全是一副老板的派头，公司成立后，干脆你来做老板，属下愿意竭诚为你服务。刘子龙第一次表现得这样低声下气。沈东大度地说，老板还是你来做，资金由我来注册，算我的分公司如何？刘子龙只说了一个字，行。

回去的路上，我与蒋进都松了口气。既然沈东把一切都安排好了，刘子龙就不会再找我们的麻烦。蒋进告诫我，从今以后，我们别再与刘子龙掺和，尽量避开他，要知道狗改不了吃屎，说不定他什么时候还会动刀子。你别指望他能给我们带来荣耀，只会带来耻辱。这段日子，蒋进第一次如此清醒，想法居然与我如出一辙。

刘子龙的公司果然如期挂牌成立。沈东仅对公司注入一笔资金，完全由刘子龙自主经营。我们不知道刘子龙做什么生意，也不想打听，对此都心照不宣地避而远之。有一天，刘子龙让我去他的公司一趟。在会客厅，刘子龙很委婉地请求我，帮他卖点白粉。我吓了一跳，这不是贩毒吗？他说，他想在县城发展客户，在大城市这一行当竞争非常激烈，所以他才回到了故土。多年的闯荡，已让他变得老练、狡猾。刘子龙像是要把十几年前的屈辱重新掷回给我们，希望我如同教徒一样，十分虔诚地接受神的旨意。刘子龙这样说的时候，我注意到他的语调与动作里有种我熟悉的东西。想了半天，才想到这是沈东的举止和派头。这样的派头是有钱人的派头，一次酒宴上，沈东曾说过，钱真是好东西，没有什么是钱摆不平的。他还用讥屑的语气对蒋进说，你上次那本诗集还不是我出的钱，别以为你有什么狗屁精神，谁有没有精神，还不是钱说了算。当你从有钱人面前走过时，若随意吐了一口痰，他完全可以到法院告你，指控你，原因是他有钱啊！沈东说着，把酒杯摔到地面，说，什么叫有钱？我随意摔了一个酒杯，他们如果要我赔偿十元钱，我会赔他们一百元，那时你就会看到他们的嘴脸。钱是什么？钱就是男人的精子。蒋进说，你得当心哪天有个女人为了精子的事情，敲你一笔，别把精子射得满大街都是。沈东笑了笑，说，你也小心点，我有钱，你呢？别把精子搞得一分钱也不值，到时候还得找钱去收购呢！想着这些，我不自觉地笑了起来，刘子龙以为我答应了他，脸上也绽出笑意。我说，你让我去做这样的事情，不是让我去坐牢吗？我现在只想过一种安静的生活，别的什么也不会干。你也别再折腾兄弟们，别再逼良为娼了？刘子龙顿时不悦起来，迷惑地看着我，不明白我在说什么。他的一根竖起的手指正跳动不止，电击了一样。很快，我就告辞了，剩下他一个人愣在那里。

　　看得出刘子龙根本没有改邪归正的意思，他之所以来到县城，是因为在大城市混不下去。我告诫自己不要再跟刘子龙腻在一起。就如同一座装饰豪华、漂亮的房间里，突然杀进一只"嗡嗡"叫的苍蝇，那只苍蝇要据兵守阵，慢慢地扩展势力。那么只有两种办法，要么是杀死它，要么驱逐它。前者是武力解决，后者是讲和，无论哪一种方法都是要付出代价的。我暂时不想把刘子龙贩毒的事情告诉蒋进，免得把蒋进脆弱的神经扯断。当然，刘子龙有可能已找了蒋进，但我还是不想把事情从我嘴里说出，它令我感到耻辱。

有天下午，一个人找到我，送来一张喜帖，是刘子龙结婚的帖子。帖子上写着婚礼定于本月二十八日十二点在小城悦来大酒店举行，届时恭请我光临。

二十八日那天上午，我与蒋进、沈东、丁强、赵力、欧阳风等都按时赶到了悦来大酒店。"新娘子就在那里，脖子很长的那个。"丁强指着站在大堂的一名穿着白色婚纱的女人说。新娘是我们上次见到的那个女人，隔得老远还能看到脸上的那颗痣。她的发髻挽得高高的，嘴唇猩红一片，灯光的照射下，像在滴血。脸部敷的脂粉过多，苍白如纸。对新娘的打扮，我倒没有过多的挑剔，关键是刘子龙为什么要让新娘穿白色婚纱。在我的家乡，白色从来都是不吉利的象征，只有死人出殡时，孝子孝女才穿一袭的白色。那一刻，我们都心照不宣地感到了场面中包含的滑稽成分。刘子龙站在那里微笑着，笑容故作而虚拟，对每一个应酬者都抱着同样的笑意，不时点着头。他的衣服倒与新娘子来了个黑白分明，一身黑色的西服穿在他身显得不伦不类，脖子上的红色领带把他的脸衬得红光满面。他的中指戴着一枚硕大的金戒指，手不时抬起梳挠着头发，像在炫耀那枚戒指的含金量。

婚礼是在一首我从来没听过的乐曲中开始的，乐曲从音响里放出来，又不时停顿那么一会儿。有时，我简直怀疑乐曲不会再放下去，奇怪的是它在某个节拍中断后又延续了下去。当刘子龙带着新娘子到我们面前敬酒时，沈东给他们出了一个节目：他走到我面前，背对着我，从后面把手环绕着我的腰，同时示意我也用手环绕着他的腰。我们必须在不松开手的情况下，扭转脑袋接吻。刘子龙与新娘子也那样站着，但他们的嘴唇怎么也凑不到一块。新娘竭力仰着身体，充满色情的意味，丰满的胸脯凸现，像两座山丘一样。过了一些时间，刘子龙的嘴唇还是无法与新娘子挨到一块。也许这根本就是办不到的事情。新娘子最终放弃了努力，猛地跑开，刘子龙的身体由于没了倚撑，朝后滑动了一下。我们哈哈大笑起来。

　　几天后，沈东给我打了一个电话，约我到他那里去喝酒。于是，我与沈东就有了下面的对话。刘子龙大概活得不耐烦了，居然让我贩毒。沈东眼睛在冒火。我凑过去问，你答应了。那我不同样活得不耐烦了。沈东激动起来，从沙发上站直身体。我想找你来商量一下，是否要去公安局告密。他把烟摁灭，神情焦急地看着我。为了表明自己不想参与此事，我利索地说，还得你自己拿主意，对吗？如果我能拿主意，找你来干吗？是否找蒋进商量一下。我征求着他的意见。蒋进的脑袋早已灌了水，弱智得很。我说，不管怎样，他是一名诗人，诗人也会弱智么？刘子龙是一个灾星，想把我重新拖入泥沼中。他这次回来，可能想报复我们，他的心理肯定不平衡，当年犯事后，他凭什么进了疯人院。我给沈东递上一杯酒，他仰起脖子猛地灌了进去。我也把一大杯酒灌进喉咙。沈东交替地把指关节捏得发出噼里啪啦的响声。他说，他的心里正在冒火，担心自己忍不住去公安局。刘子龙这个狗杂种已把我的生活弄得一团糟，更何况那个公司注册的法人代表是我。我当初为什么那样傻，损失十几万算了，不管怎样也得把公司落到刘子龙的名下。沈东说着，神情冷峻。这才是真实的恢复了自信的沈东。

　　…………

　　"百家福"超市老板沈东死亡的日子是八月十二日凌晨四时二十六分，那天晚上我跟蒋进在一起喝酒。因为刘子龙的出现，蒋进一直闷闷不乐，神情忧郁。他与我侃侃而谈诗歌已在他身上引起痼疾的问题，想不明白刘子龙的出现为什么弄得他流荡失守。这真是一个魔鬼，我们的身边为什么有刘子龙，难道是上帝事先安排好的？蒋进把玩着高脚酒杯，问了我一连串的问题。那晚，蒋进给自己灌了很多酒，裸在外面的手臂与手指通红一片，裤带松了几次，肚皮凸起，仿佛里面装的不是酒液，而是愤怒。说着说着，就自言自语了。当愤怒跑到蒋进的身体后，他猛地握紧拳头朝桌面击打下去，桌面又把他的拳头弹得老高，疼痛令他的嘴角朝一边抽动。我看到他置放在灯光下的手背已血肉模糊。他另一只手把杯里剩下的啤酒泼向受伤的手背，清洗着。我不知所措起来，看来他喝多了，问题是他从来也不喝多。有一次，他一人就干掉了十二瓶，还保持着优雅的风度。有名服务员从外面跑进，不知道发生了什么事情。蒋进问她，你是鸡吗？晚上陪我怎么样？服务员的脸成了一块红布。蒋进又说，不是鸡，你就走开。边说边舞动着双手，像是要抓服务员一样。服务员吓得赶紧跑了出去。离开酒馆后，我与蒋进找来两名"小姐"，没想到其中一名恰好是刚才的服务员。我搂着"小姐"朝隔壁的房间走去，一边对那名服务员说，他刚才点名要你，你就给他服务吧。我找的这个"小姐"，进房就把衣服脱了。我让她把衣服重新穿好。她一愣，吃惊地看着我，像是从没见嫖客这样。说实在的，面对这样一个女人，我一点激情也没有。她的身体太瘦了，乳房像是生过孩子的女人，有些奔拉。我掏出香烟，扔了一支过去，女人老练地燃起香烟，目光斜视着我。我说，你坐一会儿，最好说点什么。她说，你付费吗？我说，会给同样的价钱。女人高兴起来，在她的眼里我可能是一名傻瓜。女人开始喋喋不休地说着。我双眼微眯，身体逐渐地放松下来。

醒来后，身边的"小姐"早已离开，拿出手机看了看，居然到了凌晨四时三十一分。我呆呆地坐着，感到生活像一条河流，裹挟着我身不由己地朝前淌动，不知何处是岸。在我还想着这可笑的生活哲理时，蒋进敲响了我的房门，说发生了意外，让我赶紧出去。我跳了起来，与蒋进匆忙跑下楼。在出租车上，蒋进告诉我，说接到公安局的电话让他去一趟，说是沈东被谋杀了，死亡时间是凌晨四时二十六分。听到这个消息，我的脑袋嗡嗡作响，似乎有个东西使劲地朝里面击了一下。

天气依然炎热，出租车的空调坏了，司机一个劲地对我们道歉。我与蒋进就像闷在罐装车里的猪肉朝着沈东出事的地方奔去。很快，我全身湿了，衣服死死地贴着，难受得要命，脑袋上的汗珠就像缩水猪肉一阵接一阵地冒。蒋进问我，你没事吧。我晃了晃脑袋，表示我目前尚在人间。我想，到底是什么人杀了沈东？为什么要杀他？我告诉自己，别想太多。杀人动机是公安局的事情，跟我没有多大关系。但冥冥中，我感到有一双无形的手，呈一道阴影悬在头顶，说不定下一个死去的人会是我。

十几分钟后，我们赶到了事发现场，沈东还没有被抬走，趴在地面，身体的一侧淌着触目惊心的血液，脸紧紧地挨着那摊血。血液迂回地淌动着，几只苍蝇叮着血液，翅膀在不停地扇动。公安局的几个人还在那里用尺子量着，一个警员用相机"咔嚓咔嚓"地拍照。蒋进告诉警员，他就是刚才接到电话的那个人，是沈东的朋友。对沈东的死亡他深表悲痛，要求公安部门一定要早日抓到凶手，严惩凶手。我这才发现这是一家按摩店，里面曲径通幽，一些地方还亮着暧昧的灯，而沈东死亡的卧室灯光全部打开，通亮一片。按摩店的老板正被一名警员讯问着，坐在一张桌子前，低着脑袋，一副垂头丧气的样子。另一名警员把我与蒋进带到外面，站在警车旁，红色的警灯还在车顶闪烁。警员告诉了我们，沈东死时，有明显的搏击痕迹，他的腹部被人捅了好几刀，其中有一刀把他的心脏捅穿了。看来凶手是一个老手，是一个喜欢弄刀子的人，不然的话，不会那样准率十足。凶手是趁死者不备时下手的，问题是按摩店不知道凶手是从什么地方进来的，而死者在进房前根本就没叫什么人。据店老板说，死者进这个房间像是想与什么人谈事情，但所有目击证人都说，进这个房间时只有死者一人，这显然是一桩蓄谋已久的谋杀。我们是在死者的电话本上找到你的电话，不管怎么说，你作为本城的诗人多少还有些名誉。空闲时，我也读你的诗歌，要知道这个时代已没多少人读诗了。警员在对沈东的死亡作了一番描述后，适时地对蒋进表示了他的崇拜。这让蒋进受宠若惊，他伸出手想握警员的手。警员却矜持地缩了回去，不想跟蒋进过早表现得如此亲密。蒋进问，通知死者的家属了吗？没想到蒋进对沈东居然用了死者二字。警员说，暂时还没通知，你应该知道死者家属的电话吧。蒋进于是把沈东老婆的手机号报了出来。警员就问，为什么不报家里的电话？蒋进说，死者的老婆在每晚睡觉前，都会拔掉电话线。因为死者是一个老板，半夜打到他家的电话不少，死者的老婆一旦被电话吵醒，就会失眠。

不一会儿，沈东的妻子赶了过来，并没表现得失去理智地号啕大哭，只是脸颊上挂满清亮的泪水。我们互相对视了一眼，没说什么。既然对死者我们都没了安慰的借口，对生者就更找不到安慰的理由。我们再次来到房间里，警方让沈东老婆过去，证实一下死者确切的身份。沈东老婆掀开盖在沈东身上的白色被单，点了点头。有名警员例行公事地问了几个问题，她模棱两可地再次点着头，嘴唇机械地动了动，却没有发出声音。警员便打消了询问的念头，扯过被单，重新盖到沈东的尸体上。此时，我与蒋进都闻到了一股臭味，沈东死时把屎拉在了裤裆里，沈东老婆也抬手捂紧鼻子。接着，警员把沈东的尸体抬走，同时让蒋进跟他们走一趟。一阵忙碌，外面天色已亮，大街上响起喧嚣的声音。

当蒋进来到我家时，我才刚刚眯那么一会儿。一个晚上的折腾，令蒋进脸色苍白，眉头紧锁。蒋进给我带来一个消息：警方怀疑是刘子龙杀害了沈东。警方迅速地搜查了刘子龙的公司，从公司里搜出了大量毒品，那些毒品足够刘子龙死上十几次。刘子龙已失踪，警方正在到处找他。清晨，沈东的姐姐与潘副县长也赶到了警局，潘副县长发了一通火，要求警局赶紧缉拿凶手。蒋进说，如果沈东真是刘子龙杀的，说明刘子龙已经疯了。面对一个疯狂之人，我们该怎么办？既然目前还没找到刘子龙，那么他就有可能找我们的麻烦，为了跟这个人彻底划清界限，我与蒋进策划着怎样避几天风头。这时，我的手机响了，来电显示是一个公用电话号码，我心里顿时有种不祥的预感。果然是刘子龙打来的，他在电话中说，听说沈东死了，

警方怀疑是我谋杀的，是这样吗？这次他们可冤枉了我，你说
我干吗跟兄弟过不去？要知道沈东是一个多么好的兄弟啊！
我打断刘子龙的抒情，问他现在在什么地方。既然人不是你
杀的，干吗要躲起来？到公安局说清楚不就行了。刘子龙在电
话那头笑了一下，说，你以为我是傻瓜？说完，刘子龙把电话
挂了。蒋进问，刘子龙在什么地方？我说，他没说。现在，我
们决定蒙头睡一会儿，临睡前，我们仔细地检查了一遍窗户与
门，看是否拴牢。

　　中午时分，公安局打来电话，让我与蒋进一起去一趟。走
进公安局，我们被带到了刑警队长办公室，队长让我们坐下，
用奇怪的眼光打量着我们，接着低头把文件夹合起。刑警队长
说，有件事情想问你们一下。说完，示意一名警员把蒋进带去
另一间房。然后，他对我说，请问你与刘子龙相识有多长时
间？我说，我们从小一起长大。刘子龙什么时候回来的？回来
有一个多月吧。十几年了，我们一直以为他死了，没想到他突
然回来了。刑警队长点了点头说，你们都是很好的朋友？是。
根据从镇派出所调来的档案，你们都是有前科的人，对吗？
对。当年刘子龙是你们的头，曾把一个人弄残废了，在外潜逃
了十几年，是这样吗？我说，我不知道你所说的潜逃是什么意
思？不是早已结案了吗？在司法程序上来说是这样，但你认为
一个有前科的人，他的案子结得了吗？听着刑警队长的话，我
感到事情有些不妙，不过，并没把内心的慌乱表现出来——我
知道一个人在恐慌的时候往往有两种反应：要么猛地跳了起
来，要么不自觉地朝四周张望。我很明智地控制住自己，看着
刑警队长的双眼，说，有什么事情你直说，用不着拐弯抹角，

我也知道自己是一个有前科的人。刑警队长笑了起来，说，你不用紧张，你紧张干什么？我也笑了笑，说，我不紧张，是你让我紧张的。听说刘子龙前些日子找过你。找过。他找你干什么？让我们投资他新成立的公司，他举行婚礼时，我们都去祝贺了。刑警队长循循善诱地说，他找你就没别的事情？我说我想起来了，他还找我帮他贩毒。这么重大的事情，为什么这时候才想起来。刑警队长这样说着，脸上保持着笑容。我一下子目瞪口呆起来，舌头开始发抖，我并没有参与贩毒。刑警队长说，你是没参与，但知道刘子龙贩毒，为什么不到公安局报告，知道吗，你这是窝藏毒贩。汗珠慢慢从我的脑壁上滑落下来，身体也兀自动着。这样的场合，不管是讲真话还是假话都要付出惨重的代价，哪怕是一个不慎说出的词都可能是致命的一击。我说，我不知道他真在贩毒，还以为他是说着玩。刑警队长站起身说，在没抓到刘子龙前，你不允许离开县城一步，你的清白只有在抓到刘子龙后才能证明。我的话你明白吗？你表现出了积极的合作态度，至于窝藏罪暂时就不追究，到时法官说了算。谈话结束后，我来到门外，蒋进已在外等着。蒋进朝地面吐了口唾沫，说，你说刘子龙会不会拉上一个垫背的？我的太阳穴突突地跳着，把烟头狠狠地扔到地上，踩灭。

　　回到家中，我感到身体十分疲惫，精神也处于崩溃的边缘。父母关切地问我，是否与蒋进干了什么见不得人的事情。我说，没什么。沈东昨晚被人谋杀了，我们正在料理他的后事。父亲喊了起来，什么？沈东死了，是谁干的？这是一个多么好的孩子啊！我是看着他长大的。我要去吊唁，这真叫白发人送黑发人。你说有钱人怎么都落个如此下场。我看着父亲，说，什么叫白发人送黑发人，我不是还活得好好的吗？假如我告诉他们，刘子龙就是犯罪嫌疑人，父母一定会晕过去。因为那些耻辱的钉子还钉在那里，怎么也拔不出来。我走进卧室，用被子蒙住脑袋，怎么也睡不着。虽然肉体与精神都有睡意，大脑却醒着。整整一下午，我望着某处地方发呆。后来我爬起身，一根接一根地抽烟，把嘴里弄得苦涩一团。夜晚很快来临，一种深切的恐惧笼罩着我。外面一旦有风吹草动，我的神经都会高度警觉起来，赶紧竖起耳朵。我变得有些疑神疑鬼的，心想刘子龙肯定不会就此善罢甘休，一定还会找我。当刘子龙与公安局搅在一起时，恐惧感就深入骨髓。一连几天，我都不敢出门，要知道刘子龙在暗处，我在明处，说不定他会乘我不备突然出现。父母每天都催我出门，去看看沈东的事情处理得怎么样。我敷衍他们，说，自己正沉浸在悲哀中，再说沈东的尸体已冷冻，在案子没侦破前，谁也不敢处理尸体。照镜子时，我发现自己老了很多，眼神浑浊，眼圈青黑，像被人揍后泛出的肿块；脸颊深凹，颧骨高耸。蒋进也一直没什么动静，只打过一个电话来，说丁强、赵力、欧阳风也受到了公安局的讯问。我日日夜夜睡不着，失眠与焦虑同时袭击着每一处神经。期间，公安局曾打来一个电话，问刘子龙是否与我联系过。刑警队长说，假如他跟你联系过，请立即告诉我。现在，我总算明白了，刘子龙所说的疯人院是什么意思？他就是一个疯子。我就这样无所事事地躺在床上，吃了躺，躺了吃，而睡眠竟像一个喝醉了酒的人，把我的头搞得一阵接一阵地痛。不过，我有这样的经验，中午喝多了，晚上应该接着喝，头痛才会有所缓解，否则什么办法也没用。在一些拙劣的电视剧中，我总看到罪犯突然出现。我期待刘子龙能突然出现在我的面前，最好拿着一把刀子。

第十天，我终于接到了刘子龙的电话。他语气阴沉地问我，公安局是否已找你作我贩毒的证人。我说，你在什么地方，我们是不是应该好好谈谈。谈什么？你得赶紧给我准备一笔钱，我要逃离这里，听见没有？你知道我根本就没那么一笔钱……我承认沈东是我杀的，我搞不清楚计划得那么好的事情怎么走漏了风声？沈东这个人太狂妄了，他不参与贩毒也就算了，居然想到公安局出卖我，还想着法子要拿走注入的资金？这不是逼我走绝路吗？我说，即便这样，你也不能杀了他。不是我要杀他，是他要杀我。鬼才相信你的话。告诉你，我现在一个人也不相信，你说蒋进那小子能胡乱地写几句狗屁诗歌，就有资格翘尾巴吗？当年，他还不是我的一条狗。我犹豫了一会儿，说，我们还是先见一面吧！这样也好。我赶紧问，什么地方见面？刘子龙说，我到时告诉你地点，不过，我得先查查你是否做了公安局的内线？

打完电话，我把事情报告了刑警队长。队长说，如果刘子龙再打电话，先稳住他。之后，我一直没接到刘子龙的电话，恐惧却日比一日地加深。我不能看见刀子，看见刀子眼睛就痛。

一个半月后，刘子龙终于被缉拿归案，而我们所有的担心都是多余的，刘子龙根本不屑于拉上我们垫背，承认了谋杀沈东的一切经过。其实，他一直就隐藏在县城，躲在县城后面的山上。有一个外地"小姐"每天给他提供食物，他一次性付给"小姐"很多钱。按"小姐"的说法,她要做大半年才能挣到那么多的钱。在山上正好有座寺院,刘子龙经常在寺院外听和尚们念经。他说,听不懂,但很有意思。刘子龙是晚上睡觉时被抓的,最终还是"小姐"出卖了他。因此,他生命的时间在那一刻终止了,没了延伸的可能性。